Helmut Wittmann

Wo der Glücksvogel singt

Ein herzliches Danke

an alle, die zum Werden dieser Sammlung beigetragen haben. Insbesondere an die Erzählerinnen und Erzähler, die diese Geschichten durch die Jahrhunderte überliefert haben, sowie an die Sammlerinnen und Sammler, die sie aufgeschrieben und damit vor dem Vergessen bewahrt haben, vor allem aber auch an meine Mutter Anna Wittmann, die uns Geschichten über Geschichten erzählt und in mir die Lust am Zuhören und Weitererzählen geweckt hat.

Helmut Wittmann

Wo der Glücksvogel singt

Volksmärchen und Schelmengeschichten
für ein ganzes Leben

Ibera

1. Auflage

Die Deutsche Bibliothek – CIP-Einheitsaufnahme
Wittmann, Helmut:
Wo der Glücksvogel singt / Helmut Wittmann. – Wien :
IberaVerlag, 2000
ISBN 3-85052-030-7

Lektorat: Helga Zoglmann
Herstellung: Manz Crossmedia GmbH Co KG, 1051 Wien
Bindung: Papyrus

ISBN- 3-85052-030-7

Inhaltsverzeichnis

Vom Alltag mitten im Leben

Von der Weisheiit des Alters

Von Sterben und Tod

Das kann doch nicht alles gewesen sein!?

Es gibt Geschichten, die gehen einem durch und durch.

Dann gibt es wieder welche, die sind einfach so wunderschön, daß einem ihre Bilder immer wieder in den Sinn kommen. Und natürlich gibt es auch Geschichten, die sind so unsinnig und absurd, daß einem nur die Fassungslosigkeit bleibt.

Kurzum: Alle diese Geschichten lassen einen nicht unberührt.
Gerade in entscheidenden Momenten des Lebens liefern sie die befreienden Anstöße. Einen mentalen Kick. Einfach so – ohne zu belehren.

Für mich als Erzähler war es ein großes Vergnügen, genau solche Geschichten für diese Sammlung zusammenzutragen – auf daß sich die geneigte Leserin, der geneigte Leser einen eigenen Reim darauf mache.
Oder wie mein Freund, der buddhistische Pfarrer, schließen würde:

Mögen allerorten die Glücksvögel tirilieren, schnalzen, zwitschern und gurgeln.

Helmut Wittmann,
Grünau im Almtal, Mai 2000

Wer ist Nasreddin?

Viele sagen: Ich wollte lernen, aber hier fand ich nichts als Verrücktheit. Sollten sie jedoch anderswo tiefe Weisheit suchen, werden sie sie dort vielleicht auch nicht finden.

Zitat aus »Lehren des Nasrudin«,
Bokharan-Manuskript von Ablahi Mutleq, 1617

Nasreddin, Nasrudin, Nassr-Eddin – unter vielen Namen wird im ganzen Orient von ein und demselben Schelmen erzählt, in den Überlieferungen armenischer Christen und spanischer Juden, bei den Turkvölkern, in chinesischen Dialekten und auf Hindi. Die Türken reklamieren Nasreddin Hodscha für sich. Mullah Nasreddin heißt er in Persien, Mollå Nasroddin im Kurdischen und in Tadschikistan. In Zentralasien ist er als Äpändi bekannt, in China als A-fan-ti, im arabischen Raum als Dschuha, in Nordafrika als Djaha, in Sizilien als Giufá, in Kalabrien als Jugale, in Ostafrika als Yoha und am Balkan als Nassr'Eddin Hodscha.
Viele Namen für ein und dieselbe Gestalt: einen weisen Narren, der in all seinen Handlungen die Welt auf den Kopf stellt, damit sie wieder ins Lot kommt.
Früher wurden diese Geschichten vor allem in Tee- und Kaffeehäusern, im Bad und beim Barbier erzählt. Jetzt auch im Radio, in TV-Serien und im Internet.
Die Schelmengeschichten vom Nasreddin Hodscha unterhalten. Da ist der Witz und »die Moral von der Geschicht«. Aber da ist auch noch das gewisse Etwas, das dem Ganzen den wirklichen Pfiff gibt.

Der Beiname Hodscha oder Mullah ist die Bezeichnung für einen spirituellen Lehrer. Das deutet an, daß die Geschichten mehr sind als Witze. Nasreddin belehrt nicht mit erhobenem Zeigefinger – und hat doch etwas zu sagen. Er unterrichtet uns im Denken außerhalb der Norm, indem er uns den Spiegel vorhält. In ihm haben wir Gelegenheit, unsere eigenen Widersprüche zu entdecken.

Nasreddin durchforstet unser geistiges Wesen, weist auf (Lebens)Lügen hin und auf Scheuklappen-Denken. All das passiert mit verblüffend verrückten Pointen. Seine Schelmenstreiche sind eine leckere Medizin gegen Engstirnigkeit und geistige Starre.

Wie sagte einmal ein Tyrann zu Nasreddin: »Die Leute sagen, daß hinter jedem deiner Streiche eine tiefe Wahrheit steckt. – Stimmt das?«

»Nein«, hat der Hodscha darauf gesagt, »denn ich habe in meinem ganzen Leben noch nie die Wahrheit gesagt und werde das auch nie tun.«

Alle, die von den Nasreddin-Geschichten in dieser Sammlung nicht genug kriegen, finden im Anhang bei den »Quellen« einige Buchtips mit Sammlungen von Nasreddin-Geschichten.

VOM
AUF-
DIE-
WELT-
KOMMEN

Die Lichtgeburt

eine Schelmengeschichte vom Nasreddin Hodscha

Es ist einmal gewesen, und es ist doch keinmal gewesen, da ist die Frau vom Nasreddin Hodscha hochschwanger gewesen. Mitten in der Nacht ist es zu der Geburt gekommen. Nirgends hat die Hebamme jemand auftreiben können, der ihr geholfen hätte.

So hat sie den Hodscha gerufen:

»He, Hodscha, bring eine Kerze und leuchte mir. Schließlich ist das, was da kommt, auch dein Werk.«

»Was?«, hat er gefragt, »ich soll dir bei der Geburt die Kerze halten?«

»Ja. Leuchte mir.«

So hat der Hodscha der Hebamme bei der Entbindung geleuchtet.

Kaum, daß das Kind heraußen gewesen ist, wollte der Hodscha wieder hinausgehen mit der Kerze. Da schreit die Hebamme:

»Halt, Hodscha. Bleib da! Wir sind noch nicht fertig. Es kommt noch ein Kind!«

»Was sagst du da, Hebamme!? – Es kommt noch ein Kind?«

»Ja, halt die Kerze her. Da kommt noch eins.«

So ist noch ein Kind auf die Welt gekommen. Alles hat gepaßt. Der Hodscha wollte aber gleich wieder hinaus.

Da schreit die Hebamme: »Halt, Hodscha! Bleib da! Du wirst auch einen dritten Erben haben! Da kommt noch ein Kind!«

»Was sagst du da, Hebamme!? – Kommt wirklich noch ein Kind!?«

»Ja, da kommt noch eins.«

Jetzt hat ihr der Hodscha auch noch bei der Geburt vom dritten Kind geleuchtet. Dann aber hat er hastig die Kerze ausgeblasen.

»He, Hodscha, bist du verrückt geworden? Warum bläst du die Kerze aus?«

»Hör zu, Hebamme. Mir scheint, wenn die Kinder die Kerze sehen, dann fliegen sie ihr zu wie die Motten dem Licht. Jetzt reicht es mir aber. Sollen sie anderswo auf die Welt kommen. Warum sollen grad wir so viele Kinder abkriegen!?«

Von Jugend ohne Alter und Leben ohne Tod

Ein Volksmärchen aus Rumänien

Vor langer, langer Zeit, war's gestern oder war's heut, da haben einmal ein Kaiser und eine Kaiserin gelebt. Die zwei sind jung und schön gewesen. Nichts hat ihnen gefehlt, außer – ein Kind.

Monat für Monat und Jahr für Jahr haben sie darauf gewartet. Aber alles ist umsonst gewesen. So haben sie schließlich Sterndeuter rufen lassen. »Sagt uns«, haben sie zu denen gesagt, »was steht über uns am Himmel geschrieben? Bekommen wir ein Kind? Oder hoffen wir ganz und gar umsonst?«

Die Sterndeuter haben zum Himmel hinaufgeschaut. Aber dort, in den funkelnden Sternen, haben sie nichts über den Kaiser und die Kaiserin lesen können.

Einmal hat der Kaiser von einem Bauern gehört. »Der Bauer hat eine gewaltige Zauberkraft«, hat einer von den kaiserlichen Ratgebern gesagt. » Vielleicht kann Euch der helfen.«

So hat der Kaiser einen Boten zu dem Bauern geschickt und ihm ausrichten lassen, er solle ins kaiserliche Schloß kommen. Dem Bauern ist das aber nicht im Traum eingefallen. »Sag dem Kaiser«, hat er zum Boten gesagt, »wenn er etwas von mir will, dann muß schon er zu mir kommen.«

Da haben sich die Kaiserin und der Kaiser aufgemacht. Mit dem ganzen Hofstaat sind sie hinausgezogen zu der Hütte vom Bauern. Von weitem hat sie der Bauer schon kommen gesehen. So ist er ihnen entgegengegangen und hat sie willkommen geheißen.

»Herr Kaiser«, hat der Bauer gesagt, »Ihr habt Euch mit Eurer Frau auf einen weiten und beschwerlichen Weg gemacht! Ich weiß, daß Ihr Euch nichts sehnlicher wünscht als ein Kind. Dazu kann ich Euch aber nur eines raten: Vergeßt den Wunsch. Er bringt Euch keinen Frieden.«
»Nein«, hat der Kaiser gesagt, »nicht der Wunsch nach einem Kind schenkt uns keinen Frieden, sondern der Umstand, daß wir kein Kind haben. Verhilf uns zu einem Kind, wenn es in deiner Macht steht. Dann können wir in Frieden und Glück leben.«
»Die Zauberkraft habe ich wohl, um Euch ein Kind herbeizuziehen«, hat der Bauer gesagt, »es wird auch ein gutes und schönes Kind sein – ein Prinz, wie es keinen zweiten gibt auf dieser Welt. Ein wahrer Prinz Allschön. Aber ich warne Euch, Kaiser: Der Prinz wird nicht lange bei Euch sein. Und dann wird Euer Kummer umso größer werden.«
»Das laß nur unsere Sorge sein!«, haben da der Kaiser und die Kaiserin gesagt, »haben wir erst einmal ein Kind, dann wird unser Glück jeden Kummer aufwiegen.«
So hat der Bauer die Kaiserin gesegnet und mit einem Zauber belegt. Wirklich ist sie bald darauf schwanger geworden. Jetzt sind der Kaiser und die Kaiserin glückselig gewesen. Alles haben sie aufs beste für die Geburt des Kindes vorbereitet.
Immer näher ist die Stunde der Geburt gekommen. Aber da hat das Kind im Mutterleib mit einem Mal zu weinen angefangen. Bitterlich hat es geschluchzt, als ob es großen Kummer hätte. Der Kaiser, die Kaiserin und auch die Hebammen haben dem Kind gut zugeredet. Es hat nichts geholfen.
»Sei doch ruhig, mein lieber Sohn«, hat der Kaiser gesagt, »komm auf die Welt, und ich verspreche dir: Du wirst alle Schätze haben, die du dir nur wünscht.« Aber das Kind hat weitergeweint.

Dem Kaiser hat es schier das Herz zerschnitten. »Hör auf zu weinen, mein lieber Sohn«, hat er gesagt, »komm zur Welt, und ich werde dir ein halbes Kaiserreich schenken.«
Doch das Kind hat weiterhin bitterlich geschluchzt. So verzweifelt hat es geklungen, daß auch die Hebammen und die Kaiserin zu weinen angefangen haben.
»Ach, mein lieber Sohn«, hat da der Kaiser gesagt, »hör auf zu weinen und komm auf die Welt. Ich verspreche dir, daß du die schönste Kaiserstochter der Welt heiraten wirst.«
Auch das hat nichts geholfen. Das Kind hat immer lauter geweint.
Allen, die dabei gewesen sind, ist es durch und durch gegangen. In seiner Verzweiflung hat der Kaiser schließlich geschrien:
»Sei doch ruhig, mein süßer Sohn. Komm zur Welt, und ich schenke dir Jugend ohne Alter und Leben ohne Tod.«
Kaum, daß er das gesagt gehabt hat, da sind mit einemmal die Geburtswehen losgegangen. Das Kind ist auf die Welt gekommen. Pauken und Trompeten haben seine Ankunft verkündet. Der Kaiser und die Kaiserin sind so glücklich gewesen, daß sie zu seinen Ehren ein großes Fest gefeiert haben. Sieben Tage und sieben Nächte hat es gedauert.

Die Zeit ist vergangen. Schnell ist der Prinz herangewachsen. Was andere in einem Jahr gelernt haben, das hat er in einem Monat verstanden. Bald hat er alles bis zum Mond und bis zur Sonne hinauf gewußt. Weitum ist er das schönste und klügste Kind gewesen. Voller Freude haben der Kaiser und die Kaiserin mitangesehen, wie schön und wie weise ihr Sohn ist. Auch die anderen Leute im Land sind glückselig gewesen. Oft haben sie untereinander gesagt: »Wie glücklich können wir sein, daß wir einen solchen Prinzen haben! Mit ihm werden wir einen Kaiser bekommen, der so schön ist wie der lichte Tag und so weise, wie es einst König Salomo war!«

Jahr um Jahr ist vergangen. Zwölf, dreizehn, vierzehn Jahre sind schließlich um gewesen. Da ist der Prinz mit einem Mal immer stiller und immer nachdenklicher geworden. Seine ganze Fröhlichkeit war verschwunden. Den lieben langen Tag ist er ganz und gar tief in Gedanken versunken gewesen. So ist sein fünfzehnter Geburtstag gekommen. Der Kaiser ist mit seinen Getreuen bei der Tafel gesessen. Da ist der Prinz vor ihn hingetreten und hat gesagt: »Vater, es ist höchste Zeit, daß du dein Versprechen erfüllst!« – »Was für ein Versprechen?«, hat ihn der Kaiser gefragt. »Vater, du hast mir Jugend ohne Alter und Leben ohne Tod versprochen. Nur deshalb bin ich auf die Welt gekommen. Also erfülle jetzt dein Versprechen.«

Da ist der Kaiser weiß geworden wie eine Wand: »Aber mein lieber Sohn! Das habe ich doch nur gesagt, damit du dich beruhigst. Wir haben dein Weinen einfach nicht mehr ausgehalten. – Wie könnte ich dir etwas geben, von dem auf der lieben weiten Welt noch niemand etwas gehört oder gesehen hat?«

»Was für ein Unglück!«, hat da der Prinz geklagt, »nur deshalb bin ich auf die Welt gekommen. Wenn du mir Jugend ohne Alter und Leben ohne Tod nicht geben kannst, dann muß ich mich selber aufmachen, um es zu finden.«

Da sind die Fürsten und die anderen Getreuen vom Kaiser vor dem Prinzen auf die Knie gefallen. Sie haben die Hände gerungen und ihn angefleht: »Bleib doch bei uns! Dein Vater ist schon alt. Wer weiß, wie nah der Tag ist, an dem er stirbt. Wer soll dann auf dem Thron sitzen, wenn nicht du!? Wir bringen dir die schönste Prinzessin. Deinem Glück wird nichts mehr im Wege stehen.«

Soviel sie ihn aber auch angefleht haben: Es hat alles nichts genützt. Der Prinz Allschön ist bei seinem Entschluß geblieben. Schweren Herzens haben die Eltern Befehl gegeben, daß er für seine Reise aufs beste ausgerüstet werden soll.

Er selber ist in den Stall gegangen. Dort hat er sich die kaiserlichen Hengste genau angeschaut. Einem nach dem anderen hat er die Hand in den Rücken gestemmt. Einer nach dem anderen haben sie seiner Kraft nicht standgehalten und sind eingeknickt. Er wollte schon wieder hinausgehen, da sieht er im Winkel ein zitterndes kleines Pferd stehen. Über und über ist es mit Beulen, Geschwüren und Wucherungen bedeckt gewesen. Der Anblick war zum Grausen. Aber trotzdem hat er auch diesem Pferd die Hand in den Rücken gestemmt. Blitzschnell hat es sich umgedreht und gerufen: »Was steht zu Diensten, mein Herr?« Der Prinz hat nichts gesagt, sondern nur noch stärker gepreßt. Aber soviel er auch gedrückt hat – das kleine Pferd ist bolzengerade stehen geblieben. Wie auf vier Säulen.

Da hat er dem Pferd erzählt, warum er fortziehen will: »Jugend ohne Alter und Leben ohne Tod will ich finden. Nur deshalb bin ich auf die Welt gekommen.« Das Rössl hat ihn freundlich angeschaut und gesagt: »Wenn du das finden willst, dann mußt du zuallererst deinen Vater bitten, daß er dir das Schwert, die Lanze, den Bogen, die Pfeile und auch die Gewänder gibt, die er getragen hat, wie er jung gewesen ist. Mich aber mußt du sechs Wochen lang mit deinen eigenen Händen pflegen. Mit Morgentau mußt du mich waschen und mir die Gerste in süßer Milch kochen.«

Da hat der Allschön nicht lange überlegt. Alles, was ihm das Pferd aufgetragen hat, hat er in aller Sorgfalt getan. Drei Tage und drei Nächte lang hat er suchen müssen, bis er in den Vorratskammern vom Vater die

Kleider und die Waffen gefunden hat. Unbenützt, dreckig und verkommen sind sie gewesen. Die Waffen waren voller Rost und die Gewänder zerrissen. Das aber hat dem Prinzen Allschön nichts gemacht. Die Gewänder hat er gewaschen und geflickt und die Waffen geputzt. Schließlich haben sie geglänzt wie ein Spiegel.

Tag für Tag ist er hinausgegangen in den Stall. Dort hat er das Rössl mit Morgentau gewaschen und ihm die Gerste in süßer Milch gekocht. So sind die sechs Wochen schnell vergangen.

Kaum, daß die Zeit um gewesen ist, hat sich das Rössl geschüttelt. Wie Schuppen sind da die Beulen und Wucherungen von ihm abgefallen. Rein, so wie es seine Mutter in die Welt geworfen gehabt hat, ist es vor dem Prinzen gestanden. Der hat seinen Augen nicht getraut. Aus dem klapprigen kleinen Rössl ist ein großes, feuriges Roß mit sechs Flügeln geworden. »Gefalle ich dir, Herr?«, hat es zu ihm gesagt. »Ja«, hat der Prinz gesagt, »jetzt können wir aufbrechen. In drei Tagen reiten wir los.«

Am dritten Tag ist der Prinz Allschön schon in aller Frühe mit dem Schwert in der Hand auf seinem Roß gesessen. Geschwind hat er Abschied genommen von den Eltern. Dann ist er mit ihm auf und davon geflogen – schneller als der Wind. Die Diener und Knechte, ja, der ganze Troß, der mit ihm ziehen sollte, ist ihm nicht nachgekommen. Erst dort, wo die bebauten Äcker aufgehört haben, hat er gewartet. Wie der Troß endlich dahergekommen ist, hat er die Wegzehrung unter die Knechte und Mägde verteilt.

Dann ist er allein weitergeritten. Immer weiter nach Osten. Nach drei Tagen ist er auf ein Feld gekommen. Überall sind da Menschenknochen herumgelegen.

»Jetzt sind wir im Land von der Goanaja«, hat das Pferd gesagt, »sie ist eine Spechtin mit dem Körper eines Drachens. Jeder, der es bis jetzt gewagt hat, ihr Land zu betreten, ist von ihr erschlagen worden. Darum liegen die vielen Knochen herum. In ihrer Jugend ist sie eine Frau gewesen wie jede andere. Dann aber hat sie sich gegen ihre Eltern gewandt. Sie hat ihnen den Gehorsam verweigert und gegen sie gehandelt. So ist sie in Drachengestalt verwunschen worden. Zu unserem Glück hat sie uns noch nicht entdeckt. Sie ist nämlich gerade bei ihren Kindern zu Besuch. Die sind so schön wie Elben. Aber paß auf: Morgen werden wir im Wald auf der anderen Seite vom Knochenfeld sein. Da wird sie dich dann ganz bestimmt erspähen.«

Den Prinzen Allschön hat das nicht schrecken können. Unverdrossen ist er weitergeritten. Wirklich sind sie am nächsten Tag in den Wald auf der anderen Seite vom Knochenfeld gekommen. Kein Windhauch hat sich geregt. Aber mit einem Mal hat es zu sausen und zu brausen angefangen.

Die Luft hat gebebt wie unter Hammerschlägen. Da sieht der Prinz die Spechtin auch schon daherkommen. Durch den Wald ist sie gebraust und hat dabei die starken Bäume links und rechts umgeknickt wie Grashalme. Geschwind hat der Prinz Allschön den Bogen gespannt. Gepfaucht hat die Spechtin voller Wut und wollte gleich auf ihn losgehen. Aber da ist der erste Pfeil schon von der Sehne gesurrt und hat ihr eine Tatze vom Leib geschossen. Gleich hat der Prinz den zweiten Pfeil eingelegt.

»Halt!«, hat die Spechtin da gerufen, »halt ein! Ich tu dir nichts.«

Prinz Allschön hat das nicht so recht glauben können. Aber die Spechtin hat mit ihrem eigenen schwarzen Blut auf einen Baum geschrieben, daß sie ihm die Freundschaft anbietet. So hat der Prinz ihre Freundschaft angenommen. Miteinander sind sie in ihr Schloß gezogen. Dort hat sie ihn reichlich bewirtet.

»Lang soll es leben, dein Pferd«, hat die Spechtin gesagt, wie sie bei der Tafel gesessen sind, »ohne dieses Pferd hätte ich dich besiegt, gebacken und aufgefressen. So aber hat du mich besiegt.« Drauf hat sie angefangen, bitterlich zu weinen. »Was hast du denn?«, hat sie der Prinz Allschön gefragt. »Ach, die Wunde tut so weh!« Da hat sich der Prinz erbarmt und hat ihr die Tatze wieder angesetzt. Schnell ist alles wieder verheilt gewesen. »Ich danke dir«, hat die Spechtin gesagt, »du gefällst mir. Und so will ich dir zum Dank eine von meinen drei Töchtern zur Frau geben. Sie sind so schön wie Feen.«

»Dein Antrag ehrt mich! Aber ich will keine von deinen drei Töchtern heiraten. Selbst wenn sie noch so schön sind. Jugend ohne Alter und Leben ohne Tod will ich finden. Nur deshalb bin ich auf die Welt gekommen.« – »Jugend ohne Alter und Leben ohne Tod – das hat noch keiner gefunden«, hat die Spechtin gesagt, »aber mit diesem Roß kannst du es vielleicht schaffen.«

Drei Tage lang ist der Prinz Allschön noch bei der Spechtin gewesen. Dann ist er wieder auf und davon geritten. Immer weiter und weiter nach Osten zu. So ist er schließlich auf ein Feld gekommen, das sonderbar ausgeschaut hat: Auf der rechten Hälfte haben Tausende und Abertausende von Blumen geblüht. Auf der linken Seite aber sind das Gras, die Blumen und die Kräuter ganz und gar verbrannt gewesen. »Jetzt sind wir im Land von der Skorpionin«, hat das Pferd gesagt. »Sie hat sich noch mehr gegen ihre Eltern versündigt als ihre Schwester, die Spechtin. Drum liegt eine noch schwerere Verwünschung auf ihr. Sie hat den Körper eines Skorpions und dazu drei scheußliche Köpfe. Aus denen speit sie Feuer und Pech, wenn sie wild wird. Vor allem ihre Schwester kann sie ganz und gar nicht leiden. Die zwei streiten auf das Wildeste, sobald sie zusammenkommen. Gerade ist es wieder soweit gewesen. Die Skorpionin hat die Spechtin verjagt und dabei die Wiese verbrannt.«

Im nächsten Moment hat der Prinz Allschön ein schauriges Brüllen gehört. Die Skorpionin ist dahergebraust gekommen über die Wiese. Hell hat das Feuer aufgelodert, das sie aus ihren drei Schlündern gespien hat. Bald hat alles nach Pech und Schwefel gestunken. Prinz Allschön hat aber nicht lange überlegt. Schnell hat er ihr einen von den drei scheußlichen Schädeln abgeschossen. Gleich hat er auf den zweiten gezielt. »Halt ein!«, hat sie da gerufen und ihn um Gnade gebeten. Mit ihrem schwarzen Blut hat sie auf einen Baum geschrieben, daß sie ihm die Freundschaft anbietet. So sind die zwei bald darauf miteinander bei der Tafel gesessen und haben gegessen und getrunken.

Die Wunde hat ihr immer noch weh getan. So hat ihr der Prinz den Schädel wieder aufgesetzt. Wundersamerweise ist sogleich alles verheilt gewesen.

Nach ein paar Tagen hat sich der Prinz Allschön wieder auf den Weg gemacht.

Schnell erzählt man, und nicht weniger schnell ist das fliegende Roß mit ihm durch die Luft geritten. So sind sie in ein Land gekommen, in dem es mild und würzig nach tausenderlei Blumen geduftet hat. Der Prinz wollte das Roß zügeln und unten auf der Wiese rasten. Aber da hat das Roß geschimpft: »Merkst du nicht, daß wir schon fast am Ziel sind? In dem Land unter uns ist jahrein und jahraus Frühling. Nicht weit von hier ist ein Wald. Dort wirst du Jugend ohne Alter und Leben ohne Tod finden.« So sind sie weiter durch die Luft gejagt, bis sie endlich zum Waldrand gekommen sind.

»Dieser Wald«, hat das Roß gesagt, »ist kein Wald wie jeder andere. In ihm lauern wilde Tiere. Die sind so gewaltig, so gierig und so stark, wie du sie noch nie gesehen hast. Nicht einen Augenblick tun sie ein Auge zu.«

»Wie sollen wir dann zu Jugend ohne Alter und Leben ohne Tod kommen?«, hat der Prinz voller Verzweiflung gesagt. »Gibt es vielleicht einen geheimen Pfad, auf dem wir unbemerkt durch den Wald schleichen können?« – »Nein«, hat da das Roß gesagt, »nur wenn wir hoch durch die Luft fliegen, können wir unser Ziel vielleicht erreichen. Aber auch dieser Weg wird schwer genug sein. Darum werden wir jetzt im Frühlingsland rasten.«

Drei Tage haben sie so im Frühlingsland zugebracht und sich aufs neue gestärkt. »Jetzt ist es Zeit, daß wir's wagen«, hat das Roß dann gesagt. »Zieh mir den Sattelgurt an, so fest du nur kannst. Dann steig auf, schling deine Füße und deine Hände um mich und halte dich mit aller Kraft an meiner Mähne fest. Wenn du losläßt und herunterfällst, dann bist du verloren.«

Der Prinz Allschön hat getan, was ihm das Roß angeschafft hat. Und schon ist es mit mächtigen Flügelschlägen in die Höhe geflogen. Von hoch oben haben sie gesehen, daß die wilden Tiere zu der Mitte vom Wald laufen. Dort hat die Fee »Jugend ohne Alter und Leben ohne Tod« ihren Palast gehabt. Jetzt ist sie auf der Treppe gestanden. Mit vollen Futtertrögen hat sie die Tiere herangelockt.

»Auf geht's«, hat da das Roß gerufen, »jetzt ist der richtige Augenblick gekommen. Ergreife ihn, mein Prinz!« – »In Gottes Namen!«, hat Allschön dem Roß ins Ohr gesagt. »Wir wollen es wagen. Vorwärts!« Mit mächtigen Flügelschlägen sind sie höher und höher gestiegen. Der Palast von »Jugend ohne Alter und Leben ohne Tod« hat von unten herauf geglänzt, daß es eine Freude gewesen ist. Lichterloh haben die Funken gesprüht. Der Prinz hat sich die Hände vor die Augen gehalten, weil er das Strahlen nicht mehr ausgehalten hat. Es ist gewesen, als ob man in die Sonne schaut.

Langsam hat sich das Roß jetzt hinabgleiten lassen. Aber kaum daß sie in die Baumwipfel hineingekommen sind, da ist im Wald ein furchtbarer Lärm losgegangen. Die Löwen haben hinaufgeschaut zu ihnen und gebrüllt, die Tiger gepfaucht, die Wölfe geheult, die Schlangen gezischt, die Raubvögel gekrächzt und die wilden Hunde geknurrt und gebellt. Der Prinz hat sich zusammenreißen müssen, daß ihn das Entsetzen nicht übermannt hat. Ein Herz hat er sich gefaßt und die Zähne zusammengebissen.

»Kommt, meine guten Kinder! Her zu mir, meine Liebsten!«, so hat die Fee die wilden Bestien gerufen. Wirklich haben sich da Löwen und Schlangen, Tiger und Wölfe an sie geschmiegt. Das geflügelte Roß ist derweil mit dem Prinzen Allschön unversehrt auf der Palasttreppe gelandet. Da hat die leuchtende Frau aufgeblickt und den Prinzen gefragt:

»Wer bist du? Und – was suchst du hier?«

Freundlich hat sie ihn angeschaut und die wilden Tiere abgehalten.

»Allschön ist mein Name«, hat der Prinz gesagt, »und ich suche Jugend ohne Alter und Leben ohne Tod.«

»Dann bist du hier richtig«, hat die Fee gesagt, »Jugend ohne Alter und Leben ohne Tod, das bin ich.«

Sie hat ihm die Hand gegeben. Miteinander sind sie daraufhin in den Palast hineingegangen. Dort hat sie ihn ihren zwei Schwestern vorgestellt. Auch die haben den Prinzen Allschön freundlich empfangen. Ja, aus lauter Freude über seine Ankunft haben sie ein großes Festessen vorbereitet. Die feinsten Leckerbissen sind in goldenen Töpfen aufgetragen worden. Auch das fliegende Roß ist gut versorgt gewesen. Draußen vor dem Palast hat es auf der Wiese weiden dürfen. Keine von den wilden Bestien hat ihm mehr was getan. Alle Tiere sind ihm jetzt zugetan gewesen.

Am nächsten Tag haben die Feen zum Prinzen Allschön gesagt: »Jetzt bist du erst einen Tag bei uns, und doch merken wir, daß das Leben in

Gesellschaft von einem Menschen viel schöner und bunter ist. Willst du nicht für immer bei uns bleiben?«

Da hat der Prinz zu »Jugend ohne Alter und Leben ohne Tod« gesagt: »Wegen dir bin ich auf die Welt gekommen. Wegen dir habe ich Vater und Mutter verlassen. Was könnte ich mir besseres wünschen, als für immer bei dir zu sein!« So haben der Prinz Allschön und die Fee »Jugend ohne Alter und Leben ohne Tod« Hochzeit gehalten.

Bald ist der Prinz im Palast und im Wald wie zu Hause gewesen. »Nur vor einem müssen wir dich warnen!«, haben die Feen gesagt. »Geh nie in das Tal der Tränen. Nicht einen Schritt darfst du hineinsetzen. Das würde dir furchtbare Schmerzen bringen.«

»Wozu sollte ich in das Tal der Tränen gehen?«, hat der Prinz gesagt. »Eure Gesellschaft, der prächtige Palast und der herrliche Wald sind mir mehr als genug!« Leichten Herzens hat er versprochen, daß er nie einen Fuß in das Tal der Tränen setzen wird.

Von jetzt an hat der Prinz Allschön in Frieden und Freude gelebt. Die Zeit ist vergangen. Er hat davon gar nichts gemerkt. Wie denn auch? Tage, Wochen und Monate sind im Nu verflossen. Der Prinz aber ist dabei jung, gesund und vergnügt geblieben wie die drei Feen. Da hat es keinen Kummer und keine Sorgen gegeben. Nichts ist da gewesen, über das sich der Prinz den Kopf hätte zerbrechen müssen.

Vor lauter Kraft hat er gestrotzt wie am ersten Tag. Immer wieder ist er mit seiner lieben Frau auf die Jagd geritten. Und wenn sie durch die Gärten spaziert sind, dann ist ihnen der Duft der Blumen und der Gesang der Vögel die größte Freude gewesen. So ist die Zeit vergangen, ohne daß der Prinz auch nur einen Gedanken an Alter und Tod verschwendet hätte.

Einmal ist er auf der Jagd hinter einem Hasen hergewesen. Mit dem Bogen hat er auf ihn angelegt – und verfehlt. Gleich darauf hat er noch einmal geschossen. Wieder daneben. Hitzig hat er dem Hasen nachgesetzt. Immer weiter und weiter, und immer wilder und wilder ist es durch den Wald gegangen. »Dich erwisch ich schon noch!«, hat der Prinz gerufen und nicht lockergelassen. Schließlich hat er zum dritten Mal geschossen. Der Pfeil hat gesessen. Jetzt ist der Prinz abgestiegen und frohgemut zum Hasen hingegangen. Er hebt ihn auf und schaut sich voller Freude um – was muß er da sehen! Bei der wilden Jagd hat er überhaupt nicht auf den Weg geachtet. Jetzt steht er mitten im Tal der Tränen.

Voller Schrecken hat er auf der Stelle umgedreht und ist zurückgeritten. Aber da hat es im schon die Kehle zusammengeschnürt. Eine Sehnsucht hat ihn eingeholt und schier verzehrt. Vater und Mutter sind ihm wieder in den Sinn gekommen – und seine Heimat. Durch und durch ist ihm das Heimweh gegangen. In seiner Verzweiflung hat er bitterlich zu weinen angefangen.

So ist er schließlich zurückgekommen zum Palast.

»Oh weh!«, haben die Feen gerufen, wie sie ihn gesehen haben. »Du Unglücklicher! Bist du im Tal der Tränen gewesen?«

»Ja«, hat er gesagt, »ohne daß ich es gewollt hätte. Aber jetzt halte ich die Sehnsucht nach Vater und Mutter schier nimmer aus. Andererseits möchte ich auch nicht mehr ohne euch sein. Etliche Tage bin ich jetzt wohl schon hier, und es gefällt mir immer noch so gut wie in der ersten Stunde.«

»Dann bleib doch hier!«, haben die Feen gesagt. »Nein. Das halte ich nicht mehr aus. Ein einziges Mal möchte ich meine Eltern noch sehen. Dann werde ich, so schnell wie ich kann, wieder zu euch zurückkehren und für immer bei euch bleiben.«

»Was redest du da?«, haben die Feen gesagt, »in der Zeit, die du bei uns verbracht hast, sind in der Menschenwelt Hunderte von Jahren vergangen. Deine Eltern sind schon lange tot. Wenn du uns verläßt, dann mußt auch du sterben.« Aber soviel sie ihm auch abgeredet haben – es ist alles umsonst gewesen.

Sogar das Roß wollte ihn von seinem Vorhaben abbringen. Auch das hat nichts genützt. Schließlich hat es zu ihm gesagt: »Wenn du schon nicht auf uns hören willst, dann sollst du wenigstens wissen, daß du an allem, was geschieht, selber schuld bist. Ich werde dich zurückbringen, aber nur unter einer Bedingung.« – »Sprich«, hat der Prinz gesagt, »ich werde alles tun, was du willst, aber bring mich zurück zu meinen Eltern« – »Ich verlange nicht viel«, hat das Roß gesagt, »sobald wir angelangt sind, will ich auf der Stelle wieder umdrehen. Wenn du gescheit bist, Herr, dann wirst du mit mir kommen.«

Dem Prinzen Allschön ist alles recht gewesen. Er hat nur noch mit einem halben Ohr hingehört. Geschwind hat er die Feen noch einmal umarmt. Sie haben bitterlich geweint und wollten ihn zurückhalten. Aber schon hat er sich auf das Roß geschwungen und ist durch die Luft auf und davon geritten.

Schnell wie der Wind hat ihn das Roß zurückgetragen. So sind sie zu dem Platz gekommen, wo die Skorpionin gehaust hat.

Aber was ist da zu sehen? – Statt weiten Waldungen stehen da große Städte. Fruchtbare Äcker liegen da, wo früher Wiesen gewesen sind. Die Menschen, die dort gearbeitet haben, hat er gefragt: »Habt ihr denn keine Angst vor der Skorpionin?« – »Skorpionin? Wer soll denn das sein?«, haben sie ihn zurück gefragt.

»Sie schaut aus wie ein riesiger Skorpion. Dabei hat sie drei Köpfe und speit Pech und Schwefel.«

Da haben die einen die Köpfe geschüttelt und gelacht. »So ein Untier kommt höchstens in einem Märchen vor.« – »Ja«, haben die anderen gesagt, »unsere Großmütter haben uns erzählt, daß ihre Urgroßmütter schaurige Geschichten von einem solchen Ungeheuer erzählt haben. Aber wir wissen nichts mehr davon.«
Da ist der Prinz weitergeritten durch die Luft. Der Bart und die Haare sind ihm grau geworden. Er hat nichts davon gemerkt.

Nach Tagen ist er in das Reich von der Spechtin gekommen. Auch sie hat keiner mehr gekannt. Keiner hat etwas von einem solchen Ungeheuer gewußt. Die Leute haben nur die Köpfe geschüttelt und gelacht. Alle haben sie ihn für einen Narren gehalten. Er selber hat es kaum glauben können: Sollte sich die Welt in so kurzer Zeit so gewaltig verändert haben?
Mit einem Mal merkt er, daß er einen schlohweißen Bart hat. Der reicht ihm bis zum Gürtel. In wilder Hast ist er weitergeritten.

So ist er endlich in das Reich von seinen Eltern gekommen. Vom königlichen Palast sind da freilich nur mehr Ruinen zu sehen gewesen. Schwach und mit zittrigen Füßen ist er abgestiegen. Ein steinalter Mann ist er jetzt gewesen. Das Roß hat ihm ein Bussl auf die Hand gegeben und gesagt: »Herr, es ist an der Zeit umzukehren. Ich werde jetzt dorthin zurückreiten, von wo wir hergekommen sind. Willst du nicht mit mir reiten?«
»Mein liebes Roß«, hat er gesagt, »reite du nur ein wenig voraus. Im Handumdrehen werde ich dir nachkommen.« Das Roß hat ihm ein letztes Mal tief in die Augen geschaut. Nichts hat es mehr gesagt, sondern seine Flügel ausgebreitet. Durch die Luft ist es auf und davon.

Der Prinz Allschön hat sich müde durch die Trümmer von seinem Vaterhaus geschleppt. Schier verirrt hat er sich in dem Gestrüpp, mit dem die Ruinen überwachsen gewesen sind. Zuletzt hat er den Zugang zu einem Keller gefunden. Langsam ist er hinabgestiegen. »Irgendwo muß ich doch etwas Vertrautes finden«, hat er zu sich selber gesagt. »Und wenn es noch so ein Krempel ist.« Sein Bart ist jetzt schlohweiß gewesen. Bis zu den Knien hat er ihm gereicht. Erschöpft ist er im Kellergewölbe herumgetappt. Seine Augenlider sind mit einem Mal so schwer gewesen, daß er sie mit den Fingern in die Höhe halten hat müssen. Da stolpert er über eine Truhe. »Wer weiß, was da drinnen ist!« Mühsam macht er den Deckel auf. Sie ist leer. Aber da ist noch etwas: Eine versteckte Lade. Langsam schiebt er sie auf. In dem Moment ist eine hohle Stimme zu hören: »Endlich – – – endlich bist du da! – Schier eine Ewigkeit habe ich auf dich warten müssen!« Verzwickt und zusammengekrümmt ist in einer Seitenlade von der Truhe der Tod vom Prinzen gelegen. Durch die lange Zeit der Warterei ist er schon so ausgetrocknet gewesen wie eine Birne im Frühling. Jetzt hat er sich langsam gestreckt und gereckt und geschimpft: »Wie lange hast du denn gedacht, daß ich noch auf dich warten würde!? Vor lauter Langeweile wäre ich fast noch selber gestorben!«
Daraufhin ist der Tod unbeholfen aufgestanden und hat dem Prinzen Allschön mit der flachen Hand ein Tapperl gegeben. – Mit einem Ruck ist der Prinz niedergesunken.
Heraußen ist er gewesen, aus der Schar der Lebenden. Im nächsten Augenblick ist sein Körper zu einem Häuflein Asche zerfallen. Der Wind hat sie säuselnd fortgetragen.

Vom Plavacek und den Schicksalsfrauen

Ein Volksmärchen aus Böhmen

Vor langer, langer Zeit, war's gestern oder war's heut, da ist einmal ein König auf der Jagd gewesen. Immer tiefer ist er dabei in den Wald hineingekommen. Und immer entschlossener hat er dem Wild nachgesetzt. Aber schließlich ist es Nacht geworden. Vom Wild ist keine Spur mehr zu sehen gewesen – und der König hat sich im tiefen Wald ganz und gar verirrt gehabt.

Kreuz und quer hat er nach einem Weg gesucht. Aber soviel er auch geschaut hat und soweit er sich auch durch das Dickicht gemüht hat: Ein Pfad ist nirgends zu finden gewesen. Schließlich ist der König zu einer Köhlerhütte gekommen.

»Ich bitte dich, zeig mir den Weg aus dem Wald hinaus«, hat er zum Köhler gesagt. – »Herr, das würde ich gerne tun«, hat der Köhler gesagt, »aber meine Frau liegt in den Wehen. Jeden Moment ist es soweit, daß sie das Kind entbindet. Da kann und will ich sie beim besten Willen nicht alleine lassen. Legt Euch oben über der Kammer am Dachboden ins Heu. Morgen will ich Euch dann gerne den Weg zeigen.«

So hat sich der König oben ins Heu gelegt. In der Stube aber hat die Köhlerin bald darauf einen kerngesunden Buben in die Welt gesetzt. Glückselig hat ihn der Köhler im Arm gehalten.

Das Schlafen im Heu ist für den König recht ungewohnt gewesen. Hin und her hat er sich gewälzt. Schlaf hat er aber keinen gefunden. Gegen Mitter-

nacht sieht er mit einem Mal durch die Spalten im Boden ein helles Licht heraufleuchten. Vorsichtig hat der König das Heu auf die Seite geschoben und durch eine von den breiteren Spalten hinuntergelugt in die Kammer. Und was sieht er da! – Drei uralte Frauen stehen bei dem Neugeborenen. Weiße Gewänder haben sie angehabt. Und eine jede von ihnen hat eine brennende Kerze in der Hand gehalten. Der Köhler und seine Frau haben von all dem nichts mitbekommen. Sie sind in tiefem Schlaf gelegen.
Da hat die erste von den Uralten zu reden angefangen: »Mein Geschenk an den Buben ist, daß er in große Gefahr kommt.«
»Und ich schenke ihm, daß er alle Gefahren glücklich meistert und ein langes und zufriedenes Leben führen kann«, hat die Zweite gesagt.
Die Dritte aber hat dazugefügt: »Und mein Geschenk ist, daß er die Tochter vom König, der über uns im Heu liegt, heiraten wird. Sie ist, so wie er, heute nacht auf die Welt gekommen.«
Im nächsten Moment haben die Frauen die Kerzen gelöscht und sind verschwunden.

Der König ist vor Entsetzen ganz starr gewesen. Er hat gewußt: Das sind die drei Schicksalsfrauen gewesen. Und die haben bestimmt, daß seine Tochter diesen bettelarmen Köhlerbuben heiraten soll. »Nein«, hat er zu sich selber gesagt, »das kann und das darf nicht geschehen. Diese Hochzeit muß verhindert werden.« Die ganze Nacht hat der König fieberhaft überlegt: Was soll er am besten dagegen unternehmen?

In der Früh haben sie gesehen, daß die Köhlersfrau in der Nacht vor Erschöpfung gestorben ist. Der Köhler ist ganz und gar verzweifelt gewesen. Unter Tränen hat er den kleinen neugeborenen Buben im Arm gewiegt. »Mein armes, armes Kindl«, hat er zu ihm gesagt, »kaum bist du auf der Welt, da hast du auch schon keine Mutter mehr. – Was soll denn nur aus uns werden? So, wie uns die Not drückt, habe ich alle Hände voll zu tun, damit wir das Nötigste zusammenbekommen. Wie soll ich denn da auch noch für dich sorgen?«

Jetzt ist dem König der rettende Einfall gekommen: »Mach dir keine Sorgen«, hat er zum Köhler gesagt, »dein Jammer geht mir zu Herzen. Zeig mir den Weg aus dem Wald. Wenn ich zurück bin im Schloß, werde ich dir einen Boten mit Geld schicken, damit du ein Auskommen hast. Den Buben aber soll der Bote zu uns ins Schloß mitnehmen. Ich selbst werde für ihn sorgen. Du kannst sicher sein, daß es ihm an nichts fehlen wird.« – Da ist dem Köhler gleich viel leichter gewesen. Voller Freude hat er dem König gedankt und ihm den Weg aus dem Wald gezeigt.

Wie der König ins Schloß zurückgekommen ist, da sind ihm die Diener schon entgegengerannt.

»Herr«, haben sie geschrien, »Euch erwartet einen große Freude! Eure Frau, die Königin, hat heute Nacht eine Tochter in die Welt gesetzt. Alle zwei sind sie gesund und munter.«

Da ist auch der König seelenvergnügt gewesen. Voller Freude ist er hinein zu seiner Frau in die Kammer und hat das Neugeborene glücklich auf den Arm genommen. Im nächsten Moment sind ihm aber wieder die Schicksalsfrauen eingefallen. So hat er die Tochter zurückgelegt an die Mutterbrust, ist hinausgegangen.

»Hör zu, was ich dir befehle!«, hat er zu einem Diener gesagt. »Nimm diesen Sack voll Gold und bring ihn dem Köhler, der tief drinnen im Wald haust. Er wird dir dafür einen neugeborenen Buben geben. Das Kind nimmst du mit und wirfst es am Weg ins Wasser, damit es ersäuft. Tust du das nicht, dann wird es dich selber das Leben kosten.«

So ist der Diener mit dem Geld hinausgegangen in den Wald. Dort hat ihm Köhler den kleinen Buben in einem Korb übergeben. Am Rückweg ist der Diener zu einem breiten Fluß gekommen. Dort hat er das Kind mitsamt dem Korb von der Brücke ins Wasser geworfen.

Dem König ist ein Stein vom Herzen gefallen, wie der Diener ohne Kind zurückgekommen ist und alles berichtet hat. »Ade, mein lieber Schwiegersohn!«, hat er höhnisch gerufen, »Schicksalsfrau hin und Schicksalsfrau her, meine Tochter wirst du nicht heiraten.« Der König ist sich ganz sicher gewesen, daß das Kind längst ertrunken ist.

Wundersamerweise ist der Weidenkorb aber nicht untergegangen. Das Wasser hat ihn auf den Wellen dahingetragen und geschaukelt. So süß hat der kleine Bub im Korb geschlummert, als ob ihn jemand in den Schlaf gewiegt hätte. Wer weiß, wie lange er auf den Wellen dahingeschaukelt ist. Schließlich ist er bei einer Fischerhütte angeschwemmt worden. Der alte Fischer ist gerade heraußen gesessen und hat die Netze geflickt. Da sieht er den Korb mit dem Buben darin. Geschwind ist er hin zum Ufer, hat ihn herausgehoben und ins Haus gebracht. »Schau her, Frau«, hat er gesagt, »du hast dir immer ein Kind gewünscht. Jetzt hat uns der Fluß eines angeschwemmt.«

Gleich haben die zwei Fischerleute den kleinen Buben angenommen und in ihr Herz geschlossen. Weil ihn die Wellen angeschwemmt haben, drum haben sie ihn »Plavacek«, auf Deutsch »Schwimmerchen«, genannt und großgezogen wie ihr eigenes Kind.

Schnell erzählt man, langsam erlebt man. Aus dem kleinen Buben ist ein starker, schöner Bursch geworden.

Einmal ist der König auf der Jagd zu der Fischerhütte gekommen. Es war ein heißer Sommertag. Geschwitzt hat der König und einen furcht-

baren Durst hat er gehabt. »Guter Mann«, hat er zum Fischer gesagt, »gib mir einen Schluck frisches Wasser!« Da hat der Fischer den Plavacek um einen Krug Wasser geschickt.
»Einen stolzen Burschen hast du da«, hat der König zum Fischer gesagt. »Ist das dein Sohn?« – »Herr, er ist es, und er ist es nicht«, hat der Fischer gesagt. »Der Fluß hat ihn uns vor zwanzig Jahren in einem Weidenkorb angeschwemmt. So haben wir ihn großgezogen wie unser eigenes Kind.«

Wie der König das gehört hat, da ist ihm auf der Stelle der Köhlerbub wieder eingefallen. Vor lauter Wut ist ihm schwarz geworden vor den Augen. Aber schließlich ist er wieder ganz ruhig geworden und hat gesagt: »Der Bursch gefällt mir. Ich brauche einen Boten, der für mich eine Nachricht ins Schloß bringt. Da kann er zeigen, wie tüchtig er ist.« – »Ja, Herr«, hat der Fischer gesagt, »wenn Ihr es wünscht, dann wird er sich gerne für Euch auf den Weg machen.«
Darauf hat sich der König niedergesetzt und an die Königin einen Brief geschrieben. Darin ist gestanden:
»Liebe Frau! Den Burschen, der dir diesen Brief überbringt, sollst du auf der Stelle hinrichten lassen. Er ist mein größter Feind. Darum darf er, wenn ich nach Hause komme, nicht mehr am Leben sein. Zögere nicht. Was hier steht, das ist mein fester Wille.«
Den Brief hat der König fest versiegelt, in einen Umschlag gegeben und dem Plavacek in die Hand gedrückt. »Nimm den Brief«, hat er zu ihm gesagt, »und gib ihn der Königin selber in die Hand. Niemand anderer darf den Brief lesen.«
Der Plavacek hat das hoch und heilig versprochen und sich auf der Stelle auf den Weg gemacht.

Lange ist er gegangen – durch tiefe Waldungen und über weite Auen. In der Finsternis hat er den Weg verloren und ist zwischen den Bäumen herumgeirrt. Da kommt ihm auf einmal die uralte Schicksalsfrau entgegen.
»Wohin des Weges, mein lieber Plavacek?«, hat sie ihn freundlich gefragt. »Ach gute Frau«, hat er gesagt, »ich soll der Königin diesen Brief bringen. Aber jetzt habe ich mich im Wald verirrt und finde den Weg nimmermehr. Kannst du mir weiterhelfen? – »Aber freilich«, hat die Uralte gesagt. »Komm mit in mein Haus. Der Weg in die Königsstadt ist noch weit. Bleib bei mir über Nacht. Morgen früh kannst du dann bei Tageslicht weitergehen. Hab keine Angst. Ich bin deine Patin.«
So ist der Plavacek vertrauensvoll mit ihr gegangen. Bald darauf, war es kurz, war es lang, sind sie zu einem prächtigen Haus gekommen. Es ist dagestanden, als ob es aus dem Boden gewachsen wäre. Im Haus von der Uralten hat der Plavacek gut zu essen und zu trinken bekommen. Bald darauf ist er müde eingeschlafen. Da hat die Uralte den Brief aus seiner Tasche genommen, ihn angeschaut, durchgelesen und einen anderen Brief hineingelegt. Der Plavacek hat von all dem rein gar nichts gemerkt. So erschöpft ist er gewesen vom weiten Weg und so tief hat er geschlafen.
Am nächsten Tag hat er sich mit frischem Mut und mit neuer Kraft auf den Weg gemacht. Weit ist es noch gewesen bis zu der Königsstadt. Aber schließlich hat er der Königin den Brief überreicht. Ihr hat der stolze Bursch gut gefallen. Sie hat den Brief genommen, ihn aufgemacht und gelesen. Da sind ihre Augen immer größer geworden. Sie hat kaum glauben können, was sie da gelesen hat. Aber es steht ja klar und deutlich da:
»Liebe Frau! Den Burschen, der dir diesen Brief überbringt, sollst du auf der Stelle mit unserer Tochter verheiraten. Er ist mein mir vom Schicksal bestimmter Schwiegersohn. Bis ich wieder am Hof bin, soll die Hochzeit vollzogen sein. Zögere nicht. Was hier steht, ist mein fester Wille.«

Auch der Prinzessin hat der Plavacek gut gefallen. Sie und die Königin haben sich gar nicht sattschauen können an ihm. Was hätte die Königin also lang zögern sollen? – Auf der Stelle hat sie alles für ein rauschendes Hochzeitsfest rüsten lassen. Und so sind der Plavacek und die Prinzessin bald darauf glücklich Mann und Frau gewesen.

Wie der König von der Jagd zurückgekommen ist, da hat er seinen Augen nicht getraut. Der Bursche lebt ja immer noch! Jetzt treibt er sich gar am Hof herum! – So richtig hat es dem König aber die Rede verschlagen, wie er gehört hat, daß der Plavacek jetzt mit seiner Tochter verheiratet ist. Voller Wut ist er in die Kammer gestürmt zu seiner Frau und hat sie angeschrien:
»Bist du verrückt geworden? Was ist dir denn da eingefallen? Wie kannst du einen dahergelaufenen Fischer-Burschen mit unserer Tochter verheiraten? Habe ich nicht klar und deutlich geschrieben, was geschehen soll?« – »Mein lieber Mann«, hat die Königin gesagt, »mir scheint, du bist es, der verrückt geworden ist. Dein Wille steht klar und deutlich im Brief. Alles ist geschehen wie du es gewollt hast.« Sie hat dem König den Brief hingehalten. Verdutzt hat der gelesen, was im Brief gestanden ist. – »Das kann nicht sein!«, hat er gesagt. »Mit dem Brief stimmt irgendwas nicht!« – »Ist das denn nicht deine Schrift?«, hat die Königin gesagt, »und ist nicht das königliche Siegel droben?« – »Da hast du schon recht«, hat der König gesagt. »Aber irgend etwas muß mit dem Brief passiert sein.«
Darauf hat er den Plavacek rufen lassen. Der hat ihm jetzt haargenau erzählen müssen, was er am Weg in die Stadt alles erlebt hat. Wie er schließlich von der uralten Frau erzählt hat und von der Übernachtung in ihrem Haus, da hat sich der König seinen Teil gedacht.

»Gut«, hat er schließlich gesagt, »was geschehen ist, ist geschehen. Aber mir nix dir nix kannst du meine Tochter nicht heiraten. Du mußt erst beweisen, was du kannst. Bring mir als Hochzeitsgabe drei goldene Haare vom Großvater Allwisser. Schaffst du das, dann hast du meinen Segen, und bist wert, der Mann meiner Tochter zu sein.«

Der Plavacek hat da nicht lange überlegt. Unverzagt hat er von der Prinzessin Abschied genommen. Wie sie gehört hat, daß der Plavacek schon wieder fort muß, hat sie bitterlich zu weinen angefangen. Der König aber hat zu sich selber gesagt: »Auf diese Art und Weise werde ich den ungeliebten Schwiegersohn los und brauche keinen Finger zu rühren. Er rennt selber in sein Verderben. Den werden wir nie mehr wiedersehen.«
Der Plavacek ist derweil unverdrossen dahinmaschiert. Ist er schnell gegangen oder langsam, war der Weg kurz oder war er weit, wer weiß? Aber weil die Schicksalsfrau seine Patin gewesen ist, drum ist es ihm leicht gewesen, den richtigen Weg zu finden. Über Berge und Täler ist er gegangen, über Wasser geschwommen und durch Furte gewatet. So ist er schließlich zum Schwarzen Meer gekommen. Am Strand hat er einen Fährmann mit seinen Boot getroffen: »Wo willst du denn hin?«, hat ihn der gefragt.
»Ich?«, hat der Plavacek gesagt, »ich gehe zum Großvater Allwisser. Drei goldene Haare will ich holen, damit ich mit meiner lieben Frau weiter glücklich leben kann.« – »Hoho!«, hat da der Fährmann gesagt, »da kommst du mir gerade richtig. Auf einen solchen Boten warte ich schon lange. Seit über zwanzig Jahren muß ich die Leute hin und her bringen. Jetzt habe ich diese Schinderei schon gründlich satt. Frag den Großvater Allwisser, wie lange ich das alles noch auf mich nehmen muß. Dann will ich dich übersetzen.« – »Das will ich gerne für dich

tun«, hat der Plavacek gesagt. Und so hat ihn der Fährmann mit seinem Boot über das Schwarze Meer gebracht.

Auf der anderen Seite ist der Plavacek seelenvergnügt weitermarschiert. So ist er zu einer großen Stadt gekommen. Von weitem hat sie ganz und gar düster ausgeschaut. Auf seinem Weg hat der Plavacek einen Alten getroffen. Tief gebeugt ist der an einem Stock gegangen. »Grüß dich«, hat der Alte zu ihm gesagt, »wo gehst denn du hin?« – »Ich bin auf dem Weg zum Großvater Allwisser«, hat der Plavacek gesagt. »Drei goldene Haare will ich von ihm holen!«

»So so«, hat der Alte gesagt, »du bist also am Weg zum Großvater Allwisser. Auf so einen Boten warten wir schon lange. Hier bei uns wächst ein Apfelbaum. Seine Äpfel schenken ewige Jugend. Aber seit zwanzig Jahren trägt er keine Frucht mehr.«

Darauf hat ihn der Alte zum König gebracht. Der hat den Plavacek in allen Ehren empfangen und gesagt: »Wir haben eine große Bitte an dich. Frag doch den Großvater Allwisser, was wir tun können, damit der Baum wieder Frucht bringt. Wenn du das tust, dann sollst du reich belohnt werden.« Belohnung hin, Belohnung her – darauf ist es dem Plavacek gar nicht angekommen. Gern hat er zugesagt, daß er den Großvater Allwisser fragen wird. Dann ist er munter weitergezogen.

Tag für Tag ist der Plavacek gewandert. Schließlich ist er wieder zu einer großen Stadt gekommen. Aber wie schaut denn die Stadt aus!? – Ruinen über Ruinen stehen da herum. Am Weg hat der Plavacek einen jungen Burschen getroffen. Der hat seinen Vater begraben und dabei bitterlich geweint. Der Plavacek hat den Burschen freundlich gegrüßt. Der hat zurückgegrüßt und ihn gefragt: »Wo ziehst denn du hin?«

»Ich bin auf dem Weg zum Großvater Allwisser«, hat der Plavacek

gesagt. Da hat der Jüngling geseufzt: »Schade, schade, daß du nicht schon früher gekommen bist. Wir warten schon lange auf einen solchen Boten. Früher ist bei uns aus dem Brunnen das Wasser des Lebens gesprudelt. Kranke sind davon gesund geworden und Tote wieder lebendig. Aber seit zwanzig Jahren kommt nichts mehr heraus aus dem Brunnen.«
Darauf hat der Bursch den Plavacek zum König gebracht. Und auch der hat ihn gebeten, er soll doch den Großvater Allwisser fragen, wie man das Wasser des Lebens wieder zum Sprudeln bringen könnte. Gern hat der Plavacek das versprochen. Munter ist er daraufhin weitergezogen.

Auf seinem Weg ist er in einen tiefen schwarzen Wald gekommen. Unverdrossen ist er weitermarschiert. Nichts hat ihn schrecken können. Im Gegenteil: Im Wald ist er wie daheim gewesen. Nach einiger Zeit ist zwischen den Bäumen eine grüne Wiese aufgetaucht. Blumen haben da in den schönsten Farben geblüht. Vor lauter Pracht sind ihm schier die Augen übergegangen. Noch mehr aber hat er geschaut, wie er mitten in der Wiese ein goldenes Schloß gesehen hat. Das ist das Schloß vom Großvater Allwisser gewesen. In goldener Glut hat es geglüht. Unverzagt ist der Plavacek daraufzumarschiert. Und wen sieht er da, wie er durch das Tor tritt!? – Ein altes Mütterlein. Das sitzt am Spinnrad und spinnt und spinnt. Wie sie ihn wahrgenommen hat, hat sie aufgeschaut.
»Grüß dich, Plavacek!«, hat sie gesagt. »Es freut mich, daß wir uns wiedersehen.« Die Alte ist seine Schicksalsfrau gewesen. Sie hat schon gewußt, was der Plavacek will. So hat sie zu ihm gesagt: »Der Großvater Allwisser ist mein Sohn, die helle Sonne. In der Früh ist er ein kleines Kind. Bis Mittag wird er zum Mann. Am Abend ist er ein Greis. Versteck dich dort unter dem Holzfaßl. Mein Sohn könnte dich sonst zum Nachtmahl fressen wollen. Aber

hab keine Angst: Ich werde dir die drei goldenen Haare schon besorgen.« – Es geht mir nicht nur um die drei goldenen Haare«, hat der Plavacek gesagt, »drei Antworten auf drei Fragen würde ich auch noch von ihm brauchen.« – Und er hat seiner Schicksalsfrau das Ganze geschildert. – »Ja, ja«, hat die darauf gesagt, »auch die drei Antworten wirst du bekommen.«

Mit einem Mal ist ein starker Wind aufgekommen. Der Plavacek ist geschwind unter das Faß hineingeschloffen. Im nächsten Moment ist durch das hintere Fenster die Sonne als uralter Mann hereingestiegen. Gleich hat er zu schnofeln angefangen und gesagt: »Ich rieche, rieche Menschenfleisch!« – »Aber, aber!«, hat die Alte gesagt. »Wen sollte ich denn dahaben? Siehst du jemanden?«

Der Großvater hat sich darauf wortlos zum Essen niedergesetzt. Nach dem Essen ist er müde gewesen. So hat er seinen goldenen Schädel der Alten in den Schoß gelegt. Bald darauf ist er eingeschlafen. Die Alte hat ihn über den Kopf gestreichelt. Wie sie sicher gewesen ist, daß er tief und fest schläft, hat sie ihm geschwind ein goldenes Haar ausgerissen und es auf den Fußboden fallen lassen. Wie eine Saite hat es geklungen.

»Was willst du denn, Mutter?«, hat der Großvater verschlafen gefragt.

»Nichts, mein lieber Sohn, nichts! Ich bin nur eingeschlafen und habe einen sonderbaren Traum gehabt.« – »Was hast du denn geträumt?« – »Von einer Stadt habe ich geträumt. Dort ist früher aus dem Brunnen das Wasser des Lebens gesprudelt. Kranke sind davon gesund geworden und Tote wieder lebendig. Jetzt aber ist der Brunnen seit zwanzig Jahren versiegt. Was könnte man denn machen, damit das Wasser wieder sprudelt?«

»Nichts leichter als das!«, hat der Großvater gesagt. »Auf dem Grund vom Brunnen sitzt ein Frosch. Den muß man verjagen und den Brunnen sauber putzen, dann wird das Wasser sprudeln wie früher und auch seine Kraft wieder haben.«

Der Großvater Allwisser ist daraufhin wieder eingeschlafen. Da hat ihm die Alte aber auch schon das zweite Haar ausgerissen. Wieder hat sie es auf den Fußboden fallen lassen, daß es geklungen hat.

»Was ist denn schon wieder?«, hat der Großvater geraunzt. »Nichts, mein lieber Sohn, nichts! Ich bin nur ein wenig eingeschlafen und habe wieder einen seltsamen Traum gehabt.« – »Na, was hast du denn diesmal geträumt?« – »Von einer Stadt habe ich wieder geträumt. Dort ist früher ein Apfelbaum gewachsen. Seine Äpfel haben ewige Jugend geschenkt. Aber jetzt trägt der Baum seit zwanzig Jahren keinen einzigen Apfel mehr.« – »Dabei ist alles ganz einfach«, hat der Großvater Allwisser gemurmelt. »An den Wurzeln vom Baum nagt eine Schlange. Das kostet ihn die ganze Kraft. Die Schlange muß ausgegraben und verbrannt werden, und der Baum gehört daraufhin neu eingepflanzt. Dann wird er wieder Äpfel in Hülle und Fülle tragen.«

Im nächsten Moment ist der Großvater wieder eingeschlafen gewesen. Da hat ihm die Alte das dritte Haar ausgerissen. Wieder hat sie es auf den Fußboden fallen lassen. Und es hat geklungen wie eine Saite.

Jetzt ist der Großvater schön langsam wild geworden. »Warum läßt du mich denn nicht schlafen!?«, hat er voll Ärger gesagt. Am liebsten wollte er schon aufstehen. Aber da hat ihn die Alte beruhigt: »Bleib ruhig liegen, mein Sohn, und sei nicht böse. Ich bin nur wieder eingeschlafen und hab schon wieder einen sonderbaren Traum gehabt.«

»Und wovon hast du diesmal geträumt?« – »Von einem Fährmann. Seit zwanzig Jahren muß er die Leute über das Schwarze Meer bringen. Niemand kann ihn von dieser Arbeit befreien, nicht einmal er selbst. Jetzt will er halt wissen, wann er endlich davon erlöst sein wird.« – »Mir scheint, der Mann ist ein rechter Dummkopf!«, hat der Großvater gesagt. »Er braucht doch nur einem anderen das Ruder in die Hand zu drücken und ans Ufer springen! Dann muß der statt ihm die Leute hin- und herbringen, und er kann auf und davon gehen. – Aber jetzt laß mir meine Ruhe. In der Früh heißt es für mich zeitig aufstehen. Morgen muß ich wieder die Tränen trocknen, die die Königstochter jede Nacht um ihren Plavacek weint. Der König hat ihn ausgeschickt, damit er drei goldene Haare von mir holt. Wer weiß, wo er sich herumtreibt, während die Prinzessin schon schier verzweifelt.«

In der Früh ist ein starker Wind aufgekommen. Im Schoß von der uralten Schicksalsfrau ist jetzt statt dem Großvater ein wunderschönes Kind mit goldenen Haaren munter geworden. Das ist der göttliche Sonnenschein gewesen. Er hat Abschied genommen von seiner Mutter und ist durch das östliche Fenster hinausgeflogen.
Kaum, daß er fort gewesen ist, hat die Schicksalsfrau das Faßl umgekippt und dem Plavacek herausgeholfen.
»Da hast du die drei goldenen Haare«, hat sie zu ihm gesagt. »Die Antworten auf deine Fragen hast du auch schon bekommen. Geh mit Gott! Mich wirst du künftig nie mehr wiedersehen. Das ist jetzt nicht mehr notwendig.«
Der Plavacek hat sich herzlich bei ihr bedankt und ist frohgemut heimmarschiert.

Wie er in die erste Stadt gekommen ist, da haben ihn alle schon sehnsüchtig erwartet. Sofort hat er angeschafft, daß sie den scheußlichen Frosch aus dem Brunnen holen und verjagen sollen. Dann haben alle miteinander den Brunnen sauber geputzt. Und schon ist das Wasser voller

Kraft herausgesprudelt. Ist das eine Freude gewesen! – Zum Dank hat der König den Plavacek reich belohnt. Zwölf Pferde, so weiß wie Schwäne, hat er ihm geschenkt. Die sind schwer mit Gold, Silber und Edelsteinen beladen gewesen.

Auch in der zweiten Stadt ist der Plavacek schon sehnsüchtig erwartet worden. Sofort hat er die Schlange ausgraben und im Feuer verbrennen lassen. Der Baum ist neu eingepflanzt worden. Am nächsten Tag haben sich an den Ästen schon die ersten Knospen gezeigt. Bald darauf ist der Baum in voller Blüte gestanden. Es hat ausgeschaut, als ob ihn jemand mit Rosen bestreut hätte. In der Stadt ist die Freude jetzt riesengroß gewesen. Der König hat dem Plavacek zum Dank zwölf Pferde geschenkt. Die sind so schwarz wie Raben gewesen und waren schwer beladen mit Gold und Edelsteinen. So ist der Plavacek mit seinen Reichtümern schließlich zum Schwarzen Meer gekommen. Dort hat schon der Fährmann gewartet.
»Bist du wirklich beim Großvater Allwisser gewesen? Und weißt du auch, was ich tun muß, damit ich aufhören kann mit meiner schweren Arbeit?«, hat ihn der gefragt.
»Na freilich weiß ich, was du tun mußt!«, hat der Plavacek gesagt. »Aber zuerst bringst du mich hinüber.«
Auf diesen Handel hat der Fährmann nicht eingehen wollen, aber schließlich ist ihm nichts anderes übrig geblieben und er hat den Plavacek über das Meer gebracht. »Na, was muß ich jetzt tun!?«, hat er ihn auf der anderen Seite gefragt. – »Ganz einfach! Drück dem nächsten, den du über das Wasser bringst, das Ruder in die Hand und spring an Land. Dann muß der mit den Leuten hin und her fahren.« Und schon ist der Plavacek auf und davon geritten.

Der König hat seinen Augen kaum getraut, wie der Plavacek wieder heimgekommen ist. Die Prinzessin hat gar geweint – aber nicht vor Kummer, sondern vor lauter Freude.

»Hier bring ich dir, lieber Schwiegervater, die drei goldenen Haare vom Großvater Allwisser«, hat der Plavacek gesagt. »Ist schon recht!«, hat der König gesagt, wie ihm der Plavacek die drei Haare auf den Tisch gelegt hat. »Und jetzt sag einmal, wo hast du die vierundzwanzig Rösser und den ganzen Reichtum her?«

»Das alles habe ich mir auf dem Weg mit Hilfe von meiner Schicksalsfrau verdient«, hat der Plavacek gesagt. Lang und breit hat er seine Geschichte erzählen müssen. Der König hat das alles kaum glauben können. Der Mund ist ihm offen gestanden vor lauter Staunen. Schließlich hat er in seinen Bart gemurmelt: »Äpfel, die ewige Jugend schenken. Ein Wasser, das sogar Sterbenskranke wieder gesund macht. Das muß ich haben.« Und schließlich hat er gesagt: »Ich sehe, daß meine Tochter einen Narren an dir gefressen hat. Schaut zu, daß ihr miteinander glücklich werdet. Ich aber werde mich auf den Weg machen, um die Äpfel der ewigen Jugend und das Wasser des Lebens zu holen.«

So ist es geschehen. Der König ist fortgezogen, und ist bis heute nicht zurückgekommen. Wer weiß, der Fährmann hat wohl gerade ihm das Ruder in die Hand gedrückt. Der Plavacek und seine liebe Frau aber haben als König und Königin noch lange und gut gelebt. Glücklich sind sie auch gewesen. Und wenn sie nicht gestorben sind, dann leben sie wohl heute noch.

Von der Schneeliesel

Ein Volksmärchen aus Böhmen

Vor langer, langer Zeit, war's gestern oder war's heut, da hat einmal ein Bauer gelebt. Der hat Hans geheißen. Seine Frau, das war die Marie. Die zwei sind miteinander alt geworden. Aber sie haben keine Kinder gehabt. Das hat ihnen immer wieder großen Kummer gemacht.

Einmal hat es im Winter den lieben langen Tag und die ganze Nacht geschneit. Am nächsten Tag ist ihnen der Schnee schon bis zu den Knien gegangen. Draußen vor dem Fenster haben die Kinder einen Schneemann gebaut. Da hat der Hans zu seiner Frau gesagt: »Meine liebe Frau, wenn wir schon kein Kind zusammenbringen, dann wollen wir auf unsere alten Tage wenigstens miteinander noch einen Schneemann bauen.« – »Ja!«, hat die alte Marie vergnügt gesagt. »Warum sollen wir alten Leute uns nicht auch ein Vergnügen gönnen? Aber warum einen Schneemann bauen? Machen wir uns doch gleich ein Kind aus dem Schnee, wenn uns schon der liebe Gott keines beschert hat.« – »Na, dann bauen wir uns halt ein Kind«, hat der Hans gesagt.

Miteinander haben die zwei Alten aus dem Schnee ein Kindlein geformt. Zuerst den kleinen Körper, dann die Hände und Füße. Einen kugelrunden Schneeball haben sie als Kopf draufgesetzt.

»Helf euch Gott!«, hat einer gesagt, der vorbei gegangen ist. »Wir danken dir schön!«, haben die zwei Alten gesagt.

»Was macht ihr denn da?«

»Na, das siehst du ja!«, hat der Hans gesagt. »Unsere Schneeliesel bauen wir«, hat die Marie hinzugefügt. Dabei ist ein vergnügtes Lächeln über ihr Gesicht geflogen. »Das hätten wir schon viel früher tun sollen!«, hat sie dann noch gesagt.

Miteinander haben sie die Nase geformt, ein kleines Kinn, zwei Grübchen für die Augen und auch den kleinen Mund. Im nächsten Moment hat das Kind angefangen zu atmen. Es hat seine blauen Augen aufgemacht und den Kopf bewegt, als ob es lebendig wäre. Auch die Arme und Beine hat es mit einem Mal gerührt und gestrampelt. Die alte Frau hat das kaum glauben können.

»Ach Hans!«, hat sie gerufen, »mein lieber Hans! Gott hat uns doch noch ein Kind geschenkt.«

Voller Freude hat sie die Schneeliesel in den Armen gehalten, geschaukelt und abgebusselt. Da ist der Schnee vom Kind abgefallen, wie eine Eierschale. Ein lebendiges Mädchen ist jetzt in ihren Armen gelegen. »Schneeliesel, meine liebe Schneeliesel!« Die alte Frau ist vor Freude ganz närrisch gewesen. Geschwind ist sie mit dem Kind in die warme Stube gelaufen. Dort hat sie sich Tag und Nacht um die Schneeliesel gekümmert. Die aber ist nicht langsam, von Tag zu Tag, sondern von Stunde zu Stunde gewachsen. Nach ein paar Tagen hat die Schneeliesel schon nicht mehr ausgeschaut wie ein Neugeborenes, sondern wie ein Kind von drei, vier Jahren.

Aus dem Dorf sind die Mädchen zu Besuch gekommen. Sie haben die Schneeliesel angezogen, haben sich mit dem Kind unterhalten, mit ihm gespielt und ihm Lieder vorgesungen. So haben sie der Schneeliesel allerhand beigebracht. Wie das Frühjahr gekommen ist, da war die Schneeliesel schon so groß wie ein dreizehnjähriges Mädchen. Aufgeweckt ist sie gewesen. Alles hat sie verstanden und zu allem etwas zu

sagen gewußt. Wunderschön war sie noch dazu: Der Körper weiß wie Schnee, die Augen so blau wie Vergißmeinnicht. Ihre roten Haare sind ihr bis zum Gürtel gegangen. Ihre Wangen aber waren so bleich, als ob sie kein Blut im Körper hätte. Alle haben sie recht gerne gehabt. Denn neben ihrer Schönheit ist sie auch noch herzensgut gewesen.
Ihren alten Eltern ist immer wieder, wenn sie sie angesehen haben, vor Freude das Herz im Leib gehüpft.
»Was haben wir nur für ein Glück!«, hat die Marie zu ihrem Hans gesagt. »Lange genug haben wir Sorgen gehabt. Auf unsere alten Tage hat uns Gott noch diese Freude beschert.« – »Ja«, hat der Hans gesagt. »Gott Lob. Auf dieser Welt gibt es keine Freude, die ewig dauert. Dafür haben auch der Kummer und die Sorgen ein Ende.«
An den warmen Frühlingstagen haben die Mädchen aus dem Dorf vergnügt draußen auf der Wiese gespielt. Gesungen haben sie: »Du schöner Frühling, was hat dich hergebracht? – Auf dem Astholz der Wagen bin ich geritten und auf den Eggen der Felder!«
Alle haben sich an der warmen Sonne gefreut. Die Schneeliesel ist aber jetzt oft recht niedergeschlagen gewesen. Ihre alte Mutter hat das bekümmert: »Was fehlt dir denn, mein Kind?«, hat sie sie gefragt. »Bist du krank? Hast du Sorgen? Oder hat dich gar jemand behext?« – »Nein!«, hat die Schneeliesel gesagt, »mir fehlt gar nichts. Ich bin gesund.«
Wie im Mai auch die letzten Schneewinde aufgehört haben zu blasen und in den Gärten und Wiesen alles geblüht hat, da sind auch die Leute im Dorf froh und vergnügt gewesen. Nur die Schneeliesel ist immer trauriger geworden. Den anderen Kindern ist sie meist aus dem Weg gegangen. Statt in der Sonne zu spielen, hat sie sich lieber in den Schatten verdrückt. Nur wenn es finster geworden ist, ist ihr leichter gewe-

sen. Und wenn es geregnet hat, dann war auch sie vergnügt. Einmal ist mit Blitz und Donner ein gewaltiges Gewitter niedergegangen. Gehagelt hat es, daß die weißen Körner nur so gesprungen sind. Voller Freude hat die Schneeliesel da im Hagel getanzt. Ihr ist gewesen, als ob Perlen vom Himmel fallen würden. Bald darauf aber ist wieder die Sonne hinter den Wolken hervorgekommen und die Hagelkörner sind geschmolzen. Da ist die Schneeliesel zurückgelaufen ins Haus und hat bitterlich geweint.

Der Frühling ist vergangen und die Sommersonnenwende ist gekommen. Zur Johannisnacht sind auch die Mädchen aus dem Dorf hinausgezogen in den Wald und wollten die Schneeliesel mitnehmen. Sie selber hat dazu keine rechte Lust gehabt. Aber die anderen Mädchen haben ihr lange zugeredet und auch die zwei alten Eltern gebeten, sie sollen sie doch mitgehen lassen. »Na, wenn ihr unbedingt meint, dann soll sie halt mitgehen, wenn sie will«, hat da die Marie gesagt. »Aber paßt mir gut auf sie auf!« – »Das versprechen wir!«, haben die Mädchen voller Freude gesagt. Geschwind haben sie die Schneeliesel bei der Hand genommen. Jetzt ist sie halt auch mitgelaufen hinaus in den Wald. Dort haben die Kinder Blumensträuße gebrockt und Kränze geflochten. Dazu haben sie ihre Lieder gesungen. Die Schneeliesel hat alles mitgemacht. Im kühlen Wald ist auch ihr wohl gewesen.

Wie es finster geworden ist, haben die Mädchen dürres Holz zusammengetragen und ein Feuer angezündet. Dann haben sie sich gegenseitig mit Blumen geschmückt, die Kränze aufgesetzt und in einer Reihe beim Feuer aufgestellt. Die Schneeliesel ist die Letzte gewesen. »Komm, Liesel!«, haben sie zu ihr gesagt. »Mach uns einfach alles nach!« Dann haben sie das Johannislied gesungen, einen Anlauf genommen und sind eine nach der anderen über das Feuer gesprungen. Plötzlich hat hinter ihnen etwas aufgezischt. Ein klägliches »Ach!«, haben sie noch gehört. Erschrocken haben sich die Mädchen umgedreht. Von der Schneeliesel ist nichts mehr zu sehen gewesen. – »Vielleicht hat sie sich verbrannt und ist vor Schrecken fortgerannt!«, hat eine gesagt. »Oder sie hat sich vor dem Feuer gefürchtet und im Wald versteckt«, hat eine andere gemeint.

So sind sie nach allen Seiten davongelaufen, um die Schneeliesel zu suchen. Sie haben laut nach ihr gerufen. – »Schneeliesel! – Schneeliesel!« Aber niemand hat sich gemeldet. Rundum im Wald ist sie nirgends zu finden gewesen.

»Vielleicht ist sie gleich heimgerannt ins Dorf!«, hat eine gesagt. So sind sie ins Dorf gerannt. Aber auch dort ist die Schneeliesel nicht zu finden gewesen. Jetzt haben alle Leute aus dem Dorf bis weit in die Nacht hinein nach ihr gesucht. Aber nicht die geringste Spur ist zu finden gewesen. Auch am nächsten Tag und am Tag darauf und sogar am dritten Tag haben sie alles nach der Schneeliesel abgesucht. Sie ist verschwunden geblieben.

Ein Mädchen hat schließlich gemeint: »Ihr habt doch gehört, wie beim Feuerspringen jemand hinter uns ein „Ach” gerufen hat! Das ist bestimmt die Schneeliesel gewesen. Mir war, als ob ich aus den Augenwinkeln gesehen hätte, daß sie sich mit einem Zischen in eine Dampfwolke aufgelöst hat.«

Wer weiß, vielleicht ist die Schneeliesel wirklich als kleine Wolke in den Himmel eingegangen. Vielleicht kommt sie auch heute noch jedes Jahr mit dem Schnee zu uns auf Besuch. Man sieht sie nur nicht, weil ja alles ganz weiß ist. Vielleicht aber hat sich alles auch ganz anders zugetragen.

VOM HERAN-WACHSEN

Steig herunter von der Kanzel!

Eine Schelmengeschichte vom Nasreddin Hodscha

Es ist einmal gewesen, und es ist doch keinmal gewesen, da ist der Nasreddin schon als Kind ein aufgeweckter Bursch gewesen. Oft ist er mit seinem Vater in die Moschee gegangen. Der Vater hat dort als Imam, also als Vorbeter, gepredigt.

Einmal hat der Nasreddin wieder bei einer Predigt von seinem Vater zuhören dürfen. Der Vater hat gerne von der Reinigung gesprochen. Er hat die Gläubigen an die Gebote Gottes erinnert. Immer wieder hat er ihnen gesagt:
»Vergeßt nicht, wie wichtig ein frommes und gottgefälliges Leben ist.«
Diesmal ist der Vater vom Nasreddin aber auf der Kanzel gestanden – und es ist ihm nichts eingefallen. Schließlich hat er zu der versammelten Gemeinde gesagt:
»Verzeiht mir, Männer. Ich habe alles vergessen, was ich euch heute sagen wollte. Mein Kopf ist wie leer.«
»Vater, mach dir nichts draus«, hat da der Nasreddin gesagt. »Wir alle wissen, daß dein Kopf leer ist. Aber – warum steigst du dann nicht einfach herunter von der Kanzel?«

Vom Lernen

Eine Schelmengeschichte vom Nasreddin Hodscha

Es ist einmal gewesen, und es ist doch keinmal gewesen, da hat der Nasreddin, wie er noch in die Schule gegangen ist, immer wieder zuwenig gelernt.

Einmal hat der Lehrer deswegen furchtbar mit ihm geschimpft: »Nasreddin, du hast in Geographie schon wieder nichts gelernt.«
»Verzeiht, Herr«, hat der Nasreddin gesagt, »mein Vater hat gestern gemeint: ›Das, was jetzt vor sich geht, wird die ganze Welt verändern!‹ Da wollte ich lieber noch ein wenig abwarten.«

Nehmt Ihr den Dinar!

Eine Schelmengeschichte vom Nasreddin Hodscha

Es ist einmal gewesen, und es ist doch keinmal gewesen, da ist der Nasreddin als junger Bursche zum ersten Mal alleine in der Stadt gewesen. Auch dort war er schon für seine Dummheiten bekannt. Es ist also kein Wunder gewesen, daß sich die Leute eine Gaudi gemacht haben mit ihm. Einer hat ihm gar – aus lauter Jux – eine Watsche[1] gegeben.
Das ist dem Nasreddin doch zuviel gewesen. Er hat den Mann vor den Kadi, den Richter, gebracht und angezeigt.
»Du hast dem Nasreddin eine Watsche gegeben?«, hat der gefragt.
»Ja«, hat der Mann gesagt, »das stimmt. Aber es war nur ein Spaß!«
»Spaß hin, Spaß her! Bei einer Watsche hört sich der Spaß auf. Das kostet dich einen Dinar!« – »Was? So wenig?«, hat sich der Nasreddin gedacht. »Der haut mir eine runter und braucht dafür nur einen lumpigen Dinar Strafe zahlen!?« – Zu allem Überdruß hat sich der Angeklagte auch noch eins gegrinst und zum Richter gesagt: »Herr, ich hab nicht so viel eingesteckt. Das Geld muß ich erst holen.«
»Na gut«, hat der Richter gesagt, »dann renn nach Hause und hole es.« Dabei hat er dem Übeltäter zugezwinkert. Darauf ist der fortgerannt.
Die Zeit vergeht. Der Angeklagte kommt und kommt nicht mehr. Schließlich ist es dem Nasreddin zu dumm geworden. Er ist aufgestanden, hat ausgeholt und dem Richter eine gewaltige Watsche heruntergehauen.
»Verzeiht, Herr«, hat er dann gesagt, »aber ich muß nach Hause. Wenn der Gauner wieder kommt, dann soll er den Dinar Euch geben.«

1 Watsche = eine Ohrfeige

Die Schwester von den Raben

Ein Volksmärchen aus der Steiermark

Vor langer, langer Zeit, war's gestern oder war's heut, da sind einmal ein Mann und eine Frau gewesen. Acht Kinder haben die zwei miteinander gehabt. Sieben Buben und ein Mädchen. Miteinander haben sie in großer Armut gelebt.

Und als ob das nicht schon schlimm genug gewesen wäre, ist auch noch die Mutter gestorben. Der Vater wollte die Kinder jetzt nicht ohne eine Mutter großziehen. Darum hat er bald darauf eine andere Frau geheiratet. Sie hätte eine gute Mutter sein können. Aber sie hat ganz und gar nicht gut gesorgt für die Kinder. Im Gegenteil: »Ohne die vielen hungrigen Mäuler hätten wir ein besseres Auskommen«, hat sie oft zu ihrem Mann gesagt. Besonders auf die sieben Buben hat sie immer wieder hingebissen. Von der Früh bis auf die Nacht hat sie kein gutes Haar an ihnen gelassen.

Einmal ist sie ganz besonders wild auf die sieben Buben losgegangen: »Schaut, daß ihr weiterkommt, ihr hundselendigen Rabenviecher!«, hat sie geschrien. Da sind die sieben Brüder mit einem Mal zu schwarzen Raben geworden. Sie haben ihre Flügel gespreizt. Im nächsten Moment sind sie auch schon durch die Luft auf und davon geflogen.

Die Schwester hat das alles mitanschauen und mitanhören müssen. Weinend ist sie aus dem Haus gerannt – immer den Brüdern nach. Aber die Raben sind über den hohen Wald fortgeflogen. Sieben Jahre ist das Mädchen gerade erst alt gewesen. Jetzt wollte sie aber nimmermehr zu

Hause bleiben. Sie hat ein Stück Brot genommen und ihr Messer eingesteckt. Traurig ist sie dann fortgewandert, um ihre Brüder zu suchen. Wie es finster geworden ist, hat sie sich im Wald zu einer Quelle gesetzt. Sie hat von dem klaren Wasser getrunken und von ihrem Brot abgebissen. Dann hat sie Laub und Reisig zusammengesucht und sich daraus ein Lager gerichtet. »Die wilden Tiere werden mir schon nichts zuleide tun«, hat sie sich in ihrer Unschuld gesagt. Bald darauf ist sie vor lauter Müdigkeit auch schon eingeschlafen gewesen.

Zeitig in der Früh ist sie durch den Gesang von den Waldvögeln munter geworden. Sie hat sich aufgerappelt und umgeschaut. Jetzt ist ihr eingefallen, warum sie ausgezogen ist. Da ist ihr gleich wieder recht traurig gewesen um Herz. Sie hat sich Beeren und Wurzeln zum Essen gesucht. Dann hat sie sich weiter auf den Weg gemacht.

Unverdrossen ist sie dahingewandert. Tagein und tagaus und wer weiß, wie lange sie in ihrem Kummer schon dahingewandert gewesen ist. Da ist mit einem Mal ein prächtiger Berg vor ihr aufgetaucht. Von weitem hat er geglänzt, geglitzert und gefunkelt. Ihr haben schier die Augen weh getan.

Wie sie näher kommt, da sieht sie, daß der Berg ganz und gar aus Glas ist. So glatt ist er gewesen, daß sie keinen Schritt hinauf machen hat können. Immer wieder ist sie abgerutscht. Lang hat sie versucht hinaufzukommen. Aber alle Mühe ist vergebens gewesen.

Da ist mit einem Mal eine alte Frau vor ihr gestanden. »Was willst denn du da am gläsernen Berg?«, hat die Alte sie gefragt. – »Ach, liebe Großmutter«, hat sie gesagt, »ich suche meine sieben Brüder. Als Raben sind sie fortgeflogen über den Wald. Wer weiß, wo sie sich jetzt niedergelassen haben.« – »Deine Brüder sind im Schloß auf dem Gipfel vom gläsernen Berg«, hat die Alte gesagt. »Wenn du meinem Rat folgst, dann wirst du zu ihnen hinaufkommen. Schneid dich in den Finger und laß die Blutstropfen Schritt für Schritt vor dir auf den Weg fallen. Wenn du auf die Blutstropfen steigst, dann wirst du nicht mehr abrutschen, sondern Halt finden und vorwärtskommen. Mag sein, daß der Finger aufhört zu bluten. Dann mußt du dich in die Fußsohlen schneiden. So wirst du den Gipfel erreichen.«

Die Schwester hat der Alten für ihren Rat gedankt. Dann hat sie ihre Schuhe ausgezogen, ihr Messer aus der Tasche geholt und sich mit einem Ruck in den Finger geschnitten. Da ist der erste Blutstropfen auch schon vor ihr auf den glatten Berg gefallen. Sie ist bloßfüßig darauf getreten. Jetzt hat sie Halt gefunden. Schon ist der nächste Blutstropfen niedergefallen. Jetzt hat sie den zweiten Schritt tun können. Nach und nach ist sie so immer höher und höher und höher gekommen. Bald hat sie das Schloß gesehen. Dann aber ist das Blut versiegt. Jetzt hat sie sich in die Fußsohlen geschnitten. So, wie es ihr die Alte angeschafft hat.

Uih, das hat weh getan! Die Schmerzen sind ihr durch und durch gegangen. Aber schließlich hat sie wieder an ihre Brüder gedacht. So ist sie tapfer weiter und weiter gestiegen und hinaufgekommen zum Schloß am gläsernen Berg.

Jetzt hat ihr Leiden ein Ende gehabt. Voller Freude ist sie durch das Schloß gelaufen, um ihre Brüder zu sehen. Aber alles ist still gewesen. Nichts hat sich gerührt. So ist sie schließlich in den großen lichten Saal vom Schloß gekommen. Dort ist eine große Tafel gedeckt gewesen. Vor sieben Sesseln sind sieben Teller mit Essen und sieben Becher mit frischem Trinken gestanden. »Bestimmt ist das Essen für meine Brüder angerichtet«, hat sie sich gesagt. Der Hunger und der Durst haben ihr schon arg zugesetzt. Das Wasser ist ihr im Mund zusammengeronnen, wie sie all die Leckerbissen gesehen hat. So hat sie schließlich von jeder Speise einen Bissen gegessen und aus jedem Becher einen kräftigen Schluck genommen.

Kaum, daß sie damit fertig gewesen ist, da hört sie auf einmal ein Schwirren. Sieben Raben sind in den Saal geflogen gekommen. Sie haben sich niedergelassen und geschüttelt: Jetzt sind die sieben Brüder wieder in Menschengestalt vor ihr gestanden. »Ja, wer ist denn da!?«, haben sie gerufen. »Unsere liebe Schwester ist zu uns gekommen!«, hat der Jüngste gesagt. Als erster ist er ihr gleich um den Hals gefallen. Du kannst dir vorstellen, was das für eine Freude gewesen ist! Miteinander haben sie jetzt gegessen und getrunken. Und natürlich hat es viel zu fragen und viel zu erzählen gegeben.

»Leider müssen wir bald wieder Abschied nehmen«, haben die Brüder dann gesagt. »Schon bald werden wir wieder zu Raben werden.« – »Gibt es denn kein Mittel, durch das ich euch von der Verwünschung befreien kann?«, hat die Schwester gefragt. »Liebe Schwester, wir wissen, daß du es gut meinst mit uns. Man kann den Zauber wohl brechen. Aber das ist so schwer, daß du es wohl nie und nimmer zustande bringst.« – »Sagt mir, was ich tun muß. Ich will alles tun, womit ich euch helfen kann.« – »Wenn du uns erlösen willst, dann darfst du sieben Jahre lang kein Wort reden. In dieser Zeit mußt du Brennesseln sammeln, sie verspinnen und für jeden von uns daraus ein Hemd anfertigen. Schaffst du das nicht oder sprichst du auch nur ein einziges Mal ein Wort, so sind wir verloren. Dann müssen wir für immer Raben bleiben.«

Die Schwester hat da nicht lange überlegen müssen. Sofort ist sie bereit gewesen, die schier unlösbare Aufgabe für ihre Brüder auf sich zu nehmen. Schweren Herzens hat sie Abschied genommen von ihnen. Auf der blutigen Spur ist sie wieder hinabgestiegen ins Tal. Dort hat sie sich in

einem hohlen Baum ein Lager gerichtet. Wurzeln, Kräuter und Beeren sind jetzt ihr Essen gewesen. Getrunken hat sie bei der klaren Waldquelle. Mit ihrem Messer hat sie sich eine Handspindel zum Spinnen geschnitzt. Dann hat sie Brennesseln gesammelt. In mühsamer Arbeit hat sie daraus die Fasern bereitet. Dann hat sie daraus einen Stoff gesponnen, so gut sie halt gekonnt hat. Tagaus und tagein hat sie unermüdlich daran gearbeitet.
Jahr um Jahr ist vergangen. In der stillen Einsamkeit vom Wald ist sie zu einer lieblichen Jungfrau herangewachsen. Allein, ohne eine andere Menschenseele, hat sie gelebt. Das ist auch gut so gewesen. Sie hat ja sowieso nicht reden dürfen.

Einmal aber hört sie das Bellen von Hunden und den Klang von Hörnern. Der Lärm ist immer näher und näher gekommen. Voller Angst ist sie zu ihrem Baum gelaufen und hat sich darin versteckt. Aber das hat nichts geholfen. Bald haben die Hunde ihre Witterung aufgenommen gehabt. Vor dem Baum sind sie gestanden und haben gebellt wie wild. So sind auch die Jäger nachgekommen. Allen voran ist ein stattlicher Jüngling geritten. Das ist der junge König gewesen. »Was für ein Tier haben denn die Hunde aufgespürt, daß sie gar so wild anschlagen?«, hat er gesagt. Er selber hat die Hunde zurückgepfiffen und ist hingegangen zum Baum, um vorsichtig nachzuschauen. Und was sieht er da! – Eine wunderschöne Jungfrau. Von ihrer Schönheit und Anmut ist er tief ergriffen gewesen. Freundlich hat er sie angesprochen. Sie aber hat nur traurig den Kopf geschüttelt und ihm gedeutet, er soll sie in Ruhe lassen. »Du brauchst keine Angst zu haben«, hat er zu ihr gesagt, »wir tun dir nichts zu Leide. Im Gegenteil: Du sollst es künftig besser haben als hier in deiner armseligen Behausung.« Sie hat ihm so gut gefallen, daß er befohlen hat, sie auf ein Roß zu setzen und mitzunehmen ins königliche Schloß. Tief bekümmert hat sie die fertigen Hemden und die Nesseln zusammengepackt. Der König hat nicht verstanden, was sie denn mit all dem will. Aber er hat sie gewähren lassen.

Am Hof haben die Leute nicht wenig gestaunt, wie der König eine wunderschöne Jungfrau mit nach Hause bringt von der Jagd. Umso mehr haben sie sich gewundert, wie sie gesehen haben, was die für eine sonderbare Arbeit macht. Dazu redet sie auch kein Wort. Das alles ist ihnen sehr sonderbar vorgekommen.

Der junge König hat ihr alle Ehre angetan. In kostbaren Gewändern ist sie an seiner Seite an der Tafel gesessen. Durch ihr freundliches, edles Wesen haben sie bald alle in ihr Herz geschlossen gehabt. Dem König ist sie mit der Zeit so lieb geworden, daß er schließlich um ihre Hand angehalten hat. Ohne etwas zu sagen, hat sie ihm zu verstehen gegeben, daß auch sie ihn lieb gewonnen hat. So haben sie bald darauf Hochzeit gefeiert. Viele Tage hat das Fest gedauert. Alle haben voller Freude gegessen und getrunken, gesungen, getanzt und gespielt. Die junge Königin aber hat auch dabei nicht auf ihre Arbeit vergessen. Weiter hat sie die Brennesseln versponnen und an den Hemden gearbeitet.

Unverhofft hat die glückliche Zeit ein jähes Ende genommen. Ein Feind ist in das Land eingefallen. Dörfer und Städte hat er verwüstet. So hat der König mit seinen Getreuen in den Krieg ziehen müssen. Die Geschäfte am Hof hat er einem Vertrauten übergeben. »Sorge gut für meine Frau«, hat er zu ihm gesagt. »Schau darauf, daß es ihr an nichts fehlt. Wer weiß, sie wird wohl bald ein Kind in die Welt setzen.« Darauf hat der König von seiner lieben Frau Abschied genommen und ist hinausgeritten in den Krieg.

Kaum aber, daß der König fort gewesen ist, da hat sich der Vertraute am Hof an die junge Königin herangemacht. Sie hat unverdrossen an den Brennesselhemden für ihre Brüder gearbeitet. Er aber hat sich um ihre Zuneigung bemüht. Immer dreister ist er dabei geworden. Sie aber hat ihm in aller Deutlichkeit zu verstehen gegeben, daß sie ihrem Mann treu bleiben will. Da hat sich die Zuneigung von dem Vertrauten in Haß verwandelt. »Frau Königin, wenn du dich nicht mit mir einlassen willst, dann werde ich dafür sorgen, daß du auch mit deinem Mann nicht glücklich wirst«, hat er ihr gedroht.

Bald darauf hat sie einen Buben in die Welt gesetzt. Der falsche Vertraute aber hat statt dem Kind einen jungen Hund in die Wiege gelegt. Den Buben hat er bei einem Bauern weit, weit weg versteckt.

Endlich ist der Krieg aus gewesen. Der Feind war verjagt und der König ist voller Freude mit seinem siegreichen Heer zurückgeritten. Voller Freude und Neugier hat er die Heimkunft kaum erwarten können.

Umso größer ist der Schrecken gewesen, wie ihm der falsche Vertraute seine Lügengeschichte aufgetischt hat. »Stellt Euch vor, Majestät«, hat er zu ihm gesagt, »Eure Frau hat Euch einen Hund in die Welt gesetzt. Bestimmt ist sie eine Hexe. Wer weiß, welchen Zauber sie gegen Euch im Schild führt. So schön sie auch ist und so freundlich sie auch tut: Am besten wäre es wohl, wenn sie am Scheiterhaufen verbrannt wird, damit nicht noch mehr Unheil geschieht.« – Wie der König das gehört und den Hund gesehen hat, da ist er schier verzweifelt gewesen. Aber schließlich ist er doch weiter zu seiner Frau gestanden. Wie früher hat er sie in Ehren gehalten. Weiter haben sie in Liebe und Eintracht miteinander gelebt.

Bald darauf ist der Feind aber wieder in das Land eingefallen. Wieder hat der König fortziehen müssen. Wieder hat er die Geschäfte am Hof

dem falschen Vertrauten übergeben. Und wieder hat die Königin just zu dieser Zeit ein Kind in die Welt gesetzt – ein zartes Mädchen. Diesmal hat der Höfling statt dem Kind eine Katze in die Wiege gelegt. Auch das Mädchen hat er zu dem Bauern, weit weit, weg bringen lassen.
Wie der König wieder aus dem Krieg zurückgekommen ist, da ist seine Enttäuschung noch viel größer gewesen. »Ich habe es Euch ja gesagt, Majestät«, hat ihm der falsche Höfling zugeredet, »Eure Frau ist eine Hexe. Überlegt nur, wo Ihr sie gefunden habt. Wer weiß, wieviel Unglück sie Euch noch bringt. Verbrennt sie am Scheiterhaufen. Eine Hexe verdient nichts Besseres.« – Der König ist tief bekümmert gewesen. Trotzdem hat er sich nicht vorstellen können, daß seine Frau eine Hexe sein soll. Immer noch hat er sie von Herzen gern gehabt. Und so hat er weiter zu ihr gehalten. Sie aber hat weiter fleißig die Brennesseln versponnen und an den Hemden gearbeitet.

Die Monate sind vergangen. Noch einmal ist der Feind ins Land eingefallen. Wieder hat der König in den Krieg ziehen müssen und wieder hat seine Frau just zu dieser Zeit ein Kind in die Welt gesetzt.
Der falsche Höfling hat auch diesmal das Neugeborene gegen ein Tier ausgetauscht.
Wie der König zurückgekommen ist aus dem Krieg, haben ihm die Leute vom Hof gleich brühwarm erzählt, was geschehen ist. Jetzt ist seine Verzweiflung riesengroß gewesen. »Seht Ihr jetzt ein, Herr, daß Eure Frau eine Hexe ist!? Wer weiß, was sie für einen Zauber angewandt hat, um Eure Kinder zu verwünschen«, haben die Höflinge gesagt. – Ach, was ist dem armen König da anderes übriggeblieben? In seiner Verzweiflung ist ihm alles eins gewesen. Er hat seine Frau dem Gericht übergeben. So haben sie sie ins Verlies geworfen. Die Traurig-

„Wie ein Schmetterling
mit zerbrochenen Flügeln
eine winzige Blüte in der Wüste
eine heimatlose Scherbe
fühle ich mich in meinem versteinerten Leid“

aus Cornelia Elke Schray: Trost für dunkle Stunden

Dieses Gedicht spricht vielleicht das aus, wie wir uns in unserer Trauer fühlen.
Erstarrt, versteinert, im tiefsten Schmerz gelähmt.
Und das darf sein.

Lasst uns dennoch versuchen mit kleinen Bewegungen in uns, Schritt für Schritt gemeinsam ein wenig von unserer Erstarrung abzugeben und zu spüren, wie es sein kann weiterzugehen. Yoga ist eine wunderbare Möglichkeit dafür.

Herzliche Einladung zum Workshop:
“sanftes Yoga für Trauernde„

Wann? 16 Dezember 2017; ab 10Uhr bis 14Uhr
Wo? Shunya Yoga Zentrum
Französischen Viertel Tübingen
Aixerstrasse 68
72072 Tübingen

Es sind keine Vorkenntnisse erforderlich, wir üben in bequemer Kleidung, Yogamatten sind vorhanden. Für einen kleinen Imbiss ist gesorgt.

Für eine gute Planung wird um eine Anmeldung gebeten unter:
- diana.hegel@gmx.de
- ulrike.stoehrer@tuebinger-hospizdienste.de

Kurzentschlossene ohne Anmeldung sind auch herzlich willkommen.
Ein kleiner Unkostenbeitrag auf Spendenbasis wäre schön.

Trauer Yoga

keit seiner Frau hat den König aber noch immer tief ins Herz hinein gerührt. So hat er ihr erlaubt, daß sie die Nesselhemden mitnehmen darf. Fleißig hat sie auch im Verlies weiter daran gearbeitet. Um das siebte Hemd fertigzustellen, haben ihr aber die Nesseln gefehlt.
Ihre treue Dienstmagd hat die Herrin so gern gehabt, daß sie sie auch in der Not nicht verlassen hat. Draußen vor dem Schloß hat sie die Nesseln gesammelt und durch ein Fenster ins Verlies hineingeworfen.
Dort ist sie gesessen, die Königin. Unermüdlich hat sie an den Nesselhemden gearbeitet.

Auch vor dem Gericht hat sie nicht abgelassen von ihrer Arbeit. Der falsche Höfling hat sie der Hexerei bezichtigt. »Was habt Ihr zu Eurer Verteidigung zu sagen, Frau?«, hat sie der Richter gefragt. Kein Wort ist über ihre Lippen gekommen. So hat sie das Gericht für schuldig befunden. Der König selbst hat den Richterspruch verkünden müssen: »Weil sie ihre Kinder schon im Mutterleib verhext hat, soll die Königin am Scheiterhaufen verbrannt werden!«
Der Tag der Hinrichtung ist gekommen. Von weit her sind die Leute zusammengekommen. Viele haben die junge Königin in ihrer Schönheit, in ihrer Trauer und in ihrer Anmut gern gehabt. Und jetzt soll sie am Scheiterhaufen verbrannt werden!?
Die Dienerinnen haben ihr ein weißes Kleid angezogen. Dann haben sie die Soldaten aus dem Verlies geholt. Sie aber hat die Nesselhemden unter den Arm genommen und unermüdlich weiter daran gearbeitet. Das siebte Hemd ist noch nicht ganz fertig gewesen.
Die Leute haben geschaut, wie die Königin zur Richtstätte gebracht worden ist. Auch jetzt hat sie nicht abgelassen von ihrer Arbeit. Die Soldaten haben sie oben am Scheiterhaufen an einem Pfahl angebunden.

Ohne Widerstand hat sie es geschehen lassen. Mit flinken Fingern hat sie am siebten Nesselhemd gearbeitet. Nicht einmal aufgeschaut hat sie dabei. Die Menge am Richtplatz ist immer ruhiger geworden. Der Anblick der Königin, ihre strahlende Schönheit und ihre stille Trauer sind selbst den Leuten zu Herzen gegangen. Der König ist schließlich vorgetreten und hat gesagt: »Sag, Frau, wie hast du das unseren Kindern nur antun können? Ich bitte dich, bei unserer Liebe, sag ein Wort! Warum!?«

Die Königin hat aufgeschaut zu ihm. Voller Verzweiflung ist sie gewesen. Dann hat sie weitergearbeitet am siebten Hemd.

Jetzt ist der Befehl gekommen, den Scheiterhaufen anzuzünden. Bald hat das Feuer geprasselt. Die Flammen sind hinaufgezüngelt zu der Königin. Aber trotz der Hitze und trotz aller Schmerzen ist kein Wort über ihr Lippen gekommen. Verbissen hat sie am Hemd genäht. Der König und viele von den Leuten am Platz haben das nicht mehr mitanschauen können. Bekümmert haben sie sich abgewandt.

In diesem Moment sind die sieben Jahre um gewesen. Sieben schwarze Raben sind da über die Berge dahergeflogen gekommen. Rund um das Feuer haben sie sich niedergelassen. Mit letzter Kraft hat ihnen die Königin die Nesselhemden übergeworfen. Da sind aus den sieben Raben sieben stattliche Jünglinge geworden. Geschwind haben die das Feuer gelöscht. Das Hemd vom Jüngsten ist bei aller Mühe nicht mehr ganz fertig geworden. Deshalb hat er rechts seine menschliche Hand gehabt. Links aber hat er den Rabenflügel behalten.

Die Leute und der König haben das, was sie da gesehen haben, kaum glauben können. Jetzt aber, nachdem die sieben Jahre um gewesen sind, hat die Königin reden dürfen. So hat sie ihrem Mann, dem König, erzählt,

was der falsche Höfling angerichtet hat. Was ist dem anders übriggeblieben, als alles zu gestehen. So haben die Königin und der König erfahren, wo ihre Kinder sind. Bald haben sie sie glückselig in die Arme schließen können. Der Höfling aber ist dem Gericht übergeben worden.
Die Brüder sind in ihre Heimat gezogen, um den Vater zu holen. Nur der Jüngste ist bei seiner Schwester geblieben. Nach allem, was geschehen war, hat er sie noch mehr in sein Herz geschlossen gehabt.
Alle miteinander haben sie noch lange und gut gelebt. Glücklich sind sie auch gewesen – und wenn sie nicht gestorben sind, dann leben sie wohl heute noch.

Vom Wunderschimmel

Ein Volksmärchen aus dem Waldviertel

Vor langer, langer Zeit, war's gestern oder war's heut, da ist einmal ein armer Holzknecht gewesen. Mit seiner Frau hat er in großer Armut gelebt. Zu allem Überfluß haben sie auch noch ein Kind erwartet. Vor lauter Not haben sie jetzt nicht mehr aus und ein gewußt. Hin und her hat er überlegt, der Holzknecht: Was soll er nur tun, um seine Frau und das Kind durchs Leben zu bringen?

Einmal, wie er wieder voller Kummer zur Arbeit in den Wald hineingegangen ist, ist ihm ein Jäger begegnet. Der ist ganz und gar grün angezogen gewesen. »Was hast du denn?«, hat ihn der Jäger gefragt. Der Holzknecht hat dem Jäger seine Not geschildert. Da hat der gesagt: »Versprich mir, daß ich mir in neun Jahren das holen kann, was du heute zu Hause vorfinden wirst. Tust du das, dann gebe ich dir einen Sack voll Gold.« Ohne lange zu überlegen ist der Holzknecht auf den Handel eingegangen. Was sollte er auch tun in seiner Not? – Der fremde Jäger hat bald darauf den schweren Sack dahergebracht. Voller Freude hat ihn der Bauer genommen und heimgeschleppt.

»Frau, liebe Frau!«, hat er von weitem geschrien. »Komm heraus und schau, was ich bringe. Unsere Not hat jetzt ein Ende!« Die Frau ist nicht herausgekommen. Wie er hineingegangen ist, hat er auch gleich gesehen warum. Einen gesunden, kräftigen Buben hat sie ihm in die Welt gesetzt gehabt. Glückselig ist der Holzknecht jetzt gewesen. Auch seiner Frau ist ein Stein vom Herzen gefallen, wie sie das viele Gold gese-

hen hat. Im nächsten Moment aber ist dem Holzknecht der Schrecken durch und durch gegangen: Mit einem Mal hat er gewußt, was der grüne Jäger in neun Jahren holen wird – den neugeborenen Buben.
Der Bub ist frisch und gesund herangewachsen. Ferdinand haben sie ihn genannt. Durch das Gold hat es jetzt an nichts gefehlt. Aber der Mann und seine Frau haben sich über den Wohlstand nicht so recht freuen können. Immer wieder haben sie daran denken müssen, daß der grüne Jäger nach neun Jahren kommen und den Ferdinand holen wird. Jahr um Jahr ist vergangen.

Kaum, daß die Zeit um gewesen ist, da ist der grüne Jäger schon vor der Tür gestanden. Er hat den Ferdinand bei der Hand genommen und ist mit ihm auf und davon – weit, weit weg in ein fernes fremdes Land. Dort hat er ihn tief in einen finsteren Wald hineingebracht. Dort ist mittendrin in einem blühenden Garten sein Schloß gestanden. »Das ist jetzt dein zu Hause«, hat der grüne Jäger gesagt. Er hat ihn durch das Gebäude geführt und ihm draußen die vielen Blumen, Büsche und Bäume gezeigt. »Überall darfst du hingehen, nur nicht zum Teich, dort hinter den Haselstauden«, hat er ihm aufgetragen. Das hat ihm der Ferdinand versprochen.
Nach einiger Zeit hat der Grüne verreisen müssen. Dem Ferdinand ist auch allein nicht langweilig gewesen im Schloß. Vor allem draußen im Park hat er immer wieder etwas zum Entdecken und zum Schauen gefunden. Wie er einmal wieder durch den Garten gewandert ist, da ist er in die Nähe vom verbotenen Teich gekommen. »Was wird denn dort wohl sein, daß ich nicht hin darf?« Neugierig ist er ein Stück näher zu den Haselnußsträuchern gegangen. Durchs Unterholz wollte er auf den Teich schauen. Aber alles ist so verwachsen gewesen, daß er nichts

gesehen hat. »Ach, was ist schon dabei, wenn ich ein einziges Mal hinschaue?«, hat er sich gesagt. »Das wird wohl nicht so schlimm sein.«
Neugierig ist er durch das Gestrüpp geschlüpft. Wie er zum Teich gekommen ist, hat er drinnen im Wasser viele Goldfische gesehen. Die sind lustig hin und her geschwommen. Ein Goldfisch ist ganz nahe ans Ufer gekommen. Den wollte der Ferdinand mit der Hand fangen. Aber kaum, daß er das Wasser berührt gehabt hat, da ist sein Finger golden gewesen. Geschwind wollte er das Gold wieder herunterkratzen. Aber soviel er sich auch bemüht hat – er hat das Gold nicht mehr weggebracht. Was sollte er jetzt tun? – Er ist zurückgelaufen zum Schloß und hat den Finger eingewickelt. Vom Gold ist jetzt nichts mehr zu sehen gewesen.
Wie der grüne Jäger wieder heimgekommen ist, hat er nicht lange gefragt. Gleich ist ihm das Tuch in die Augen gestochen. Voller Wut hat er es ihm vom Finger gerissen. Jetzt hat das Gold hell aufgeglänzt. »Du bist also beim Teich gewesen!«, hat der grüne Jäger geschrien und den Ferdinand kräftig verprügelt. Dann hat er einen kleinen Hammer genommen und ihm damit das Gold wieder vom Finger geklopft.

Die Zeit ist vergangen. Wieder einmal hat sich der grüne Jäger auf eine Reise gemacht. Diesmal hat er zum Ferdinand gesagt: »Wenn ich weg bin, kannst du tun und lassen, was du willst. Nur eines ist dir verboten: Das letzte Zimmer im Schloß darfst du auf keinen Fall betreten.«
Diesmal hat sich der Ferdinand an das Verbot gehalten. Wie der grüne Jäger fort gewesen ist, ist der Ferdinand durch das Schloß gewandert und hat sich viele Kammern angeschaut. In den meisten davon ist er noch nie gewesen. Mit der Zeit aber hat ihn wieder die Neugier geplagt: »Was wird wohl drinnen sein in der letzten Kammer?«, hat er zu sich selber gesagt. »Überall darf ich hinein. Nur der Raum ist mir verboten.«

Das hat ihm keine Ruhe gelassen. Immer öfter ist er in die Nähe von der letzten Kammer gekommen. Schließlich hat er es nicht mehr ausgehalten. Er hat den Riegel gepackt. Die Tür ist fast wie von selber aufgegangen. Drinnen in der Kammer ist ein Mann gesessen. Der hat gerade so ausgeschaut wie sein Großvater. Der Ferdinand hat ihn freundlich gegrüßt. Da hat der Alte gesagt: »Mein lieber Ferdinand, lange schon habe ich auf dich gewartet. Da hast du einen Kamm, eine Bürste und einen gläsernen Krug. Nimm die drei Sachen mit dir. Sie werden dir helfen. Jetzt aber geh in den Stall zum fleckenlosen Schimmel und sag „Schimmel, mit uns ist's aus!" Alles weitere wirst du dann schon sehen.« Der Ferdinand hat dem Alten gedankt. Darauf ist er in den Stall zum schneeweißen Roß gegangen. »Schimmel, mit uns ist's aus!«, hat er gesagt. »Dann setz dich auf!«, hat der Schimmel erwidert. Kaum, daß der Ferdinand oben gesessen ist, da ist der Schimmel mit einem Satz aus dem Stall draußen gewesen. Pfeilschnell sind sie durch den Garten galoppiert. Ein Satz über die Gartenmauer. Weiter ist es gegangen durch den Wald in wilder Jagd.

Stunde um Stunde sind sie dahingeritten. Über Berg und Tal, in einem fort.

»Ferdinand, schau dich einmal um, ob der grüne Jäger hinter uns her ist«, hat der Schimmel gesagt. Der Ferdinand hat sich umgedreht. Wirklich sieht er da den grünen Jäger. Der ist nicht mehr weit zurück und kommt immer näher und näher. »Was sollen wir nur tun?«, hat der Ferdinand gerufen. »Nimm die Bürste und wirf sie hinter dich.« Den Rat hat der Ferdinand befolgt. Und schon ist dort, wo die Bürste gelandet ist, ein Wald aus dem Boden gewachsen. Der ist so dicht gewesen, daß er den grünen Jäger lange aufgehalten hat.

Weiter ist es gegangen, im schnellsten Galopp. Nach etlichen Stunden hat der Schimmel gesagt: »Schau dich noch einmal um, Ferdinand. Wer weiß, vielleicht ist er schon wieder hinter uns her.« Wirklich ist der grüne Jäger schon wieder dicht hinter ihnen gewesen. »Jetzt wirf den Kamm weg!«, hat das Roß gesagt. Da ist hinter ihnen ein großer See entstanden. Der Grüne hat sich erst ein Boot suchen müssen. Der Ferdinand aber ist auf dem Schimmel weiter und weiter geritten. Etliche Stunden sind schon wieder vergangen gewesen. Von Zeit zu Zeit hat der Ferdinand zurückgeschaut. Und was sieht er da! – Schon wieder ist der grüne Jäger hinter ihnen her. Diesmal hat ihm der Schimmel angeschafft, er soll den gläsernen Krug zurückwerfen. Das hat der Ferdinand getan. Mit einem lauten Krachen ist der Krug zerbrochen. Aus den Scherben ist ein mächtiger gläserner Berg gewachsen. Über den hat der Grüne nicht klettern können. Endlich sind sie gerettet gewesen. Aber der Ritt ist weitergegangen.
Gegen Abend sind sie in eine Stadt gekommen. Oberhalb ist auf einem Hügel ein prächtiges Königsschloß gestanden. Vor einem Wirtshaus hat das Roß angehalten. Wie der Ferdinand abgestiegen ist, hat der Schimmel zu ihm gesagt: »Einen Tag bist du geritten, Ferdinand, aber zurückgelegt hast du dabei zehn Jahre deines Lebens.«
Den Schimmel hat der Ferdinand im Stall untergestellt und gut versorgt. »Mach die Satteltaschen auf«, hat das Roß zu ihm gesagt, »darin wirst du viel Geld finden und ein Kleid. Das ist mit Sternen bestickt. Nimm es und such dir eine Arbeit droben im Schloß. Der Gärtner braucht bestimmt einen Gehilfen. Arbeite aber nur unter der Bedingung, daß du nur in der Nacht arbeiten brauchst. Am Tag kommst du zu mir und holst dir meinen Rat.« Der Ferdinand hat dem Roß gedankt und ist in die Schenke eingekehrt. Nachher ist er hinauf ins Königsschloß. Dort hat er

wirklich eine Arbeit als Gärtnergehilfe bekommen. Alle haben sich gewundert, daß er gerade in der Nacht arbeiten will. Aber er hat gesagt: »Laßt das nur meine Sache sein.«

Wie es finster geworden ist, hat der Ferdinand sein Sternengewand angezogen. So hat er ohne Mühe arbeiten können, als ob lichter Tag wäre. Am Tag ist er zurück in die Schenke gegangen. Dort hat er nach dem treuen Schimmel geschaut und mit ihm über alles geredet. Am Abend ist er wieder hinauf ins Schloß. Singend hat er im Garten gearbeitet.

Weitum im Schloß ist der Gesang zu hören gewesen. Auch der Königstochter hat er gefallen. Sie hat ihm gerne vor dem Einschlafen zugehört. Wundersam ist es anzuschauen gewesen, wenn der Ferdinand im funkelnden Sternenkleid im Garten herumgegangen ist. Seelenvergnügt hat er seine Arbeit getan. Unter seiner Hand sind die Blumen und Bäume so gut gediehen wie früher nie. Alle Leute im Schloß haben gestaunt über die blühende Pracht und die reiche Obsternte. Oft hat der König den Ferdinand gelobt.

Einmal aber ist ein großes Unglück über das Schloß gekommen. Der König ist schwer krank geworden. Kein Doktor hat ihm helfen können. Bis schließlich eines Tages ein alter Mann ins Schloß gekommen ist. Der hat den König angeschaut und gesagt: »Die Krankheit kann nur kuriert werden, wenn der König die Milch von einer Wölfin, von einer Bärin und von einer Hirschkuh trinkt.« Am nächsten Tag ist der Alte wieder verschwunden gewesen. Woher sollten sie die Milch also nehmen? – Der König hat in seiner Not Jäger ausgeschickt. Aber keiner hat ihm die verlangte Milch bringen können. Mit der Gesundheit vom König ist es inzwischen immer weiter bergab gegangen. In dieser Not hat er verkünden lassen: Der, der dem König die heilende Milch bringt, soll reich belohnt werden. Ja, er soll sogar die Prinzessin zur Frau bekommen.

Wie der Ferdinand das gehört hat, hat er sich auf der Stelle gemeldet. Er und zwei andere Gärtnergesellen haben beschlossen, gemeinsam in den Wald zu ziehen, um die Milch zu holen. Am nächsten Tag ist der Ferdinand zeitig in der Früh zu seinem Schimmel gegangen und hat ihn um Rat gefragt. – »Sitz auf, Ferdinand, und tu genau, was ich dir sage«, hat der Schimmel gesagt, »dann werde ich dir zu deinem Glück verhelfen.« Dann sind sie miteinander hinausgeritten aus der Stadt und immer tiefer in den Wald hinein. Zwischen den mächtigen Bäumen ist mit einem Mal eine Wölfin dahergekommen. Sie war gar nicht scheu. Ganz friedlich hat sie getan. Der Ferdinand hat sie sogar melken können. Am Heimweg hat er auch die zwei anderen Gärtnergesellen getroffen. Die haben keine Milch gefunden gehabt. »Unter Kameraden wird geteilt«, haben sie zu ihm gesagt, »gib uns also etwas ab von deiner Milch!« Der Ferdinand hat das nicht so recht einsehen können, daß er ihnen etwas geben sollte. Der Schimmel aber hat ihm zugenickt. So haben sie auch etwas von der Milch bekommen.

Am nächsten Tag sind sie wieder in den Wald geritten. Der weiße Schimmel hat den Ferdinand diesmal zu einer Bärin gebracht. Zuerst hat er sich nicht so recht getraut, zu ihr hinzugehen. Wie er aber gesehen hat, daß sie nichts dergleichen tut, hat er die Bärin gemolken. Am Rückweg haben ihn die anderen zwei wieder angebettelt: »Wir haben nichts, und du hast mehr als genug. Gib uns also auch von der Bärenmilch etwas ab.« Der Schimmel hat ihm zugenickt. So hat der Ferdinand auch diese Milch geteilt.

Am dritten Tag hat der Schimmel den Ferdinand gar zu einer Hirschkuh geführt. Auch dieses scheue Tier hat sich ruhig melken lassen. Glückselig ist der Ferdinand jetzt heimgeritten. Die anderen sind wieder ohne Milch dagestanden. So hat er ihnen auf Geheiß des Schimmels wieder

etwas abgegeben. Daraufhin ist die Streiterei aber erst recht losgegangen: Wer soll als erster zum König hineingehen und ihm die Milch bringen? »Es ist wohl nur recht und billig, daß ich als erster dran bin!«, hat der Ferdinand gesagt. »Schließlich hättet ihr ohne mich gar nichts.« – »Nein«, haben die anderen zwei gesagt, »so einfach kannst du dir das Ganze nicht machen.« – Schließlich hat der Ferdinand auf den Rat vom Schimmel hin gesagt: »Bevor wir endlos streiten und die Milch gar noch sauer wird, schlage ich vor, daß wir losen.« Damit sind auch die anderen einverstanden gewesen. So haben sie Stäbchen gezogen. Der Ferdinand hat dabei das kürzeste Stäbchen erwischt. Darum hat er dem König erst als letzter die Milch bringen dürfen. Das hat ihn gar sehr verdrossen. »Hätte ich ihnen nichts abgegeben, dann hätten sie gar nichts. Jetzt aber muß ich denen gar noch den Vortritt lassen. Ist das gerecht!?« – »Laß sie nur ziehen«, hat der Schimmel gesagt, »es wird schon alles Recht werden.«
Der Gärtnergeselle, der das größte Los gezogen gehabt hat, hat als erster hineingehen dürfen. Neugierig hat der König von seiner Milch getrunken. Besser ist es ihm deswegen aber nicht gegangen. »Mir scheint, du bist ein Schwindler«, hat der König gesagt und hat ihn ins Verlies werfen lassen. Der nächste ist hineingerufen worden. »Majestät«, hat er gesagt, »hier bekommt Ihr das ersehnte Wundermittel. Wenn Ihr von diesen drei Sorten Milch getrunken habt, dann seid Ihr von Eurer Krankheit geheilt.« – »Das werden wir ja sehen«, hat der König gesagt. Er hat getrunken und getrunken. Auch das hat nichts geholfen. »Auch der ist ein Schwindler. Werft ihn ins Verlies«, hat der König befohlen. Jetzt ist der Ferdinand hinein in die Kammer. »Eines sage ich dir gleich«, hat der König zu ihm gesagt, »überlege es dir gut, ob auch du mir etwas vorgaukeln willst. Von Schwindlern habe ich die Nase voll.

Wenn auch dein Trank nichts hilft, dann wird es dir schlecht ergehen.« Unverdrossen hat ihm der Ferdinand die Milch von der Wölfin, die von der Bärin und die von der Hirschkuh gegeben. Der König hat da und dort einen Schluck genommen. Je mehr er davon getrunken hat, desto besser ist es ihm gegangen. Bald ist die Krankheit ganz und gar weg gewesen. »Ich danke dir«, hat der König da zum Ferdinand gesagt, »du hast mir meine Gesundheit wiedergeschenkt. Dafür sollst du reich belohnt werden. Gleich säckeweise hat er jetzt das Gold aus der Schatzkammer bringen lassen. »Das alles soll zum Dank dir gehören«, hat er gesagt. Der Ferdinand aber hat damit keine so rechte Freude gehabt. – »Was willst du denn noch?«, hat ihn der König gefragt. »Ist das alles nicht Sache genug? So reich, wie du jetzt bist, kannst du leben wie ein Fürst.« – »Aber mein lieber Vater«, hat da die Prinzessin gesagt, »hast du denn nicht versprochen, daß mich der, der dir die richtige Medizin bringt, heiraten darf!?« – »Das wohl«, hat der König gesagt, »aber ich werde dich doch nicht mit einem Gärtnersburschen verheiraten.« – Versprochen ist versprochen«, hat die Prinzessin gesagt, »und mir gefällt er.« – Was hätte der König da noch sagen sollen? Bald darauf ist fröhliche Hochzeit gefeiert worden. Zu dem Fest hat der Ferdinand auch seine alten Eltern holen lassen. Die haben es gar nicht glauben können: Sie sehen ihren Ferdinand wieder, und er heiratet gar die Königstochter!

Auch auf seinen getreuen Schimmel hat der Ferdinand nicht vergessen. Er ist zu ihm in den Stall gegangen und hat ihm für alles gedankt. »Es freut mich, daß du mich nicht vergessen hast«, hat der Schimmel gesagt. »Nach allem, was ich für dich getan habe, Ferdinand, ist es an der Zeit, daß du mir einen Wunsch erfüllst.« – »Sag, was soll ich tun?«, hat der Ferdinand gesagt. »Ganz gleich, was es ist: Es wird geschehen.«

»Schlag mir den Kopf ab!«
»Was?«, hat der Ferdinand gerufen. »Das wäre ein schöner Dank! Nie und nimmer will ich das tun!«
Aber der Schimmel hat auf seinem Wunsch bestanden. Und er hat dem Ferdinand so lange zugeredet, bis der junge König schließlich wirklich sein Schwert gezogen hat. Er hat sich ein Herz gefaßt und dem Schimmel mit einem Hieb den Kopf abgeschlagen. In diesem Moment ist der Schimmel zu einer weißen Taube geworden. Erlöst ist sie auf und davon geflogen.
Der Ferdinand und seine Frau aber haben als König und Königin noch lange glücklich und zufrieden gelebt, und wenn sie nicht gestorben sind, dann leben sie wohl heute noch.

Vom weißen Wolf

Ein Volksmärchen aus dem
burgenländischen Heanzenland

Vor langer, langer Zeit, war's gestern oder war's heut, da ist einmal ein König gewesen. Der hat mit seiner Tochter in einem prächtigen Schloß gelebt. Rund um das Schloß ist ein tiefer Wald gewesen. In dem Wald ist der König gern auf die Jagd gegangen. Denn die Jagd ist seine große Leidenschaft gewesen.

Einmal war der König wieder tief drinnen im Wald auf der Jagd. Den ganzen Tag ist er hinter dem Wildbret her gewesen. Am Abend wollte er zurückreiten ins Schloß. Aber mit einem Mal hat er den Weg nicht mehr gefunden. Kreuz und quer ist der König herumgeirrt im Wald. Soviel er aber auch geschaut und gesucht hat: Der Weg ist einfach nicht zu finden gewesen. Schließlich ist ihm nichts anderes übriggeblieben, als im Wald zu übernachten.

Am nächsten Tag hat er sich zeitig aufgemacht und wieder nach dem Weg gesucht. Den ganzen Tag ist er kreuz und quer durch den Wald geritten. Aber der Wald ist so tief gewesen und so wild verwachsen, daß der König den Weg einfach nicht gefunden hat.

Wieder hat er im Wald übernachten müssen. Auch am dritten Tag ist er zeitig in der Früh aufgestanden und den lieben langen Tag kreuz und quer über Stock und Stein durch den Wald geirrt. Den Weg aber hat er auch am dritten Tag nicht gefunden. Jetzt ist er schon schier verzweifelt gewesen. Aber was hat's geholfen!?

Gegen Abend hat sich der König im Moos ein Lager gerichtet zum

Übernachten. Bald ist es finster gewesen, und so hat er sich niedergelegt zum Schlafen. Da hört er auf einmal etwas!
Er rappelt sich auf. Ein großmächtiger schwarzer Jäger steht neben seinem Lager. Der hat ihn finster angeschaut und gefragt: »König, was liegst du da im Wald herum?« – »Ich hab mich verirrt auf der Jagd«, hat der König gesagt, »jetzt finde ich den Weg zurück ins Schloß nicht mehr. Darum bleibt mir gar nichts anderes übrig, als hier im Wald zu übernachten.«
»Wenn es nur das ist, dann kann ich dir schon helfen«, hat der Schwarze gesagt. »Den Weg zurück ins Schloß zeig ich dir. Zum Lohn dafür mußt du mir aber versprechen, daß du mir das Lebewesen schenkst, das dir am Weg ins Schloß als erstes entgegengerannt kommt.« – »Was wird mir schon entgegenlaufen!?«, hat der König zu sich selbst gesagt: »Bestimmt ist es mein Hund. Wenn er den will, dann soll er ihn haben.«
So hat der König leichten Herzens eingewilligt. Zeitig in der Früh sind sie am nächsten Tag zurückgeritten durch den Wald.
Der König hat sich nicht genug wundern können. Er ist tagelang kreuz und quer durch den Wald geritten und hat dabei den Weg nicht gefunden. Jetzt aber sind sie in einer Viertelstunde draußen gewesen aus dem Wald. Schon sind sie über die Wiese hingeritten zum Schloß.
Da schaut die Prinzessin beim Fenster heraus. Oft hat sie schon geschaut, ob denn der Vater nicht endlich zurückkommt. Sie hat ja nicht gewußt, was geschehen ist. So hat sie Angst gehabt um ihn. – Jetzt aber sieht sie ihn über die Wiese daherreiten. Da ist ihr ein Stein vom Herzen gefallen. Voller Freude ist sie hinausgelaufen aus dem Schloß, über die Wiese, ihm entgegen. »Ach, Vater! Lieber Vater! Wie freue ich mich, daß du wieder heimkommst!«, hat sie gerufen.
Wie der König gesehen hat, daß seine liebe Tochter ihm entgegengelaufen kommt, da ist ihm der Schreck durch und durch gegangen. »Ver-

schwinde!«, hat er geschrien, »schau, daß du weiterkommst! Lieber wäre es mir gewesen, mein Hund wär mir entgegengerannt!« – »Was, Vater!? Ist dir denn dein Hund lieber als ich, deine eigene Tochter!?« – »Nein«, hat der König gesagt, »du bist mir lieber als alles andere auf der Welt. Aber ich habe dem schwarzen Jäger versprochen, daß ich ihm das erste Lebewesen schenke, das mir auf dem Weg zurück ins Schloß entgegengerannt kommt. Das bist jetzt du, meine eigene Tochter! – Jetzt gehörst du dem schwarzen Jäger!« – »Ja«, hat der schwarze Jäger gesagt, »Prinzessin, genauso ist es. Du gehörst jetzt mir! – Aber ich will nicht unbarmherzig sein. Drei Tage gebe ich dir und deinem Vater Zeit. Am vierten Tag aber wird ein weißer Wolf zu dir kommen. Der holt dich und bringt dich zu mir. Setz dich einfach auf seinen Rücken und sag kein Wort.« Der schwarze Jäger ist daraufhin wieder zurückgeritten in den Wald. Die Prinzessin aber und der König sind ganz und gar verzweifelt gewesen. War das ein Heulen und ein Jammern! Die drei Tage sind so schnell vergangen.

Am vierten Tag hat es mit einemmal gescharrt an der Kammertür der Prinzessin. Du kannst dir denken, wer draußen gewesen ist: der weiße Wolf.

Bitterlich hat die Prinzessin geweint, als sie sich auf seinen Rücken gesetzt hat. »Leb wohl, lieber Vater!«, hat sie zu ihm gesagt, »wer weiß, ob wir uns jemals wiedersehen werden!?«

Der weiße Wolf hat daraufhin zu rennen angefangen – über die Wiesen, über die Felder. Immer schneller ist es dahingegangen. Mit einem Mal sind sie durch die Luft geflogen – über die weiten Waldungen, über Felsen und Klüfte, Berge und Täler.

Einen ganzen Tag und eine ganze Nacht ist es so dahingegangen. Bitterkalt ist der Prinzessin schon gewesen. Müdigkeit, Hunger und Durst

haben sie geplagt. »Ach, weißer Wolf, sag schnell, sind wir noch nicht an Ort und Stell?«, hat sie geklagt.
»Schweig still«, hat der Wolf geknurrt, »oder ich schmeiß dich hinunter!«
Weiter ist es durch die Luft gegangen, wieder einen ganzen Tag und eine ganze Nacht.
»Ach, weißer Wolf!«, hat da die Prinzessin geklagt, »sag schnell, sind wir noch nicht an Ort und Stell?« – »Schweig still«, hat der Wolf wieder geknurrt, »oder ich schmeiß dich hinunter.«
Wieder sind sie einen ganzen Tag und eine ganze Nacht durch die Luft geritten.
Die arme Prinzessin. Ihr ist schon bitterkalt gewesen. Vor lauter Müdigkeit war sie schon ganz schwach. Dazu waren der Hunger und der Durst riesengroß. »Ach, weißer Wolf«, hat sie geklagt, »ich kann mich bald nimmer halten. Meine Finger sind schon so klamm vor lauter Kälte. Sag schnell: Sind wir noch nicht an Ort und Stell?«
Da hat sie der weiße Wolf hinuntergeworfen. Er ist weitergerannt durch die Luft. Die Prinzessin aber ist gefallen und gefallen, tief hinein in einen finsteren Wald. Dort ist sie auf dem Moos liegengeblieben. Drei Tage und drei Nächte ist sie da gelegen. So erschöpft ist sie gewesen.

Am vierten Tag hat sich die Prinzessin aufgerappelt. Sie ist durch den Wald gegangen. In der Dämmerung ist sie schließlich zum Waldrand gekommen. Ein weites Meer ist da vor ihr gelegen. So ist sie am Strand entlanggegangen. Nach einer Weile sieht sie am Waldrand ein Licht. Ein kleines Haus steht da. Silbern leuchtet das Licht heraus. Jetzt ist es schon finster gewesen. So ist sie zum Haus gegangen und hat angeklopft.

»Herein!«, hat eine freundliche Stimme gesagt. Da hat sie die Tür aufgemacht. Und wen sieht sie da!? Der Mond sitzt in der Stube und raucht seine Pfeife.
»Mein liebes Dirndl, was suchst den du da bei mir?«, hat er sie gefragt.
»Den weißen Wolf suche ich. Hast du ihn gesehen Vater Mond?« – »Nein«, hat der Mond gesagt, »den hab ich nicht gesehen.« – Da hat die Prinzessin bitterlich zu weinen angefangen. »Ach«, hat sie geklagt, »so weit bin ich gegangen. Der Magen kracht vor lauter Hunger. Der Durst plagt mich. Was soll ich denn noch tun?« – »Sei nicht verzweifelt, mein liebes Dirndl«, hat der Mond gesagt. »Komm, setz dich her! Iß und trink mit mir, damit du wieder zu Kräften kommst.«
Miteinander haben der Mond und das Dirndl ein Hendl gegessen. Bald ist es ihr wieder besser gegangen. »Nag die Hendlknochen gut ab«, hat der Mond zu ihr gesagt. »Kiefel[1] sie ab, so gut du kannst, und steck sie in dein Binkerl[2]. Die Knochen wirst du noch brauchen können.«
Wie sie fertig gewesen sind, ist es für den Mond Zeit gewesen aufzugehen. So hat er das Dirndl buckelkraxen[3] genommen und ein Stück getragen. Dann hat sie alleine weitergehen müssen.
So ist sie nach einer Weile wieder zu einem Haus gekommen. Golden hat es da heraus geleuchtet. Das Dirndl klopft. »Herein!«, hat eine helle Stimme gesagt. Und wen sieht das Dirndl da im Haus!? Die Sonne ist bei einem Tisch gesessen und hat sie freundlich angelacht. »Ja, mein liebes Dirndl, was suchst denn du da bei mir?« – »Den weißen Wolf suche ich, Frau Sonne. Weißt du, wo er ist?« – »Nein«, hat die Sonne gesagt, »das weiß ich nicht.«
Da hat das Dirndl wieder angefangen bitterlich zu weinen. Aber die

1 Kiefeln = abnagen, 2 Binkerl = kleiner Rucksack, 3 Jemand buckelkraxen nehmen = jemand huckepack tragen

Sonne hat zu ihr gesagt: »Sei nicht verzweifelt, mein liebes Kind. Komm, setz dich her und iß mit mir, damit du wieder zu Kräften kommst.« So haben auch die Sonne und das Dirndl miteinander ein gutes Hendl gegessen.

»Kiefel die Knochen gut ab!«, hat die Sonne zu ihr gesagt, »und heb sie dir gut auf. Die wirst du noch brauchen können.« Nach dem Essen hat jetzt die Sonne das Dirndl buckelkraxen genommen. Ein Stück hat sie sie über den Himmel getragen. Dann hat das Dirndl wieder alleine weitergehen müssen.

So kommt sie wieder zu einem Haus. Sie klopft. »Herein!« Ja, wer sitzt denn da drin!? – Der Wind ist es gewesen. »Mein liebes Dirndl, was suchst denn du da bei mir?«, hat auch der Wind sie freundlich gefragt. »Den weißen Wolf suche ich, Herr Wind! Hast du ihn gesehen?« – »Ja freilich habe ich den gesehen!« Da ist dem Dirndl vor Freude das Herz im Leib gehüpft. »Dann bring mich gleich hin zu ihm! Ich bitte dich drum!« – »Nur keine Hast«, hat der Wind gesagt. »Komm, setz dich her zu mir und iß, damit du zu Kräften kommst.« – Und du kannst dir denken, was der Wind und das Dirndl miteinander gegessen haben: ein Hendl.

»Kiefel die Knochen gut ab!«, hat auch der Wind zu ihr gesagt, »und steck sie in dein Binkerl. Du wirst die Knochen noch gut brauchen können.« So hat das Dirndl die Knochen fein säuberlich abgenagt und eingesteckt. Darauf hat sie der Wind auf seine Schultern genommen. Los sind sie geflogen, schnell wie der Sturmwind. Über Berg und Tal ist es gegangen. Tief drunten sind die Waldungen vorbeigezogen. Weit, bis hinter sieben mal sieben Berge ist es gegangen. Da sieht das Dirndl mit einem Mal einen gläsernen Berg aufragen. Tief drinnen im gläsernen Berg ist ein prächtiges Schloß zu sehen gewesen. Oben, auf der Spitze, ist ein kleines Häusl gestanden.

Am Fuß vom gläsernen Berg sind sie schließlich gelandet. »Hör zu«, hat der Wind zu ihr gesagt, »den weißen Wolf findest du in dem kleinen Haus auf der Spitze vom gläsernen Berg.« – »Aber wie soll ich denn hinaufkommen? Der Berg ist ja so steil. Überall rutsche ich ab.« – »Nimm die Hendlknochen. Wirf sie hin. Sie werden hängenbleiben, und du kannst darauf hinaufsteigen wie auf einer Leiter.« Gleich hat das Dirndl das ausprobiert. Wirklich sind die Knochen hängengeblieben. So ist sie hinaufgestiegen. »Ich muß jetzt weiter«, hat der Wind zu ihr gesagt. »Wenn du Hilfe brauchst, dann schrei nach mir, und ich werde kommen.«

Der Wind ist fortgeflogen. Das Dirndl aber hat Knochen für Knochen hingeworfen. Die sind hängengeblieben. So ist sie weiter und weiter hinaufgestiegen auf den gläsernen Berg. Bald sind die Bäume tief drunten im Tal immer kleiner geworden. Das prächtige Schloß drinnen im gläsernen Berg ist vor ihr gelegen. Unverzagt ist sie weiter und weiter hinaufgestiegen.

Schließlich ist sie fast schon ganz oben gewesen. Sie wollte gleich hingreifen zur Türklinke. Aber sie kommt nicht hin. Es fehlt ihr ein Knochen. Was soll sie tun? Zurückgreifen kann sie auch nicht um einen Knochen. So hat sie den Wind gerufen. Der ist bald zur Stelle gewesen.

»Was brauchst du denn, mein liebes Dirndl?«

»Ein Knochen fehlt mir! Ich komme nicht hin zu der Tür.«

»Da hilft nur eines«, hat der Wind gesagt, »du mußt dir einen kleinen Finger abschneiden und den – statt einem Knochen – hinwerfen.«

Wirklich hat das Dirndl da in ihren Kittelsack gegriffen und ihr Messer herausgeholt. Mit einem Ruck hat sie sich den kleinen Finger abgeschnitten und ihn hingeworfen. Jetzt hat sie hinaufsteigen und die Türklinke packen können. Gleich hat sie die Tür aufgemacht. Und wer steht

da!? – Der schwarze Jäger. »Mein liebes Kind«, hat der gesagt, »du kommst gerade noch zur rechten Zeit.«
Hinter ihm ist der weiße Wolf dahergesprungen gekommen. Hat sich der gefreut, daß sie hingefunden hat zu ihm! – Voller Freude ist er sie angesprungen und hat ihr das ganze Gesicht abgeschleckt. Sie war auch so glücklich, daß sie hingefunden hat zu ihm, daß sie ihn gepackt und ihm auf seinen weißen pelzigen Kopf ein Bussl gegeben hat. – Darauf hat es einen Kracher getan. Das Dirndl ist ohnmächtig niedergesunken.
Wie sie wieder zu sich kommt, ist von dem gläsernen Berg nichts mehr zu sehen. Das prächtige Schloß steht frei da. Das Tor geht auf. Leute kommen heraus. Die singen, jubeln und tanzen. Die Musik hat aufgespielt. Hinterdrein marschiert ein stattlicher Prinz.
Der Zug ist geradewegs auf sie zugekommen. Der Prinz hat ihr die Hand gegeben und gesagt: »Schöne Jungfrau, wir danken dir. Der schwarze Jäger war ein böser Zauberer. Er hat mich, mein Schloß und mein Land verwunschen gehabt. Als weißer Wolf habe ich herumrennen müssen. Du hast uns alle erlöst. Das prächtige Schloß soll jetzt dir gehören. Und – wenn du mich willst – so will ich gern der Deine werden, denn ich habe dich von Herzen gern.«
Was hätte sie da lange überlegen sollen? – Er hat ihr auch gut gefallen. So haben sie bald darauf Hochzeit gefeiert. Natürlich hat sie zu dem Fest auch ihren Vater eingeladen. Hat sich der gefreut, daß er seine Tochter wieder sieht. Jetzt sind sie alle glückselig gewesen.
Dann haben sie noch lange zufrieden gelebt. Und wenn sie nicht gestorben sind, dann leben sie wohl heute noch.

VON ZWEIEN, DIE SICH FINDEN

...

ODER AUCH NICHT

Für Drei ist nicht Platz!

Eine Schelmengeschichte vom Nasreddin Hodscha

Es ist einmal gewesen, und es ist doch keinmal gewesen, da hat der Nasreddin nach dem Tod seiner ersten Frau eine Witwe geheiratet.
Eigentlich hat er sie recht gern gehabt. Nur eines an ihr hat ihm ganz und gar nicht gefallen: Am Abend, vor dem Einschlafen, hat sie immer nur von ihrem früheren Mann geredet. Abend für Abend ist das so gegangen.
Schließlich ist es dem Hodscha zu dumm geworden. Wie seine Frau vor dem Einschlafen wieder angefangen hat von ihrem Verblichenen zu reden, hat er ihr einen Stoß gegeben, daß sie aus dem Bett gefallen ist.
Am nächsten Tag ist die Frau zu ihrem Vater gegangen und hat ihm erzählt, was ihr der Hodscha angetan hat. Ihr Vater hat das Ganze nicht auf sich beruhen lassen. Sofort hat er den Hodscha zur Rede gestellt: »Was fällt dir ein!? Du kannst doch meine Tochter nicht einfach so aus dem Bett stoßen!«
»Lieber Schwiegervater«, hat der Hodscha gesagt, »du mußt wissen, wir haben ein schmales Bett. Deine Tochter, ihr erster Mann und ich, wir drei haben darin nebeneinander einfach nicht Platz. Sie wollte ihn aber immer wieder mit hineinnehmen. Schließlich ist es mir ganz und gar zu eng geworden. So hab ich mich einmal gestreckt. Und da ist sie aus Platzmangel aus dem Bett gefallen.«

Warum nicht öfter streiten!

Eine Schelmengeschichte vom Nasreddin Hodscha

Es ist einmal gewesen, und es ist doch keinmal gewesen, da haben der Nasreddin Hodscha und seine Frau gestritten, daß die Fetzen geflogen sind. Schließlich ist es der Frau aber zuviel geworden. In heller Aufregung ist sie zu den Nachbarn gelaufen.

»Helft mir!«, hat sie geschrien. »Helft mir!«

Die Nachbarn haben die Frau beruhigt. Bei ihnen ist gerade ein Fest im Gang gewesen. So hat sich die Frau zu der Tafel setzen dürfen. Die besten Delikatessen haben sie ihr zugesteckt.

Nach einer Weile ist auch der Hodscha zu den Nachbarn gekommen. Immer noch ist er fuchsteufelswild gewesen auf seine Frau. Aber jetzt haben sie auch ihn beruhigt. Auch er hat bei der Tafel nach Herzenslust zulangen dürfen. In dem Trubel und bei der guten Schmauserei hat er ganz auf den Ärger vergessen. Und mit einem Mal sitzt er bei der Tafel neben seiner Frau.

»Ist das nicht herrlich, Frau, wie gut es uns jetzt geht?«, hat er zu ihr gesagt, »wir sollten wirklich öfter streiten.«

Von der Sternenfrau

Ein Märchen aus Afrika

Vor langer, langer Zeit, war's gestern oder war's heut, da hat einmal ein Bauer gelebt. Der hat eine Herde Kühe gehabt. Das waren ganz besondere Tiere: Ihr Fell war schwarz und weiß gefleckt. Geheimnisvoll wie die Nacht haben sie ausgeschaut.

Der Bauer hat seine Kühe recht gern gehabt. Darum hat er sie immer auf die besten Weiden gebracht. Zufrieden hat er ihnen zugeschaut, wie sie das saftige Gras wiedergekaut haben.

»Morgen früh werden sie viel Milch geben«, hat er dann zu sich selber gesagt.

Einmal aber, als der Bauer seine Kühe in der Früh melken wollte, waren die Euter schlaff und leer. Zuerst hat er gedacht, daß es wohl am Futter liegen würde. So hat er die Kühe am nächsten Tag zu einer besonders guten Weide gebracht. Das Gras ist dort hoch gestanden und saftiger als sonstwo gewesen. Voller Freude hat der Bauer seinen Kühen zugeschaut, wie sie sich angefressen haben.

Am nächsten Tag sind die Euter aber wieder leer gewesen. Der Bauer hat es kaum glauben können. So hat er die Kühe auf eine andere Wiese gebracht. Auch dort ist das Gras besonders saftig gewesen. Doch am Tag darauf waren die Euter wieder schlaff und eingeschrumpelt.

»Da stimmt etwas nicht!«, hat der Bauer zu sich selber gesagt, »irgendetwas geht da nicht mit rechten Dingen zu.« So hat er sich am Abend auf die Lauer gelegt und gewartet, was passieren würde. Langsam ist es finster geworden. Stunde um Stunde ist vergangen. Bald ist der Mond groß und weiß am Himmel gestanden. Es war schon gegen Mitternacht. Da sieht er, wie mit einem Mal eine goldene Strickleiter von den Sternen herunterkommt. Auf ihr sind zwölf Sternenfrauen vom Himmelsvolk herabgeschwebt. Wunderschön sind die Frauen anzuschauen gewesen. Vergnügt und fröhlich haben sie gesungen und ihre Freude gehabt. Kaum aber, daß sie herunten waren, sind sie zu den Kühen gegangen und haben sie leergemolken.

»Alles was recht ist!«, hat der Bauer da geschrien, »was fällt euch ein, meine Kühe zu melken!?«

Voller Wut ist er auf die Sternenfrauen losgegangen, um sie zu fangen. Die aber sind flugs auf und davon gewesen. Nur eine hat er erwischt. Sie ist die Allerschönste gewesen. Wie er ihr in die Augen geschaut hat, da hat er ihr sofort alles verziehen. Auf der Stelle hat er sich in sie verliebt. »Schöne Jungfrau«, hat er zu ihr gesagt, »du gefällst mir von Herzen. Ich weiß, jetzt, wo ich dir in die Augen geschaut habe, wirst du mir nie mehr aus dem Sinn gehen. Sag, willst du die Meine werden?«

»Auch du gefällst mir«, hat sie zu ihm gesagt, »warum sollte ich nicht mit dir leben? – Ich nehme dich zum Mann, aber nur unter einer Bedingung!« – »Sprich!«, hat der Bauer gesagt, »ganz gleich, was du verlangst, ich werde es erfüllen.« – »Es ist nicht viel, das ich von dir verlange«, hat sie gesagt. »Dieser Korb in meinem Arm ist mit einem Deckel verschlossen. Darin steckt mein Geheimnis. In diesen Korb darfst du nie hineinschauen.«

Hoch und heilig hat ihr der Bauer versprochen, daß er nie und nimmer den Deckel heben und in den Korb schauen wird. So haben die zwei von da an glücklich und zufrieden miteinander gelebt.

Tage, Wochen und Monate sind vergangen. Einmal ist der Mann allein daheim gewesen. Wie er durch das Haus geht, sieht er im Winkel den zugedeckten Korb stehen. Da hat ihn die Neugier gewaltig gestochen. »Was wird denn schon drinnen sein, daß meine Frau ein so großes Geheimnis daraus macht!?«, hat er zu sich selber gesagt. »Einmal hineinschauen macht bestimmt nichts aus. Meine Frau braucht es ja nicht zu wissen. Und ich habe meinen Seelenfrieden.«

So ist er zum Korb hingegangen, hat den Deckel gelüftet und hineingeschaut.

Und was sieht er da drinnen im Korb!? – Nichts. Überhaupt nichts. – Da hat der Mann laut lachen müssen.

Wie die Frau heimgekommen ist, hat sie sofort gewußt, was geschehen ist. Sie hat den Mann streng angeschaut und gesagt: »Du hast in den Korb geschaut!? Streite es mir nicht ab. Ich weiß es.«

»Ja!«, hat der Mann gesagt, »ich gebe es zu. – Aber du dummes Weib, was machst du denn für ein großes Geheimnis daraus!? Da ist ja nichts drin. So viel Theater um nichts!?«

Jetzt ist die Frau ganz niedergeschlagen gewesen. Traurig hat sie gesagt: »Ich muß dich jetzt verlassen. Aber nicht, weil du dein Versprechen gebrochen und in den Korb geschaut hast, sondern – weil du nichts darin gesehen hast.«

Auf der Stelle hat sie sich von ihm abgewandt und ist in den Sonnenuntergang gegangen. Kein Mensch hat sie mehr gesehen auf Erden. Wer weiß aber, wieviele Sternenfrauen noch unter uns sind – und wie lange?

Diese Erzählung wurde der Märchenerzählerin Sigrid Früh von einem Missionar erzählt, der lange in Afrika gelebt hat. Mich hat diese Geschichte sehr beeindruckt. Umso mehr freut es mich, daß Sigrid Früh spontan ihr Einverständnis zum Abdruck in dieser Sammlung gegeben hat. Herzlichen Dank dafür.

Von der schönen Jungfrau Mahulena

Eine Volksmärchen aus der Slowakei

Vor langer, langer Zeit, war's gestern oder war's heut, da ist einmal weit, weit weg ein mächtiger König gewesen. Dem hat seine Frau einen wunderschönen Buben in die Welt gesetzt. Jetzt ist der König glückselig gewesen, denn seine Frau und den Buben hat er von Herzen gern gehabt.

Der Bub war aber erst ein paar Jahre alt, als seine Mutter, die Königin, gestorben ist. Jetzt hat der König eine andere Frau geheiratet. Diese Stiefmutter hat aber am Königssohn kein gutes Haar gelassen. Unter ihr hat er viel zu leiden gehabt. Das hat ihn mitunter recht verdrossen.

Als er größer geworden ist, hat er deshalb zu seinem Vater gesagt: »Vater, ich will mich aufmachen und hinausziehen in die Welt.« Das hat dem König freilich gar nicht gefallen. Sein Bub will fort!? – Nein, das wollte der König ganz und gar nicht. Immer wieder hat er dem Buben zugeredet: »Bleib doch daheim. Du wirst nach mir König werden, und es wird dir an nichts fehlen.«

Einmal ist der Königssohn in der Pfalz herumgegangen. Da sieht er in einer Kammer über den Kamin ein Bild von einer Frau hängen.

»Ei«, hat da der Königssohn gesagt, »wer in aller Welt ist denn so schön!? Noch nie hab ich eine Frau gesehen, die schöner gewesen wäre.« Gleich hat er seinem Vater von diesem Bild erzählt.

»Mein lieber Sohn«, hat der darauf gesagt, »die Frau, die du auf dem Bild gesehen hast, das ist deine Mutter. Alle haben sie ›die goldene

Jungfrau‹ genannt. Keine Frau hat es auf der Welt gegeben, die so schön gewesen wäre wie sie.«

Der Königssohn hat sich das Bild seiner Mutter noch oft und lange angeschaut. Schließlich hat er zu seinem Vater gesagt: »Mein lieber Vater, ich will hinausziehen in die Welt und eine solche Jungfrau suchen. Ich werde nicht umdrehen, bevor ich sie nicht gefunden habe.« – »Nein«, hat da der König gesagt, »mein lieber Bub, du als Königssohn brauchst nicht in die Welt hinauszureiten. Ich werde unseren Dienern sagen, daß sie eine solche Jungfrau für dich suchen sollen.«

Der Königssohn hat eingewilligt. So haben sich Diener und Höflinge aufgemacht und haben im ganzen Land, auf den Bergen und in den Tälern, in den Dörfern und in den Städten nach der goldenen Jungfrau gesucht. Aber nirgends haben sie eine so schöne Jungfrau gefunden.

Der Königssohn hat sich vor lauter Sehnsucht nach ihr schier verzehrt. Da ist der königliche Rat wieder zusammengetreten. Unter allen Ratgebern vom König ist ein Greis aufgestanden. »Hört zu, ihr Herrn!«, hat er gesagt, »wie ich sehe, könnt ihr euch nicht einigen. Trotzdem müssen wir für den Königssohn eine goldene Jungfrau finden. Er verzehrt sich schier nach ihr. Findet er sie nicht, so wird er entweder vor lauter Sehnsucht sterben oder in die Welt hinausziehen, damit er sie findet. Einen anderen Thronfolger haben wir aber nicht. Unser Land würde mit einem Mal ohne Oberhaupt dastehen.« – »Du hast recht, Alter«, haben die anderen Ratsherrn gesagt, »aber was sollen wir denn machen!? – Im ganzen Land haben wir die Jungfrau suchen lassen. Nirgends war sie zu finden. Wer weiß, wo sie ist!?« – »Mein Rat ist ganz einfach«, hat der Alte gesagt, »viele Leute ziehen durch unser Land. Sie kommen aus fremden Ländern und ziehen weiß Gott wohin. Aber alle kommen sie bei uns durch und trinken aus unseren Brunnen. Deshalb sollen alle Brunnen zugeschüttet werden. Alle, bis auf den königlichen Brunnen. So muß jeder, der durch unser Land zieht, aus diesem Brunnen trinken. Dort aber werden Wachen aufgestellt. Die werden jeden, der aus dem Brunnen trinken will, fragen, ob er oder sie nicht die goldene Jungfrau gesehen oder von ihr gehört hat.« – »Das ist ein guter Rat«, haben die anderen Ratsherrn gesagt. »Den wollen wir befolgen.«

So haben sie jetzt im ganzen Land die Brunnen zuschütten lassen. Nur der königliche Brunnen ist offen geblieben. Dort haben sich die Leute jetzt scharenweise gedrängt. Jede Frau und jeder Mann haben das Wasser bekommen. Vorher sind sie aber alle gefragt worden, ob sie denn nicht von der goldenen Jungfrau gehört hätten.

Tage und Wochen sind vergangen. Keiner hat etwas von der goldenen Jungfrau gewußt. Einmal ist im Sommer ein Pilger zum Brunnen gekommen. Die Sonne hat den Mann braun gebrannt gehabt. Über und über ist er dreckig gewesen vom Staub auf den Straßen. Müde hat er zu den Wachen gesagt: »Gebt mir doch einen Schluck Wasser!« – »Den kannst du schon haben«, hat einer von den Wachleuten gesagt, »aber zuerst erzählst du uns, ob du die goldene Jungfrau gesehen hast.« – »Die goldene Jungfrau!? – Da weiß ich schon etwas zu erzählen«, hat der Pilger gesagt. »Zuerst brauch ich aber etwas zum Trinken. Die Gurgel[1] verdorrt mir schier vor Durst.« Die Wachen haben dem Pilger einen großen Krug Wasser gegeben. Schluck um Schluck hat er getrunken und dann hat er mit dem Erzählen angefangen: »Ich bin weit herumgekommen in der Welt und ich hab auch allerhand gehört. Es wird erzählt, daß es eine holdselige Jungfrau gibt. Sie ist so schön, daß die Männer, die

1 Gurgel = Kehle

sie gesehen haben, die Besinnung verloren haben. Etliche sind bei ihrem Anblick sogar gestorben. Denn selbst wenn einer noch so ein hartes Herz hat, bei ihrem Anblick wird es gerührt. Bei manchen zerspringt es gar.« – »Weißt du auch, wo sie wohnt und wie sie heißt?«
»Wie sie heißt, weiß ich schon«, hat der Pilger gesagt. »Die Leute nennen sie Mahulena, die schöne Jungfrau. Wo sie wohnt, kann ich nicht genau beschreiben. Aber hinfinden würde ich wohl.«
Die Wachen haben den Pilger auf das hinauf gleich zum König gebracht. Sein Bub ist auch dabeigewesen, wie sie den Pilger befragt haben.
»Sag einmal«, hat der König zum Pilger gesagt, »ist diese Jungfrau wirklich so schön wie dieses Bild?« – »Ob sie so schön ist wie dieses Bild!? – Noch einmal so schön ist sie!«, hat der Pilger gesagt. »Wenn das stimmt, was du sagst, dann werde ich mich gleich auf den Weg machen«, hat der Königssohn gesagt. »Ich muß diese Jungfrau finden und um ihre Hand anhalten.« – »Aber mein Sohn«, hat da der König gesagt, »überleg dir das Ganze noch einmal. Wer weiß, welche Gefahren auf dich warten. Vielleicht findest du sie gar nicht. Und wer weiß, ob sie dich überhaupt will!?« Auch die Ratgeber vom König haben auf den Königssohn eingeredet. »Ja«, haben sie gesagt, »Herr, Euer Vater hat recht. Ihr seid noch zu jung. Es wird wohl am besten sein, wenn wir ein paar von Euren besten Leuten in die Welt hinaus schicken, damit sie die Jungfrau Mahulena suchen.«
»Nein!«, hat der Königssohn gesagt, »ich werde mich selbst auf den Weg machen und ich werde sie auch finden.«
Wie der König gesehen hat, daß das ganze Zureden nichts hilft, da hat er zu dem Pilger gesagt: »Du hast uns von der schönen Jungfrau Mahulena erzählt. Jetzt kannst du sehen, was du damit angerichtet hast. Darum verlange ich von dir, daß du meinen Sohn begleitest.« – »Herr König«, hat da

der Pilger gesagt, »das will ich gerne für Euch tun. Ich verlange allerdings Eines: Euer Sohn muß versprechen, daß er alles tut, was ich ihm sage.«
Da ist dem König schon leichter gewesen. Er hat seinen Sohn zugeredet. Schließlich hat sich der gefügt und hat feierlich versprochen, daß er dem Pilger in allem gehorchen wird. So haben sie sich gerüstet für die Reise und schließlich sind sie hinausgezogen in die Welt, damit sie die schöne Jungfrau Mahulena finden. Die Stiefmutter vom Königsohn ist darüber recht froh gewesen.

Lange sind sie gewandert. Tage und Wochen sind vergangen. Sie sind durch dunkle Wälder gekommen, über Ebenen und durch Täler marschiert. Auf alten Straßen und auf schmalen Steigen sind sie gezogen. Einmal sind sie durch einen finsteren Tannenwald gestiegen. Der Wald hat schier kein Ende genommen.
»Was sollen wir jetzt tun?«, hat der Königssohn gesagt. »Es wird bald Nacht. Wo sollen wir lagern? Es gibt hier weder ein Feuer noch ein Dach über den Kopf für uns.« – »Klettere dort auf die Buche hinauf!«, hat der Pilger zum Königssohn gesagt, »vielleicht siehst du irgendwo einen Lichtschein.« Der Königssohn ist auf die höchste Buche hinaufgeklettert und hat vom Wipfel aus nach allen Seiten geschaut.
»Siehst du irgendwo ein Licht?«, hat der Pilger gefragt. »Ja«, hat der Königssohn gesagt, »ich sehe eines. Aber es ist weit, weit weg.« Der Königssohn hat die Richtung beschrieben. Dann ist er wieder heruntergeklettert, und sie sind in diese Richtung weitergegangen. So sind sie tief drinnen im Tannenwald zu einem kleinen Haus gekommen.
Drinnen ist ein uralter Greis bei einem Tisch gesessen und hat in großen Büchern geschrieben. Der Greis ist so grau gewesen wie eine Taube. »Glück auf!«, haben die zwei Wanderer zu dem alten Mann gesagt. Der

Alte hat sich nicht gerührt, ja, er hat nicht einmal aufgeschaut. Weiter hat er geschrieben und geschrieben.
»Ich denke, wir können dableiben«, hat der Pilger gesagt, »der Alte will uns keine Antwort geben. Aber er wird uns wohl auch nichts antun.« So haben sie sich niedergelegt.

Der Königssohn hat bald tief und fest geschlafen. Der Pilger nicht. Er hat sich nur niedergelegt und dabei auf den Alten aufgepaßt. Der Alte hat in den großen Büchern in einem fort geschrieben und geschrieben.
Um Mitternacht sind drei Raben in die Stube geflogen gekommen. Im nächsten Moment haben sie sich in drei Jungfrauen verwandelt. Das sind die drei Töchter von dem Alten gewesen. »Vater!«, haben sie geschrien, »wer übernachtet denn da in unserem Haus!?« – »Das sind nur zwei müde Wandersleute«, hat der Alte gesagt, »kümmert euch nicht um sie. Erzählt lieber: Was habt ihr gesehen in der Welt?« – »Nein«, haben die Jungfrauen gesagt, »wir werden nichts erzählen. Die zwei Wanderer könnten uns belauschen.« – »Ach, meine lieben Töchter«, hat der Alte gesagt, »was sollten sie bei uns wohl belauschen? Seht ihr denn nicht, daß sie schlafen? Selbst wenn sie nicht schlafen, werden sie sich wohl kaum darum kümmern, was ihr zusammenredet. Du, meine Älteste, fang an: Erzähl! Wo bist du heute herumgekommen? Was hast du in der Welt gesehen und gehört!?« – »Ich bin weit in der Welt herumgekommen«, hat die Älteste gesagt, »und habe gehört, daß ein junger Königssohn die schöne Jungfrau Mahulena sucht.«
»Und was hast du in der Welt gesehen und gehört?«, hat der Alte die mittlere Tochter gefragt. »Auch ich bin weit in der Welt herumgekommen. Da habe ich gehört, daß der junge Königssohn zu zwei Wegen kommen wird. Ein Weg ist sumpfig. Der andere ist schön zu gehen. Wenn er auf dem be-

quemeren Weg weitergeht, dann wird er die schöne Jungfrau Mahulena nie finden. Geht er aber den sumpfigen Weg, dann kann sie die Seine werden.«
»Und wo bist du herumgekommen?«, hat der Alte schließlich zu seiner dritten Tochter gesagt. »Auch ich bin recht weit in der Welt herumgekommen«, hat sie gesagt, »und auch ich habe von dem jungen Königssohn gehört. Aber wehe, wenn er die Jungfrau Mahulena findet und ihr gleich in die Augen schaut. Dann wird er ums Leben kommen. Er darf ihr am ersten Tag nur auf die Füße schauen. Am zweiten Tag darf er ihr dann auch auf den Körper schauen, bis zu den Brüsten. Und erst am dritten Tag darf er ihr ins Gesicht schauen. Befolgt er das nicht, dann wird es ihm schlecht ergehen. Aber er wird diesen Rat wohl nie hören, denn wer das weitersagt, der wird zu Stein werden.«
Die Jungfrauen sind daraufhin weggegangen. Der Alte hat alles getreulich in ein großes Buch eingetragen. Der Pilger aber hat sich alles wohl gemerkt. Dann ist er eingeschlafen.

In der Früh sind der Königssohn und der Pilger zeitig aufgestanden. Sie haben dem Alten für das Nachtlager gedankt. Der hat sie wieder gar nicht angeschaut und überhaupt nicht auf sie geachtet.
Wie sie weitergegangen sind, da sind sie zu zwei Wegen gekommen. Der eine Weg war morastig und mit hohem Gras verwachsen. Der andere Weg ist fest und recht bequem zu gehen gewesen. Der Königssohn hat nicht lange überlegt und ist auf dem festen, bequemen Weg weitergegangen. »Nein«, hat da der Pilger gesagt, »wir gehen auf dem anderen Weg.« – »Warum sollen wir uns denn auf dem sumpfigen Pfad abmühen?«, hat da der Königssohn gesagt, »schau her, der Weg ist fest wie ein Tisch. Da kommen wir bestimmt besser weiter.« – »Nein«, hat der Pilger gesagt, »du hast mir versprochen, daß du alles, was ich sage,

getreulich tun wirst. Wir gehen auf dem morastigen Weg weiter. Sonst wirst du die schöne Jungfrau Mahulena nie finden.«
So sind sie auf dem sumpfigen Weg weitergegangen. Bald sind sie bis zu den Knöcheln, dann wieder bis zu den Knien im Morast versunken. Der Königssohn hat geschimpft und geflucht. Das Weiterkommen hat viel Kraft gekostet. Lange haben sie sich abgemüht. Die Kräfte sind ihnen schier ausgegangen. Der Königssohn wollte schon nicht mehr weitermarschieren. Aber endlich hat der elendige Weg doch ein Ende gehabt. Jetzt sind sie vor einer prächtigen Stadt gestanden. In der hat die schöne Jungfrau Mahulena gelebt.

Gleich ist der Königssohn wieder voller Kraft gewesen.
»Komm«, hat er zum Pilger gesagt, »gehen wir hinein und suchen wir die schöne Jungfrau Mahulena auf.« – »Nein«, hat der Pilger gesagt, »zuerst suchen wir uns ein Quartier. Dort werden wir uns waschen und ausrasten. Erst dann kannst du der schönen Jungfrau Mahulena deine Aufwartung machen.«
So sind sie in ein Wirtshaus gegangen, haben sich gewaschen und ausgerastet. Dann hat der Königssohn seine schönsten Gewänder angezogen und wollte sich gleich auf den Weg machen zu der königlichen Pfalz. Seine Sehnsucht nach der schönen Jungfrau Mahulena ist schon riesengroß gewesen.
»Warte!«, hat da der Pilger zu ihm gesagt, »ich gebe dir jetzt einen Rat. Befolgst du ihn, dann wirst du dein Glück finden. Befolgst du ihn nicht, dann wird es dir schlecht ergehen: Wenn du in die Kammer kommst, in der die schöne Jungfrau Mahulena ist, dann darfst du kein Wort reden. Senk den Kopf und den Blick. Sie wird oberhalb von dir auf Stufen stehen. Laß den Blick langsam über die Stufen hinaufwandern. Bald wirst

du ihre Füße sehen und dann ihre Knie. Weiter darfst du sie nicht anschauen. Du wirst zum Essen und zum Trinken bekommen. Iß und trink nur ein Drittel von dem, was dir vorgesetzt wird. Ich beschwöre dich: Halte dich daran, sonst wirst du es bitter bereuen!«

Der Königssohn hat dem Pilger für den Rat gedankt. Dann ist er voller Freude zu der königlichen Pfalz gegangen. Wie er in die Kammer gekommen ist, in der die schöne Jungfrau Mahulena gewesen ist, hat er gleich den Kopf und die Augen gesenkt. Ganz vorsichtig hat er hinaufgeschaut zu den Stufen und auf ihre Füße. Von dem Essen, das er bekommen hat, und von dem Wein, dem ihm die Diener eingeschenkt haben, hat er nur ein Drittel gegessen und getrunken. Dann ist er, ohne daß er ein Wort geredet hätte, wieder zurückgegangen ins Wirtshaus.

Am nächsten Tag hat er sich wieder auf den Weg gemacht. »Auch heute darfst du der schönen Jungfrau Mahulena noch nicht ins Gesicht schauen«, hat der Pilger zu ihm gesagt, »jetzt darfst du aber schon ihren Leib sehen. Und von dem, was dir vorgesetzt wird, darfst du heute die Hälfte essen und trinken.«

So ist es geschehen. Wie der Königssohn den wunderschönen Leib von der Jungfrau Mahulena gesehen hat, da hätte er ihr auch gern in die Augen geschaut. Aber er hat an den Rat vom Pilger denken müssen. So hat er ihren Körper bewundert und nur die Hälfte von dem gegessen und getrunken, was ihm die Diener vorgesetzt haben. Dann ist er wieder zurück ins Wirtshaus gegangen – ohne daß er ein Wort geredet hätte.

Am dritten Tag hat der Pilger zum Königssohn gesagt: »Heute darfst du der schönen Jungfrau Mahulena auch in die Augen schauen. Aber langsam und vorsichtig: Sonst geht es dir wie den anderen, und du fällst ohnmächtig um. Diesmal darfst du alles essen und trinken, das dir vorgesetzt wird. Aber schau zu, daß du als Mann bestehst.« Diesmal ist der Königssohn noch ungeduldi-

ger als sonst zu der königlichen Pfalz gelaufen. Er ist in die Kammer hinein und hat voller Freude zu der schönen Jungfrau Mahulena aufgeschaut. Kaum aber, daß er ihr ins Gesicht gesehen hat, da hat sich die Welt rund um ihn herum auf einmal angefangen zu drehen. Ein solches Leuchten ist von ihrem Gesicht ausgegangen, daß er fast umgefallen wäre. Aber er hat standgehalten. Wie die schöne Jungfrau Mahulena gemerkt hat, daß der Königssohn nicht wie die anderen ohnmächtig umgefallen oder gar gestorben ist, da ist sie von ihrem hohen Sitz heruntergestiegen. Sie hat ihm die Hand gegeben und hat voller Huld mit ihm geredet.
Jetzt sind auch ihr Vater, der König, und der ganze Hofstaat erschienen. Alle haben sich gewundert, daß der Königssohn immer noch unversehrt und am Leben ist. »Du bist würdig, daß du meine Tochter heiratest«, hat der König gesagt und dem Königssohn seine Tochter, die schöne Jungfrau Mahulena, zur Frau gegeben. Nur eine Bedingung hat der König gestellt: »Ich bin auch Herrscher über die gesamte Vogelwelt. Ich kenne die Sprache der Vögel und vieles, was dir ein Geheimnis ist«, hat er gesagt, »deshalb weiß ich, daß über euch Unheil kommt, wenn du deine Braut heimbringst in dein Königreich. Versprich mir also, daß du das nie tun wirst.« – Der Königssohn hat nur ungern eingewilligt. Aber wie ihn die schöne Jungfrau Mahulena angeschaut hat, da hat er nicht »nein« sagen können. So hat er dem König dieses Versprechen gegeben. Der Hochzeit ist jetzt nichts mehr im Wege gestanden. Ein rauschendes Fest haben sie gefeiert. Der Pilger ist als Freund vom Königsohn natürlich auch bei der Tafel gesessen.

Die Zeit ist vergangen. Der Königssohn und Mahulena haben in einem herrlichen Schloß gelebt. Es hat ihnen an nichts gefehlt. Zuerst hat der Königssohn auch nicht mehr an seinen alten Vater gedacht. Mit der Zeit ist er ihm aber immer öfter in den Sinn gekommen. Schließlich hat er zu seiner Frau, der schönen Mahulena, gesagt: »Bitte doch deinen Vater, daß er mein Versprechen löst. Wie gern hätte ich meinen alten Vater noch einmal gesehen und ihm dich als meine liebe Frau vorgestellt.«

So hat die schöne Jungfrau Mahulena ihrem Vater so lange zugeredet, bis er sie schließlich hat ziehen lassen. Freude hat ihr Vater damit keine gehabt. Er hat ja gewußt, daß auf seine Tochter und auf seinen Schwiegersohn Unheil wartet. Er hat ihnen aber nichts verraten können.

Der Königssohn, die schöne Mahulena und der Pilgersmann haben sich also auf den Weg gemacht. Bald sind sie wieder zu dem Alten in der Hütte gekommen. Sie haben ihn gegrüßt, aber er hat sie wieder nicht beachtet. Im Winkel haben sie sich niedergelegt und sind müde eingeschlafen.

Nur der Pilger ist munter geblieben. Gegen Mitternacht sind wieder die drei Raben dahergeflogen gekommen. Wieder haben sie sich in der Hütte in drei Jungfrauen verwandelt. »Na, meine liebe Tochter«, hat der Alte zu der Ältesten gesagt, »was hast du heute in der Welt gesehen und gehört?« – »Der Königssohn hat sie bekommen, die schöne Jungfrau Mahulena«, hat die Älteste gesagt. »Jetzt führt er sie nach Hause zu seinem alten Vater.«

»Und was hast du gesehen und gehört?«, hat der Alte die Mittlere gefragt. »Er bringt sie wohl heim, der Königssohn, aber es wartet ein großes Unheil auf sie.«

»Ja«, hat da die dritte Tochter gesagt, »denn seine Stiefmutter ist eine Jezibaba, eine Hexe. Sie mag weder den Königssohn und schon gar nicht Mahulena, die schöne Jungfrau. Wenn die zwei heimkommen in die Königspfalz, dann wird sie ihnen einen Becher mit vergiftetem Wein entgegenschicken. Sobald sie daraus trinken, werden ihnen die Herzen zerspringen. Sollten sie aber den Wein nicht trinken, dann wird sie ihnen ein Roß bringen lassen. Sobald der Königssohn aufsitzt, wird sich das Roß mit ihm in die Donau stürzen, damit er ertrinkt. Sollte aber auch das nicht helfen, so wird sich die Stiefmutter in der Nacht in einen Lindwurm verwandeln. Sie wird in die Schlafkammer kommen und den Königssohn und die schöne Jungfrau Mahulena auffressen. Aber das wird der Königssohn nie erfahren, denn wer das weitererzählt, der wird zu Stein werden.« – »So ist es«, haben auch die anderen zwei Töchter vom Alten gesagt. Der Alte hat alles in das große Buch eingetragen. Die Jungfrauen sind weggegangen. Der Pilger hat sich alles wohl gemerkt.

Zeitig in der Früh sind die drei Wanderer aufgestanden. Sie haben dem Alten für das Nachtlager gedankt. Der hat sie gar nicht angeschaut. Dann sind sie weitergegangen.

Wie sie in das Königreich vom Königssohn gekommen sind, hat ihnen seine Stiefmutter Leute entgegengeschickt. Die haben ihnen einen Becher Wein zum Willkommen gebracht. »Warte!«, hat der Pilger gesagt, wie der Königssohn den Wein trinken wollte, »trink nicht einen Tropfen davon. Sag dem Diener, der dir den Wein gebracht hat, daß er den Becher selber austrinken soll.« Der Königssohn hat auf den Rat vom Pilger vertraut und dem Diener angeschafft, daß er den Wein selber trinken soll. Der Diener hat sich gedreht und gewunden[2]. Aber schließlich hat er den Wein trinken müssen. Kaum, daß er den ersten Schluck getrunken gehabt hat, da ist ihm das Herz zersprungen. Der Königssohn, die schöne Jungfrau Mahulena und der Pilger aber sind weitermarschiert.

Vor der königlichen Stadt sind ihnen Diener entgegengekommen. Die

2 sich drehen und winden = sich bitten lassen, zieren, zurückschrecken

haben dem Königssohn ein prächtiges Roß gebracht. »Eure Stiefmutter schickt Euch dieses Roß, Herr«, haben sie gesagt. »So könnt Ihr würdig in Eure Heimatstadt einziehen.« – »Nein!«, hat da der Pilger gesagt, »setz dich nicht auf dieses Roß. Sag dem Diener, der das Roß führt, daß er sich selber hinaufsetzen soll.« So hat sich der Diener hinaufsetzen müssen. Und kaum, daß er sich hinaufgeschwungen gehabt hat, da ist das Roß in die Höhe gegangen und mit ihm in die Donau gesprungen.

Der Königssohn, die schöne Jungfrau Mahulena und der Pilger aber sind in die Stadt eingezogen. Wie die Leute den Königssohn und seine holdselige Frau gesehen haben, haben sie überall auf den Straßen gejubelt. Erst recht hat sich der alte König gefreut. Er hat seinen Sohn und die schöne Mahulena an sein Herz gedrückt. Sogar die Stiefmutter hat so getan, als ob sie sich freuen würde. Der König hat ein großes Fest gegeben zu Ehren von seinem Sohn und seiner wunderschönen Frau. Sie haben gegessen, getrunken und gefeiert, daß es eine Freude gewesen ist.

Wie der Königssohn und die schöne Mahulena am Abend in ihre Kammer gehen wollten, da hat sie der Pilger aufgehalten. »Herr«, hat er zum Königssohn gesagt, »du weißt, daß ich dir ein Freund bin. Mehr als einmal habe ich dir einen guten Rat gegeben. Hör auch heute auf mich. Selbst wenn es dir schwerfällt.« – »Deinen guten Rat schätze ich wohl, mein lieber Bruder«, hat der Königssohn gesagt, »was willst du denn heute von mir?« – »Es ist besser«, hat der Pilger gesagt, »wenn ich heute Nacht bei deiner Frau in der Kammer schlafe.« – »Was!?«, hat der Königssohn da geschrien, »du willst bei meiner Frau in der Kammer schlafen!? Wie kann dir so etwas einfallen? Nie und nimmer kann das geschehen. Ich, nur ich werde bei ihr bleiben.« – »Gut«, hat der Pilger gesagt, »verwirf meinen Rat. Aber ich sage dir, daß du damit dein Unglück besiegelst.«

Da hat der Königssohn lange überlegt. Ihm ist in den Sinn gekommen, daß ihn der Pilger immer wieder gut beraten gehabt hat. Schließlich hat er gesagt: »Du hast mir schon oft einen guten Rat geben. Immer hat sich mein Vertrauen gelohnt. Gut – du sollst heute bei meiner Frau in der Kammer schlafen. Aber zuerst gehe ich mit ihr in die Kammer. Erst wenn sie eingeschlafen ist, darfst du hinein.«

So ist es geschehen. Wie die schöne Jungfrau Mahulena eingeschlafen gewesen ist, ist der Königssohn aufgestanden und hinausgegangen. Jetzt ist der Pilger hinein zu ihr in die Kammer. Ein scharfes Schwert hat er mitgenommen.

Gegen Mitternacht ist mit einem Mal die Kammertür aufgegangen. Ein scheußlicher, grausiger Lindwurm hat sich in die Kammer gewälzt. Langsam ist er zum Bett gekrochen. Dort hat er sich aufgerichtet und wollte sich auf die zwei Schlafenden stürzen. Jetzt ist aber der Pilger aufgesprungen. Er hat sein Schwert gepackt und hat den scheußlichen Lindwurm mit einem Hieb niedergestreckt. Das Lindwurmblut ist aufgespritzt. Fürchterlich hat das Ungeheuer geschrien. Der Lärm ist im ganzen Schloß zu hören gewesen. Der Pilger aber hat den Lindwurm unverdrossen gepackt und ihn durch das Fenster in den Abgrund hinuntergeschleudert. Dann ist er zurück zum Bett. Das Gesicht der schönen Mahulena ist über und über mit dem Lindwurmblut vollgespritzt gewesen. Der Pilger wollte ihr das Blut abwischen. Da geht die Tür auf. Der Königssohn, der alte König und viele Hofleute kommen in die Kammer. Und was sehen sie da: Der Pilger beugt sich, mit dem blutigen Schwert in der Hand, über die schöne Jungfrau Mahulena. Die liegt da und ist – wie der Pilger – voller Blut.

»Verräter!«, hat der Königssohn geschrien, »ich habe dir vertraut, und du wolltest meine Frau umbringen!« – »Nein«, hat der Pilger gesagt, »ich habe ihr nichts getan und ich wollte ihr auch nichts tun, sondern nur das Blut abwischen.« – »Das sind nichts als Lügen!«, hat der alte König gesagt, »schmeißt ihn ins Gefängnis. Morgen soll er hingerichtet werden.«
Immer und immer wieder hat der Pilger gesagt: »Ich bin unschuldig. Ich habe nichts getan. Im Gegenteil: Ich habe Euch vor einem großen Unglück bewahrt.«
Schließlich hat der Königssohn zu ihm gesagt: »Gut, ich werde dir noch einmal vertrauen. Aber nur, wenn du mir die volle Wahrheit sagst.« – »Ach«, hat da der Pilger gesagt, »was ist das für eine Wahl? Wenn ich die Wahrheit sage, so werde ich zu Stein. Sage ich die Wahrheit nicht, so werde ich hingerichtet. So will ich's denn mit der Wahrheit halten.«
Getreu hat er alles erzählt – von der Nacht in der Hütte, von dem alten Mann, von den drei Raben, die sich in drei Jungfrauen verwandelt haben, und von dem, was die drei Jungfrauen vorausgesagt haben. Wie er fertig gewesen ist, ist er langsam zu Stein geworden.
Jetzt hat der Königssohn sein Mißtrauen bitter bereut. Er hat den leblosen Körper vom Pilger umarmt und abgebusselt. Drunten im Abgrund haben sie die alte Königin tot aufgefunden. Das ist der letzte Beweis gewesen, daß der Pilger die Wahrheit gesagt gehabt hat.

Der Königssohn ist jetzt voller Kummer gewesen. Tag für Tag hat er geweint und den steinernen Körper von seinem unglücklichen Freund über und über mit seinen Tränen begossen. Es hat alles nichts geholfen. Nichts hat sich gerührt. Der Pilger ist ein Stein geblieben. Einmal ist der Königssohn spät am Abend von der Jagd zurückgeritten ins Schloß. Immer noch hat er an seinen steinernen Freund gedacht. Da hört er mit einem Mal über

seinem Kopf Vogelschwingen rauschen. Drei Raben sind über den Bäumen geflogen. Der eine der drei Raben hat gesagt: »Schaut hinunter! Der Königssohn reitet heim. Er weiß nicht, was im Schloß geschehen ist.«
»Ja«, hat der andere Rabe gesagt, »er weiß noch nicht, daß ihm Mahulena, das schöne Weib, einen Sohn geschenkt hat. Das Kind hat eine leuchtende Sonne mitten auf der Stirn.«
»Ja«, hat der dritte Rabe gesagt, »und er weiß auch nicht, daß er mit dem Kind seinen steinernen Freund wieder zum Leben erwecken kann. Dazu muß er den Stein mit dem Blut von seinem Kind bespritzen. Dann wird sein Freund wieder lebendig werden.«
Die Raben sind weitergeflogen. Der Königssohn aber hat sein Roß angespornt und ist voller Freude zu der Pfalz zurückgeritten. Dort sind ihm schon die Hofleute entgegengekommen.
»Herr!«, haben sie gerufen, »auf Euch wartet eine große Freude: Mahulena, Eure schöne Frau, hat Euch einen Buben in die Welt gesetzt. Auf seiner Stirn strahlt eine Sonne.« Glückselig ist der Königssohn hinein in die Kammer, zu seiner schönen Frau und zu seinem Kind. Er hat ihr und dem Kind ein Bussl[3] gegeben und hat das Kind voller Freude und Stolz auf seinen Arm genommen. Dann hat er sein Messer aus der Tasche geholt und den Neugeborenen in den kleinen Finger geschnitten, bis Blut herausgetropft ist. Geschwind ist er dann mit dem Kind hingelaufen zum steinernen Pilger. Er hat das Blut auf den Stein tropfen lassen, und im nächsten Moment ist der steinerne Freund wieder lebendig geworden.
Voller Freude haben sich die zwei umarmt. Jetzt sind sie alle miteinander glücklich gewesen. Lange haben sie noch gelebt und gut ist es ihnen gegangen, und wenn sie nicht gestorben sind, dann leben sie wohl heute noch.

3 Bussl = Kuß

Vom König Aschelein

Ein Volksmärchen aus dem Burgenland

Vor langer, langer Zeit, war's gestern oder war's heut, da hat einmal ein König gelebt. Der hat eine einzige Tochter gehabt. Siebzehn Jahre ist die Prinzessin alt gewesen. Da ist der König einmal fortgeritten auf die Jagd.

»Mein lieber Vater«, hat die Prinzessin gesagt, »ich hätte eine Bitte: Bring mir das, was dir zufliegt, mit.« Der König hat seine Tochter lieber gehabt als alles andere auf der Welt. So hat er ihr das gerne versprochen.

Lange ist der König geritten, und lange ist ihm nichts zugeflogen. Wie er aber in den Wald hineinreitet, da fliegt ihm ein Vogel auf den Hut. Erschöpft hat sich der auf die Krempe gesetzt. Geschwind hat der König den Vogel geschnappt und ihn in sein Schneuztuch gewickelt. Wie er wieder daheimgewesen ist, hat er ihn der Prinzessin gegeben.

Glückselig ist sie gewesen, die Prinzessin, wie sie den Vogel gesehen hat. Gleich hat sie ihn ausgepackt und in Wein gebadet. Dann hat sie ihn sacht in ein seidenes Tüchlein eingewickelt, in ihr Bett gelegt und mit ihrer Tuchent zugedeckt. Jeden Tag ist es jetzt so gegangen. Der Vogel hat von ihr zu essen und zu trinken bekommen. Sie hat ihn in Wein gebadet und in ein neues Tüchlein gewickelt. Und jede Nacht hat er bei ihr in ihrem Bett schlafen dürfen.

Wie ein Jahr um gewesen ist, da ist mit einem Mal statt dem Vogel ein stattlicher schöner Prinz neben ihr im Bett gelegen. Da hat die Prinzessin große Augen gemacht. Er aber hat gesagt: »Jungfrau, ich danke dir.

Ich bin verwunschen gewesen. Durch das, was du für mich gemacht hast, hast du mich erlöst.« Die Prinzessin hat sich auf der Stelle in ihn verliebt. Auch sie hat ihm gut gefallen. Nach drei Tagen aber hat er zu ihr gesagt: »Es ist höchste Zeit, daß ich zurückkehre in mein Land. Ich bin der König Aschelein, und meine Leute werden schon auf mich warten. Der Weg ist weit. Ein Jahr reise ich hin und ein Jahr wieder zurück. Wenn ich also in zwei Jahren nicht wieder zurück bin, dann muß etwas passiert sein. Wer weiß, ob ich dann noch am Leben bin.«
Daraufhin hat sich der König Aschelein auf den Heimweg gemacht. Dort hat sich herausgestellt, daß seine Eltern inzwischen gestorben gewesen sind. So hat er als König das Reich übernommen.

Die Prinzessin hat inzwischen auf ihn gewartet und gewartet. Zwei Jahren sind vergangen. Schließlich ist ihr die Zeit zu lange geworden. So hat sie sich zusammengerichtet für die Reise. Einen goldenen Armreif, einen goldenen Kamm und ein goldenes Glockenspiel hat sie eingepackt. Sonst ist sie dahergekommen wie eine einfache Magd.
Weit ist der Weg gewesen und lange ist sie marschiert. Schließlich ist sie aber glücklich in das Land vom König Aschelein gekommen. Bei der Burg hat sie gefragt, ob sie nicht vielleicht ein Stubenmädchen brauchen. »Nein«, hat es geheißen, »wir haben schon ein Stubenmädchen. Wenn du aber die Arbeit nicht scheust, dann kannst du dem Koch als einfache Magd zur Hand gehen.«
So hat sie als einfache Magd in der Burg zu arbeiten angefangen. Zu tun hat es genug gegeben. »In drei Tagen soll große Hochzeit gefeiert werden«, haben sie ihr erzählt. »Wer heiratet denn?«, hat sie gefragt. – »Weißt du denn das nicht?«, haben die Leute gelacht, »unser König wird eine wunderschöne Prinzessin heiraten. Schon von Kindheit auf ist

sie ihm versprochen. Jetzt, wo seine Eltern tot sind, wird es höchste Zeit, daß die zwei zusammenkommen.«

Da hat sie das erste Stubenmädchen gebeten: »Laß mich doch heute abend zur Kammer vom König gehen. Ich möchte nur durchs Schlüsselloch schauen und sehen, wie schön er ist.«

»Nein«, hat die gesagt, »jetzt bist du erst einen Tag da und möchtest dich schon zu der Kammertür vom König schleichen!? – Wenn dich jemand erwischt, dann werden wir alle zwei geköpft.«

»Du sollst es ja nicht umsonst tun«, hat die Prinzessin gesagt, »ich schenke dir dafür meinen goldenen Armreif.« Damit hat sich das Stubenmädchen schließlich überreden lassen. Die Prinzessin ist am Abend zu der Kammertür vom König geschlichen und hat geklagt:

»König Aschelein, König Aschelein!
Ich hab dich gewaschen mit meinem Wein.
Ich hab dich gewickelt in mein seidenes Tüchlein fein.
Oh, du mein liebes, auserwähltes Kind.«

Beim letzten Wort ist sie auf und davon gerannt – gleich ums Eck. Im nächsten Moment hat der König auch schon die Tür aufgerissen. Aber da ist niemand zu sehen gewesen.

Am nächsten Tag hat sie die erste Stubenmagd wiederum angebettelt: »Laß mich heute auf d'Nacht noch einmal zu der Kammer vom König gehen.«

»Nein«, hat die Stubenmagd gesagt, »gestern hast du Glück gehabt. Aber wenn sie dich erwischen, dann ist es um uns alle zwei geschehen.«

Die Prinzessin hat der Stubenmagd aber lange zugeredet. Schließlich hat sie ihr dann auch noch den goldenen Kamm versprochen. Da hat die Stubenmagd nicht nein sagen können. Wieder hat sich die Prinzessin zu der Kammertür vom König geschlichen und geklagt:

»König Aschelein, König Aschelein!
Ich hab dich gebadet in meinem Wein.
Ich hab dich gewickelt in mein seidenes Tüchlein fein.
Oh, du mein liebes, auserwähltes Kind.«

Und auf und davon ist sie wieder gewesen. So schnell der König auch die Tür aufgerissen hat: Da war nichts mehr zu sehen. So hat er die ganze Burg durchsuchen lassen. Aber sie ist schon längst in ihrer Kammer im Bett gelegen und hat sich schlafend gestellt. So haben sie sie nicht erwischt.

Am dritten Tag hat sie die Stubenmagd noch einmal darum gebeten, daß sie zu der Kammertür vom König gehen darf. »Nein und noch einmal nein!«, hat die Stubenmagd da geschimpft. »Schon vorgestern und gestern habe ich kein gutes Gefühl gehabt, wie du dich hingeschlichen hast. Wenn du das heute noch einmal machst, dann wirst du ganz bestimmt erwischt – und dann sind wir alle zwei schlimm dran.«

Die Prinzessin hat ihr aber wieder lange und gut zugeredet. Schließlich hat sie zu ihr gesagt: »Schau her, dieses goldene Glockenspiel schenke ich dir, wenn du mich heute noch einmal zu der Kammertür läßt.«

Wie die Stubenmagd das goldene Glockenspiel gesehen hat, da haben ihre Augen zu glänzen angefangen. »Na gut«, hat sie gesagt, »dann geh halt. Aber wehe, sie erwischen dich: Ich weiß von nichts.« – Glückselig hat sich die Prinzessin durch das Schloß geschlichen. Vor der Tür vom König hat sie wieder geklagt:

»König Aschelein, König Aschelein!
Ich hab dich gewaschen mit meinem Wein.
Ich hab dich gewickelt in mein seidenes Tüchlein fein.
Oh, du mein liebes, auserwähltes Kind!«

Sie ist noch kaum fertig gewesen, da ist auch schon die Tür aufgerissen worden. Jetzt hat sie der König gesehen. »Was machst denn du da, du neugieriges Weib!? Was hast du vor meiner Tür verloren? Willst du mir nachschleichen? Oder willst du mich ausspionieren? Rede, oder ich laß dich hinrichten!«

»Alles, was recht ist!«, hat sie gesagt, »du willst mich hinrichten lassen? Wo du ein ganzes Jahr als Vogerl bei mir in meinem Bett geschlafen hast?«

Da hat es dem König schier die Rede verschlagen. »Du bist die, die mich erlöst hat!?«

»Ja«, hat sie gesagt, »und nicht nur das: Den ganzen langen weiten Weg habe ich auf mich genommen, damit ich dich wiederfinde.«

Da hat sie der König Aschelein in den Arm genommen und ist mit ihr in die Kammer gegangen. Eine ganze Nacht lang haben sie sich ausgesprochen. In der Früh aber hat er seiner Braut einen Brief geschrieben, daß es nichts wird mit der Hochzeit, weil er die Richtige gefunden hat.

So haben die zwei jetzt Hochzeit gefeiert. Zu dem Fest ist auch der Vater der Prinzessin eingeladen gewesen. Da ist es hoch hergegangen. Dann aber haben sie noch lange und gut gelebt. Glücklich sind sie auch gewesen. Und wenn sie nicht gestorben sind, dann leben sie wohl heute noch.

Von der siebenschönen Juliska

Ein Volksmärchen der Szekler aus Siebenbürgen

Vor langer, langer Zeit, war's gestern, oder war's heut, da hat einmal ein armer Mann mit seiner Frau gelebt. Miteinander haben sie eine Tochter gehabt. Die hat Juliska geheißen. Wunderschön ist die Juliska gewesen. Weitum hat es in sieben Ländern keine schönere Frau gegeben. Darum haben die Leute die Juliska »die siebenschöne Jungfrau« genannt.
Sonst haben die armen Leute aber rein gar nichts gehabt, kein eigenes Haus, kein eigenes Vieh, kein eigenes Stück Grund – nichts. Die Not hat sie hinten und vorne gedrückt. Mühselig haben sie für die Herrschaft als Tagelöhner arbeiten müssen. Das hat freilich wenig eingebracht.

Einmal hat der arme Mann deshalb zu seiner Frau und zu der Tochter gesagt: »Hört zu, für so wenig Geld will ich mich nicht länger schinden. Ich werde hinausziehen in die Welt und mir eine andere Arbeit suchen. Vielleicht finde ich eine Arbeit als Knecht oder als Fuhrmann. Das bringt mehr ein als diese Plackerei. Wenn ich dann eine gute Stelle habe, dann lasse ich euch nachkommen.«
Der Frau hat das Ganze gar nicht gefallen. Mit ihrer Tochter, der Juliska, hat sie angefangen zu jammern und zu weinen. »Bleib da!«, hat sie gesagt, »wer weiß, was dir draußen in der Welt unterkommt!?«
Aber der Mann ist nicht mehr aufzuhalten gewesen. »Du solltest es besser wissen, Frau«, hat er gesagt, »was ich mir einmal in den Kopf gesetzt habe, das führe ich auch aus. Hör auf zu jammern. Füll mir lieber den Ranzen.«

So haben sie ihm etwas zum Essen und zum Trinken eingepackt, und der Mann hat sich auf den Weg gemacht.
Lang ist er gewandert, über Berg und Tal, immer fort und fort.
Auf seinem Weg ist er zu einem Dorf am Rand von einem riesigen Wald gekommen. »Dort werde ich mir eine Unterkunft für die Nacht suchen«, hat der Mann zu sich selber gesagt. Wie er näherkommt, da hört er, daß drinnen im Dorf ein Fest im Gang ist. Die Musik hat gespielt, und die Leute haben gesungen. Der Mann hat nur den Stimmen nachgehen müssen.
Großer Gott! Da ist ja das ganze Dorf am Feiern. Alle haben sich vor der Dorfschenke versammelt gehabt. Nicht nur die Gesunden, auch die Kranken sind dabei gewesen. Der eine hat sich auf seine Krücken gestützt. Der andere hat sich an seinem Stock angehalten. Die Jungen und die Alten, die Burschen und die Mädchen, die Kinder, alles hat getanzt und gesungen. Dazu haben die Leute fleißig beim Essen zugelangt. Das Bier, den Wein und den Schnaps haben die Leute wie Wasser getrunken. Und gesungen haben sie dabei so laut, daß es einem von aller Weite durch und durch gegangen ist. Der arme Mann hat das Ganze kaum glauben können. Immer wieder hat er sich über die Augen gerieben. Etliche Leute haben getanzt. Sie sind herumgehüpft und haben um die Wette gestampft. Sogar das Viehzeug ist dabei gewesen. Die Hunde haben die Hinterpfoten zusammengeschlagen, daß die Knöchel nur so gekracht haben. Die Katzen haben lustig dazu geschnalzt. Die Gänse haben mit den Flügeln gewachelt. Die Enten haben einen wilden Reigen getanzt. Die Hähne sind mit den Hennen herumgewirbelt. Ja, sogar die kleinen Küken und die Kaninchen sind ausgelassen gewesen.
Der arme Mann ist hungrig und zerlumpt dagestanden und hat große Augen gemacht. Vor lauter Staunen hat er den Mund weit aufgerissen.

Aber da haben ihn schon ein paar von den lustigen Saufbrüdern gesehen. Sie sind ihm entgegengelaufen, haben ihn unter den Armen gepackt und zum Wirtshaus geschleift. »Komm her!«, haben sie zu ihm gesagt, »iß und trink mit uns. Du brauchst nichts dafür bezahlen. Das ist ein Fest von Janko Eisenstock. Er übernimmt die Zeche. Und wenn du Geld brauchst, dann bekommst du es geschenkt.«

Daraufhin haben sie ihm reichlich zum Essen und zum Trinken hingestellt.

»Halt!«, hat einer gesagt, »dem hängen ja die Fetzen nach. Mit diesem Lumpengewand hat er an der Tafel nichts verloren. Bringt ihm einen neuen Anzug und dazu ein paar neue Stiefel.« Jetzt hat der arme Mann auch noch ein neues Gewand bekommen.

Drinnen in der Schenke hat er einen feschen, ranken Burschen gesehen. Der hat lustig getanzt. Dabei hat er Silbertaler, Golddukaten und Kupfermünzen in die Runde geworfen. Die Leute rund um ihn herum sind schon bis zu den Knien im Geld gewatet. »Da heißt es zugreifen!«, hat sich der Alte gesagt, »so schnell kommst du nicht mehr zu soviel Geld.« Geschwind hat er sich die Taschen von seinem neuen Anzug und den Ranzen mit Geld angefüllt. Eine Handvoll nach der anderen hat er eingeschoben. Wie er fertig gewesen ist, da wollte er wieder hinaus. Aber da ist ihm bei der Tür der Bursch in den Weg getreten und hat zu ihm gesagt: »Ich weiß: Du bist ein armer Teufel und suchst eine Arbeit. Wenn du mir meinen Wunsch erfüllst, dann brauchst du aber dein Lebtag lang nicht mehr zu arbeiten. Ich bin der Janko Eisenstock. Die Leute nennen mich so, weil mein Kopf so stark ist, daß ich mit ihm selbst Eisen biegen kann. In meinem Land rinnen Milch, Butter und Honig. Hiermit halte ich um die Hand deiner Tochter an. Gibst du mir die Juliska zur Frau, dann schenke ich dir einundzwanzig Ochsenkarren

voll mit Geld und prächtigen Gewändern. Du wirst mit deiner Frau nie mehr Not leiden müssen und dein Lebtag lang glücklich sein.«
Da hat der Mann nicht lange überlegen brauchen. Was sollte er sich mehr wünschen!? – »Meine Tochter soll die deine werden«, hat er gesagt, »Hand darauf!« So hat er dem Janko Eisenstock die Hand seiner Tochter versprochen.
Der Janko ist daraufhin kurz hinaus aus dem Wirtshaus. Aber schon nach einer Viertelstunde ist er wieder zurückgekommen.
»Schau doch beim Fenster hinaus, mein lieber Schwiegervater!«, hat er zum Alten gesagt. Der schaut hinaus – und kann es kaum glauben, was er da sieht:
Vor dem Wirtshaus stehen in einer langen Reihe einundzwanzig Ochsenkarren. Die sind schwer beladen mit Geldsäcken, prächtigen Gewändern, herrlichen Lederschuhen und allen möglichen anderen Reichtümern. Vor jeden Karren sind vier kräftige Kühe gespannt. Es hat an nichts gefehlt.
Der Janko Eisenstock hat den Alten noch reichlich bewirtet. Dann hat er zu ihm gesagt: »Für dich, mein lieber Vater, steht eine goldene Kutsche bereit. Du mußt nur dem kleinen weißen Hund nachfahren. Er bringt dich heim. In sieben Tagen kommt ihr dann wieder hierher zurück. Da werden wir Hochzeit feiern.«
Glückselig ist der Alte daraufhin in die prachtvolle, goldene Kutsche eingestiegen. Kaum, daß er drinnen gesessen ist, hat er eine herrliche Musik gehört und die Kutsche ist losgefahren. Der Alte hat die Fahrt nach Herzenslust genossen. Geschwelgt hat er vor lauter Vergnügen. Aber schon hat es einen Ruck gegeben – und die Kutsche ist vor der elendigen alten Keusche[1] gestanden, wo sie gewohnt haben.

1 Keusche = kleiner Bauernhof in schlechtem Zustand

Seine Frau und Juliska, die Tochter, haben schön dumm geschaut, wie die prächtige Kutsche und ein reich beladener Karren nach dem anderen in den Hof hineingefahren sind. »Was wollt ihr denn hier!?«, hat die Frau geschrien, »mir scheint, ihr habt euch verfahren!« Lange hat es gedauert, bis sie ihren Mann wiedererkannt hat. Im neuen Gewand und mit den Lederstiefeln hat er ausgeschaut wie ein nobler Gutsherr und nicht wie ein armer Tagelöhner. Natürlich hat er gleich die ganze Geschichte erzählen müssen.

»Schaut her«, hat er schließlich zu ihnen gesagt, »das alles hat mir unser zukünftiger Schwiegersohn mitgegeben. Juliska, mein Töchterlein, du hast Glück, du wirst einen reichen Mann heiraten. Freu dich, denn es wird dir und uns künftig an nichts fehlen.«

Der armen Juliska hat das Ganze aber gar nicht gefallen. Wie sie gehört hat, daß sie einen fremden reichen Mann heiraten soll, da hat sie zu weinen angefangen. Die Tränen sind ihr wie ein Platzregen aus den Augen herausgeschossen.

»Aber Juliska«, hat der Vater gesagt, »schau dir doch nur die prächtigen Gewänder an. Schau nur, wie wunderbar die Schuhe gearbeitet sind – und der goldene Schmuck! Das alles wird künftig dir gehören! Als stolze Herrin wirst du in einem seidenen Bett liegen und brauchst nicht mehr Tag für Tag zu schuften. Gefällt dir das denn nicht!?«

»Nein, Vater«, hat die Juliska geschrien, »das gefällt mir ganz und gar nicht. Ein Mann, der so reich ist, der muß wohl der Teufel selber sein! Und den will ich nicht zum Mann.«

Tag und Nacht hat die Juliska gejammert. Sie hat nicht gegessen. Sie hat nicht getrunken. Vor lauter Kummer hat sie auch nicht mehr schlafen können. Auf und ab ist sie gegangen und hat in einem fort geweint und gejammert. Das alles hat ihr aber rein gar nichts geholfen. Am siebten

Tag haben sie der Vater und die Mutter in die goldene Kutsche hineingehoben. Sie haben sich neben sie gesetzt und sind zum Wirtshaus vom Janko Eisenstock gefahren.
Dort ist es wieder lustig zugegangen. Das ganze Dorf ist zusammengelaufen und hat die Braut begrüßt. Jeder wollte sehen, wie schön die Juliska ist.
Viel ist von ihrer Schönheit aber nicht mehr übrig gewesen. Durch das viele Jammern sind ihre Augen rot verweint gewesen. Seit Tagen hat sie nichts mehr gegessen gehabt. Darum waren ihre Wangen eingefallen. Der Schlaf hat ihr gefehlt. Käseweiß ist sie in dem Wagen gesessen.
Der Janko Eisenstock hat gleich gemerkt, daß die Juliska mit der Hochzeit keine Freude hat. So hat er sich in einen armen Tagelöhner verwandelt. In einem alten abgeschabten Gewand ist er zu der Juliska hingegangen und hat gesagt: »Sei nicht traurig, du schöne Jungfrau! Du hast Glück! Der Janko Eisenstock hat gesehen, wie verweint und abgehärmt du bist. Drum will er nichts mehr hören von dir. Aber mir gefällst du. Wenn du mich magst, dann komm mit und sei mein Weib! Viel habe ich nicht, was ich dir bieten könnte. Aber trotzdem können wir zwei ein gutes Leben führen.«
Da ist der Juliska leichter gewesen. Der Bursche hat ihr gefallen. Ja, sie hat ihn bald so gut leiden können, daß sie das Jawort gegeben hat. Am gleichen Tag haben sie noch Hochzeit gehalten. Ist das ein Jubel gewesen! – Wieder sind die besten Leckerbissen auf die Tafel gekommen. Das Bier, der Wein und der Schnaps sind durch die durstigen Kehlen geronnen wie Quellwasser. Nach dem Fest hat die Juliska Abschied genommen von ihren Eltern. Mit ihrem Mann hat sie sich dann auf den Weg zu seinem Haus gemacht.

Weit ist der Weg gewesen, sehr weit. Wie sie zum Ufer vom Meer gekommen sind, da hat ihr Mann zu ihr gesagt: »Schau dich um, liebe Frau! Alles, was du hier siehst, gehört zu meinem Reich: Das Meer, das weit vor uns liegt, die hohen Berge rundum. Sogar das, was in den Bergen ist. Dort auf der gelben Zuckerinsel im Meer bin ich daheim. Siehst du das gelbe Schloß? – Von dort geht es hinunter in meine Wohnstatt am Grund vom Meer. Es ist eine prächtige Burg. Sie kreist auf den Füßen von Schwänen. Niemand weiß, wo ich wohne. Du bist die Erste, die meine Burg sehen wird!«

Der Juliska hat es schier die Rede verschlagen. Das kann kein armer Tagelöhner sein!

Ihr Mann hat daraufhin ein Taschentuch aus der Tasche gezogen. Sieben Farben hat es gehabt. An drei Zipfeln hat er es hochgehalten und dreimal hineingeblasen. Dann hat er es in die Wellen hineingeworfen. Kaum, daß es das Wasser berührt gehabt hat, da ist aus dem siebenfarbenen Taschentuch ein Tauchboot geworden. Sieben Schwäne mit goldenen Federn haben das Boot gezogen.

»Komm, liebe Frau«, hat er zu ihr gesagt, »steigen wir ein. Sobald wir bei mir in meiner Burg sind, will ich dir meinen richtigen Namen verraten.«

Die Juliska ist verwirrt gewesen. Sie hat das alles noch gar nicht so recht glauben können. Miteinander sind sie in das Boot gestiegen, und schon haben die Schwäne das Boot über die Wellen zu der Zuckerinsel hingezogen. Dort sind sie ausgestiegen und auf das Schloß zugegangen. Jetzt hat die Juliska gesehen, daß das Schloß ganz und gar aus Wachs ist. Am Tor ist ein dreiköpfiger Drache gestanden. Der hat Wache gehalten. Ihr Mann hat dem Drachen ein paar Worte zugeflüstert, und der Drache hat sie durchgehen lassen. Beim zweiten Tor sind ihnen gar drei siebenköpfige Löwen entgegengesprungen. Ihr Mann hat die linke Hand

gehoben. Gleich ist die Wildheit bei den Löwen verflogen, und sie sind zahm gewesen. Beim dritten Tor sind neunköpfige Tiger auf sie losgegangen. Ihr Mann hat ihnen ein paar Worte zugeraunt – und die Tiger haben sie unbehelligt durchgehen lassen.
So sind sie zum Eingang in die Unterwelt gekommen. Dort hat ihr Mann mit der linken Hand eine Zahl mit dreizehn Stellen, den Namen Janko und ein großes »E« in den Sand geschrieben. Daraufhin ist das Tor in die Unterwelt vor ihnen aufgegangen. Die Juliska ist zusammengezuckt, wie sie den Namen Janko und das große »E« gelesen hat. Jetzt hat sie mit Bestimmtheit gewußt, daß sie doch den Janko Eisenstock geheiratet hat. Aber ein Zurück hat es für sie nicht mehr gegeben. Was hätte sie denn tun sollen? Der Weg ist weit. Alleine kommt sie bei den wilden Tieren bestimmt nicht durch!
So ist sie mit ihrem Mann immer tiefer und tiefer in die Unterwelt hinuntergestiegen. Nach einer Weile sind sie zum Milchbrunnen gekommen, dann zum Buttersee und schließlich zum Zuckerfelsen. Der Weg ist immer weiter gegangen. Sie sind beim Mannabad angelangt. Endlich sind sie vor der Burg gestanden. Wirklich hat sich die auf den Füßen von sieben Schwänen gedreht, wie ein Bumwolferl[2]. Durch ein mächtiges Tor, das in allen Regenbogenfarben gefunkelt hat, sind sie hinein. Drinnen hat sie der Glanz schier geblendet. Sie haben sich die Augen verbinden müssen. So sind sie Hand in Hand auf einen riesengroßen Diwan zugegangen. Dort haben sie sich umarmt.
»Jetzt ist es Zeit, daß ich dir meinen richtigen Namen verrate«, hat ihr Mann gesagt, »ich bin der Janko Eisenstock. Wundere dich nicht über das, was du am Weg gesehen hast, liebe Juliska. Mein Vater ist der König

2 Bumwolferl = Kreisel

der Unterwelt.« Da hat die Juliska wieder bitterlich zu weinen angefangen. »Ach«, hat sie gesagt, »womit habe ich das Unglück verdient. Als siebenschöne Jungfrau hast du mich geheiratet. Jetzt aber, wo der Teufel mein Mann ist, werde ich wohl niemals mehr so schön sein.«

Der Janko wollte seine Frau daraufhin trösten. »Was jammerst du denn?«, hat er zu ihr gesagt, »es fehlt dir doch an nichts. Hier bei mir kannst du ein Leben voller Freuden, in Wohlstand und Reichtum führen. Du brauchst nicht mehr zu arbeiten und mußt dir auch keine Sorgen machen, über das, was ist oder über das, was sein könnte. Laß das Jammern, und genieße das, was dir hier geboten wird. Oder willst du deinem Leben zu Hause in Armut und Not nachweinen?«

Aber der Juliska ist nicht zu helfen gewesen. Den lieben langen Tag hat sie gejammert und geklagt.

Schließlich hat der Janko zu ihr gesagt: »Komm, Juliska, ziehen wir hinaus in die Welt. Ich will dir mein Reich zeigen und die vielen Herrlichkeiten, die es darin gibt. Dabei kommst du auf andere Gedanken. Du wirst sehen: Am Leben mit mir wirst du bald deine Freude haben.«

Er ist daraufhin vor die Tür gegangen und hat laut gepfiffen. Ein Stier mit gewaltigen Hörnern ist dahergekommen. Der Janko hat die Juliska auf den Rücken vom Stier hinaufgehoben. Dann ist er selber aufgesessen. Die Juliska hat er vor sich auf den Schoß genommen.

Ein Pfiff vom Janko, und der Stier ist mit ihnen losgestürmt – über Felder und Wiesen, über Hecken und Gräben. Bei einem großen Baum hat der Stier angehalten. Ein sonderbarer Baum ist das gewesen: Auf den Ästen sind gefüllte Palatschinken[3], fette Krapfen, Schmalzgebäck, Äpfel im Schlafrock, in Milch gekochte Zwetschken und gebackene Gurken gewach-

3 Palatschinken = Pfannkuchen

sen. Noch sonderbarer haben die Wurzeln vom Baum ausgeschaut. An jedem Wurzelende ist ein Faß mit Wein, Likör oder Schnaps gelegen.
»Greif zu!«, hat der Janko gesagt, »das ist der Baum für das Mittagessen.«
Sie haben sich niedergesetzt, haben gegessen und getrunken. Die Juliska hat aber immer noch recht trübselig dreingeschaut. Da sieht sie, daß in der Nähe vom Baum unter einem roten Marmorfelsen eine klare Wasserquelle hervorsprudelt.
»Laß mich an die Quelle gehen«, hat sie zu ihm gesagt, »ich hab mir mit dem süßen Zeug den Magen verdorben. Jetzt muß ich ein klares Wasser trinken, sonst sterbe ich vor Durst.«
»Geh hin«, hat der Janko gesagt, »und trink, soviel du willst. Aber versuch ja nicht zu flüchten. Du bist jetzt meine Frau. Ganz gleich, wo du dich verstecken würdest, ich würde dich überall finden und zurückholen.«
So ist die Juliska zu der Quelle gegangen und hat von dem frischen klaren Wasser getrunken. Da hört sie auf einmal eine Stimme. – »Oh, Juliska, du siebenschöne Frau, gib mir eine Hand voll Wasser, ich sterbe sonst vor Durst!«
Wer spricht denn da? – Die Juliska hat sich umgeschaut. Da sieht sie in einem Loch im Marmorstein eine weiße Todeseule sitzen. »Ich bitte dich«, hat die Eule gesagt, »gib mir etwas zu trinken.« Da hat die Juliska der Eule mit ihren Händen Wasser hingeschöpft. »Ich danke dir«, hat die Eule gesagt, wie sie davon getrunken gehabt hat. »Irgendwann werde ich dir das schon vergelten können.«
Die Juliska ist daraufhin wieder zurückgegangen zum Janko. Bald ist ihr aber ihr Kummer wieder in den Sinn gekommen, und sie hat wieder angefangen zu weinen. Jetzt ist der Janko mit seiner Geduld am Ende gewesen. Voller Wut hat er sie auf den mächtigen Stier hinaufgesetzt. Dann hat er sich selber hinaufgeschwungen. Ein Pfiff, und sie sind zurückgeritten zu der Burg.

Neben der Burg ist eine Höhle aus schwarzen Marmorsteinen gewesen. Der Janko hat die Juliska in die Höhle hineingezerrt. Dann hat er ihr das schöne Gewand heruntergerissen, bis sie splitterfasernackt gewesen ist. »Der prächtige Palast und das sorgenfreie Leben gefallen dir also nicht!?«, hat er geschrien, »dann kannst du es auch anders haben. Ab jetzt wirst du allein hier herinnen in der schwarzen Marmorhöhle hausen.« Dann ist er hinaus aus der Höhle. Er hat den Eingang verriegelt und versperrt. Ein Fenster hat er aufgemacht und hat ihr drei verreckte Hunde hineingeworfen. »Da hast du was zum Essen!«, hat er geschrien, »die Hunde kannst du dir jetzt kochen. Iß aber nur die Knochen. Das Fleisch mußt du der Magd geben. Tust du das nicht, dann wird es dir schlecht ergehen!«

Daraufhin hat er auch das Fenster zugemacht. Jetzt ist es in der schwarzen Marmorhöhle so finster gewesen wie im tiefsten Verlies.

Die Juliska hat in ihrer Not nicht gewußt, was sie jetzt machen sollte. Da hört sie auf einmal neben sich ein wildes Pfauchen. Eine verwahrloste alte Wildkatze ist bei ihr in der Höhle gewesen. Die Augen der Katze haben in der Finsternis geleuchtet wie Kerzenlichter. Jetzt hat die Juliska noch bitterlicher geweint.

Da klopft es am Fenster. Die Juliska schaut auf und sieht, daß die Todeseule beim Fenster sitzt.

»Warum weinst du denn so sehr?«, hat die Eule gefragt. »Ach, frag lieber nicht«, hat die Juliska gesagt. »Der Janko Eisenstock hat mich in diese finstere Höhle gesperrt. Zum Essen hat er mir drei verreckte Hunde hereingeworfen. Ich soll sie kochen. Das Fleisch soll ich aber der Magd geben und nur die Knochen selber essen. Dabei habe ich da herinnen gar keinen Ofen und auch kein Feuer. Wo soll ich die Hunde denn kochen? Es ist auch kein Geschirr da! – Ach, ich wünschte, ich wäre tot. Dann würde mir das alles erspart bleiben.«

»Aber, aber«, hat die Eule gesagt, »deswegen mußt du doch nicht so verzweifelt sein. Da – nimm den Lederbeutel von mir. Er ist aus der Haut von einem toten Wolf gemacht. Steck die drei Hunde in den Beutel hinein. Schnür ihn fest zu und setz dich darauf. Im Handumdrehen werden die Hunde drin gekocht sein. Dann mußt du nur mehr das Fleisch von den Knochen lösen. Die Knochen gibst du dann mir zum Fressen. Das Fleisch wirfst du der Katze vor. Jetzt beeil dich aber! Mein Hunger ist schon riesengroß! – Wenn du wieder einmal Hilfe brauchst, dann mußt du nur den Ringfinger von deiner linken Hand auf den Mund legen. Dann werde ich gleich bei dir sein.«

Die Juliska hat alles so getan, wie es ihr die Eule angeschafft hat. Sie hat die Hunde im Beutel aus Wolfsleder gekocht und daraufhin das Fleisch von den Knochen gelöst. Die hat sie der Eule gegeben und das Fleisch der Katze vorgeworfen. Wie die Eule die Knochen aufgefressen gehabt hat, hat sie zu der Juliska gesagt:

»Ich laß dir sieben Hummeln auf dem Fensterbrett zurück. Sie wissen, was sie sagen müssen, wenn der Janko kommt. Du kannst sicher sein, daß er bald zurückkommen wird. Ich spüre es.« Die Eule ist daraufhin wieder fortgeflogen.

Wirklich hat es nicht lang gedauert, und der Janko ist wieder zurückgekommen. Wie ein Wirbelwind ist er dahergebraust. In den engen Gängen hat es geächzt und gekrächzt. Mit mächtigen Schritten ist er in die schwarze Steinhöhle gegangen. Er hat die Tür aufgemacht und hineingeschrien: »Na, wie ist es, schöne Juliska!? Ist das Essen gerichtet? Hast du das Fleisch gekocht und die Knochen gegessen?« – »Ja«, hat sie gesagt, »es ist alles so geschehen, wie du es gewollt hast.«

Darauf hat er geschrien: »Wo seid ihr denn, ihr gesottenen Hundefleischtrümmerl! Meldet euch!« – Wie im Chor hat das Hundefleisch zurückgeschrien: »Wir sind im warmen Bauch und fühlen uns recht wohl!« Darauf hat der Janko wieder geschrien: »Und was ist mit euch, ihr Hundsknochen!? Wo seid ihr?« – »Auch wir sind drin im warmen Bauch!«, haben die sieben Hummeln am Fensterbrett zurückgeschrien. Es hat wirklich so geklungen, als ob es die Hundsknochen gewesen wären. So ist alles gut gegangen. Der Janko hat nichts auszusetzen gehabt.

Bald darauf hat der Janko einen großen Sack voller Mohnsamen in die Höhle gebracht.
»Juliska«, hat er zu ihr gesagt, »den Sack wirst du auf den höchsten Berggipfel hinauftragen. Dort mußt du die Samenkörner in sieben Reihen am Boden aussäen. Die sieben Reihen müssen vom Berg droben bis hierher zu der Tür von der Höhle reichen. Und noch eines: Wenn ich zurückkomme, dann muß der Mohn schon in der Blüte stehen.« – »Aber dafür ist doch die Zeit viel zu kurz!«, hat die Juliska gesagt. »Das ist deine Sache«, hat der Janko gesagt. »Ich gehe jetzt zu einem Hochzeitsgelage. Dort werde ich mir einen gewaltigen Rausch ansaufen. In dem Rausch finde ich den Heimweg nur dann, wenn die Mohnblüten in sieben Reihen vom Berg droben bis hierher zu der Höhle stehen.«
Kaum, daß er das gesagt gehabt hat, da hat er einen Bocksprung gemacht. Drei Rauchringe sind aus seinem Mund herausgekommen, und er ist auf und davon gewesen. Die Juliska ist verzweifelt zurückgeblieben. Was soll sie denn nur tun!?
Schließlich hat sie den Ringfinger von der linken Hand an den Mund gelegt und an die weiße Eule gedacht. Da ist die Eule auch schon auf dem Fensterbrett vor der Höhle gesessen. »Juliska«, hat die Eule gesagt, »was schaust du denn schon wieder so verzweifelt? Du hast das letzte Mal keine Schläge bekommen, diesmal wird es auch gut ausgehen.«

»Wer weiß«, hat die Juliska gesagt, »diesmal ist die Aufgabe schwer genug. Er hat mich in der Höhle eingesperrt. Trotzdem verlangt er, daß ich die Mohnsamen aus dem Sack in sieben Reihen vom höchsten Berggipfel bis hierher in den Boden setze. Aber das ist noch nicht alles: Wenn er zurückkommt, soll der Mohn schon in Blüte stehen. Denn dann ist er so besoffen, daß ihm nur die Mohnblüten den Weg zeigen können.«

»Sei nicht traurig, du siebenschöne Juliska«, hat die Eule gesagt, »gib mir lieber mit der linken Hand eine Handvoll von den Mohnsamen und eine Strähne von deinen Haaren. Alles andere kannst du ruhig mir überlassen.«

Die Juliska hat der Eule mit der Linken die Mohnsamen und die Haarsträhne gegeben. Die Eule hat alle Mohnsamen mit dem Schnabel aufgesogen. Dann hat sie die Haarsträhne mit ihren Krallen gepackt und ist damit fortgeflogen.

Nach einer Viertelstunde ist sie schon wieder zurückgewesen.

»Juliska, du siebenschöne Frau«, hat sie geschrien, »nimm das Tuch von der Türkante herunter und steck es dir unter die linke Achsel. Dann kannst du dich getrost schlafen legen.«

Die Juliska hat das getan und ist eingeschlafen. Erst in der Früh ist sie wieder munter geworden. Wie sie da zum Fenster hinausschaut, da stehen die Mohnblumen in sieben Reihen von der Höhle bis weit hinauf zum höchsten Berggipfel. Alles blüht leuchtend rot.

Bald darauf ist wieder der Janko gekommen. Einen Lärm hat er gemacht, als ob die Berge zusammengestürzt wären. »Juliska!«, hat er geschrien, »mach auf! Ich habe einen Rausch und will hinein zu dir!« – »Wie soll ich denn aufmachen!?«, hat die Juliska zurückgeschrien, »du selber hast mich doch eingesperrt und keinen Schlüssel zurückgelassen!«

Da hat ihr der Janko die sieben Schlüssel hineingeschmissen. »Sperr auf!«, hat er wieder geschrien. Aber kein einziger von den sieben Schlüsseln hat ins Schloß gepaßt. Nicht einer. Soviel sich die Juliska auch abgemüht hat, es hat alles nichts geholfen. Wie der Janko gesehen hat, daß die Tür nicht aufgeht, da ist er immer wilder geworden. »Entweder kannst du nicht aufsperren, oder du willst nicht!«, hat er geschrien. »Dann bleibst du eben drin in der Höhle – und das für sieben Jahre. Erst wenn diese Zeit um ist, werde ich wieder zurückkommen.« Voller Wut ist er auf und davon gerannt.

Jetzt ist die Juliska umso verzweifelter gewesen. Sieben Jahre lang soll sie in dem finsteren Verlies bleiben!? Welcher Mensch kann denn das aushalten!?

In ihrer Not hat sie wieder den Ringfinger von der linken Hand an den Mund gelegt und an die Eule gedacht. Da sitzt der Vogel auch schon wieder am Fensterbrett. – »Aber Juliska«, hat die Eule gesagt, »was weinst du denn schon wieder?« – »Ich bin hier eingesperrt, und der Janko will mich erst in sieben Jahren wieder herauslassen. Soll ich denn da nicht weinen!?«, hat die Juliska gesagt. – »Aber nein«, hat die Eule gesagt, »du hast doch selbst den Schlüssel. Nimm das Tuch unter der linken Achsel hervor und häng es wieder an die Türkante. Dann schlägst du mit den sieben Schlüsseln siebenmal das Kreuz über der Tür. Du wirst sehen, dann springt die Tür von selber auf.«

Was hätte die Juliska da lange überlegen sollen. Geschwind hat sie alles so gemacht, wie es ihr die Eule gesagt hat. – Und schon ist die Tür vor ihr aufgesprungen.

Die Eule hat jetzt einen Sprung gemacht wie ein Geißbock – und ist mit einem Satz ein Vogel Strauß gewesen.

»Juliska«, hat der gesagt, »bind die Schlüssel zusammen und steck sie unter die linke Achsel. Das Tuch wickelst du dir um den rechten Fuß. Jetzt darfst du an nichts denken, nicht an Gott, nicht an die Menschen, nicht an dein eigenes Leben. Setz dich nur geschwind auf meinen Rücken.« – So ist es geschehen: Die Juliska hat sich auf den Rücken vom Vogel Strauß gesetzt und sich an seinen Federn festgehalten.
»Besen, komm heraus!«, hat der Vogel Strauß in die Höhle hineingerufen. Darauf hat sich der Besen vor die Höhlentür gestellt.
»Hör zu, Besen«, hat der Vogel Strauß gesagt, »wenn dein Herr kommt und nach der Juliska fragt, dann sag ihm, daß sie im See vom heiligen Antal badet. Sie wird solange darin baden, bis er ein Erzpriester geworden ist. Hast du das verstanden?«
»Ja«, hat der Besen gesagt, »genau das werde ich ihm zur Antwort geben.«
»Gut«, hat der Vogel Strauß gesagt, »dann geh zurück auf deinen Platz. Du aber, Katze, du sollst zu Stein werden, damit du nichts verraten kannst. Tür, schließ dich. Alles soll still bleiben, bis ich wieder zurückkomme!«
Der Vogel Strauß hat daraufhin ein paar schnelle Schritte getan, mit den Flügeln geschlagen, und schon ist er hoch in der Luft gewesen.

Sieben Tage und sieben Nächte sind er und die Juliska dahingeflogen. Nicht ein einziges Mal sind sie gelandet. Schließlich hat der Vogel Strauß zu ihr gesagt: »Juliska, schau zurück und sag mir, was du siehst!«
Die Juliska hat sich umgedreht. Da sieht sie hinter ihnen einen Menschen durch die Luft sausen. Der kommt immer näher und näher. Hinter ihm hat sich eine Rauchsäule geschlängelt.

»Es ist jemand hinter uns her!«, hat sie gesagt.
»Das ist der Diener von Janko Eisenstock. Wenn er uns erwischt, dann macht er uns den Garaus«, hat der Vogel Strauß gesagt.
»Ja, aber was sollen wir denn tun!?«
»Wenn dir dein Leben lieb ist, Juliska, dann hilft nur eines: Reiß mir eine Feder aus und schneid dir mit dem Federkiel einen Arm ab. Den mußt du mir in den Schnabel stecken. Wenn ich deinen Arm fresse, dann habe ich mehr Kraft, und dann können wir noch schneller fliegen.«
Wem würde so etwas gefallen!?
Die Juliska aber hat nicht lange überlegt. Sie hat dem Vogel eine Feder ausgerissen und sich mit dem Kiel einen Arm abgeschnitten. Den hat sie dem Vogel Strauß in den Schnabel gesteckt – und schon sind sie sieben Meilen vor dem Diener vom Janko Eisenstock gewesen.
Weiter und weiter sind sie geflogen. Mit einem Mal ist der Juliska furchtbar heiß geworden am Rücken. Ist das die Sonne!? Sie dreht sich um und sieht, daß der Diener vom Janko Eisenstock schon wieder hinter ihnen her ist.
»Er holt uns ein!«, hat sie gesagt, »was sollen wir denn jetzt tun!?«
»Wenn du Vater und Mutter wiedersehen willst, dann mußt du dir einen Fuß abschneiden«, hat der Vogel Strauß gesagt, »steck ihn mir in den Schnabel, damit ich noch schneller fliegen kann.«
Was ist der Juliska anderes übriggeblieben? – Mit dem Federkiel hat sie sich einen Fuß abgeschnitten und ihn dem Vogel Strauß in den Schnabel gesteckt. Der hat den Fuß gleich verschlungen – und schnell wie der Blitz sind sie jetzt durch einen engen Tunnel an die Oberfläche der Erde gesaust.

Bald darauf wird der Juliska aber wieder ganz heiß am Rücken. Sie schaut zurück. Der Diener ist schon wieder hinter ihnen her. Diesmal reitet er auf einem Schwan mit dreizehn Füßen.
»Was sollen wir denn jetzt machen?«, hat sie den Vogel gefragt.
»Schneid dir eine dicke Haarsträhne vom Kopf«, hat der Vogel Strauß gesagt, »und schmeiß sie mit der linken Hand hinter uns zurück.«
So hat sich die Juliska mit dem Federkiel ein großes Büschel Haare vom Kopf geschnitten. Sie hat sie zurückgeschmissen – und schon ist hinter ihnen ein hohes Dickicht aus der Erde gewachsen. Das hat weit bis in den Himmel hinein gereicht. Der Diener vom Janko Eisenstock hat jetzt nicht mehr weitergekonnt.
Juliska und der Vogel Strauß aber sind weitergeflogen – sieben Tage und sieben Nächte.
Endlich sind sie beim Hof von Juliskas Vater und Mutter gelandet.
»Steig ab!«, hat der Vogel Strauß zur Juliska gesagt, »wir sind beim Haus deiner Eltern.«
Die Juliska ist abgestiegen. Ja, jetzt ist sie wieder daheim. Aber so recht hat sie sich nicht freuen können. Als siebenschöne Braut ist sie fortgezogen. Und wie kommt sie jetzt zurück!? Ein Fuß fehlt ihr, ein Arm, und wie erst ihr Kopf ausschaut! Sie ist eine grausige Gestalt geworden.
»Wir werden uns jetzt unter eine umgekippte Wanne legen«, hat der Vogel Strauß zu ihr gesagt. »Sag deinem Vater und deiner Mutter, daß sie uns sieben Tage lang in Ruhe lassen müssen. Erst wenn die Zeit um ist, sollen sie die Wanne wieder aufmachen.«
Die Eltern der Juliska haben ihre Tochter im ersten Schrecken gar nicht erkannt. Dann haben sie alles getan, wie es ihnen die Juliska aufgetragen hat. Sie haben einen großen Backtrog gebracht und umgekippt. Darunter haben sich die Juliska und der Vogel Strauß versteckt. Sieben

Tage sind sie so beisammen gelegen. Erst am achten Tag haben die Eltern von Juliska die Wanne in die Höhe gehoben.
Und was sehen sie da: Großer Gott – aus dem Vogel Strauß ist ein fescher, sauberer Königssohn geworden. Der hat der Juliska in den sieben Tagen den Stumpf vom Fuß, den Stumpf von dem Arm und auch den Mund voller Liebe so lange abgebusselt[4], bis alles wieder nachgewachsen gewesen ist. Schöner denn je hat die Juliska jetzt gestrahlt. Der Königssohn und sie haben sich recht gerne gehabt. So haben sie jetzt festlich und in allen Ehren geheiratet. Lange und glücklich haben sie dann noch miteinander gelebt, und wenn sie nicht gestorben sind, dann leben sie wohl heute noch.

Von der Maus, die heiraten wollte

Ein Volksmärchen aus Bosnien

Vor langer, langer Zeit, war's gestern oder war's heut, da ist es der Maus in den Sinn gekommen zu heiraten. So hat sie gesagt: »Ich will mir ein schönes Mädchen suchen und mich verheiraten!«

»Wen willst denn du heiraten?«, haben da die Leute gesagt, »und wo willst du dir ein Mädchen suchen?«

»Meine Braut muß vom Höchsten, vom Schönsten und vom Stärksten abstammen!«, hat die Maus gesagt.

»Das Höchste ist die Sonne«, haben die Leute gesagt.

»Gut, dann hole ich mir mein Mädchen eben von der Sonne!«

Auf der Stelle hat sich die Maus aufgemacht zur Sonne und sie gefragt: »Liebe Sonne, die Leute sagen, daß du ein schönes Mädchen hast. Ich bitte dich: Gib sie mir zur Frau.«

»Aber Maus, was führt dich denn auf deiner Brautschau ausgerechnet zur mir?«

»Du bist doch die Höchste, die Schönste und die Stärkste!«

»Mag sein, daß ich hoch und schön bin. Aber die Stärkste bin ich sicher nicht!«

»Wer könnte denn stärker sein als du?«, hat die Maus gefragt.

»Die Wolke! – Oft schiebt sie sich vor mich, dann kann ich tagelang nicht auf die Erde scheinen. Was nützt dann meine Kraft? – Geh lieber zu ihr.«

Da ist die Maus gleich zu der Wolke gerannt: »Wolke!«, hat sie gerufen.

»Was gibt's?«

»Ich will mich verheiraten und habe gehört, daß du ein wunderschönes Mädchen hast. Willst du sie mir nicht zur Frau geben?«
»Gute Maus«, hat da die Wolke gesagt, »warum kommst du denn ausgerechnet zu mir?«
»Weil ich gehört habe, daß du die Allerstärkste bist!«
»Aber nein«, hat da die Wolke gesagt, »ich bin ganz und gar nicht die Stärkste.«
»Wer könnte denn stärker sein als du?«
»Der Wind! – Wenn er weht, dann treibt er mich vor sich her, wohin er will. Der ist viel stärker als ich. Geh lieber zu ihm.«
Geschwind ist die Maus zum Wind gelaufen: »He, Wind!«
»Was gibt's denn, Maus?«
»Es ist an der Zeit für mich zu heiraten. Jetzt hab ich gehört, daß du ein wunderschönes Mädchen hast. Willst du sie mir zur Frau geben?«
»Jetzt sag einmal, Maus, warum kommst du da ausgerechnet zu mir?«
»Weil ich gehört habe, daß du der Allerstärkste bist!«
»Ich soll der Stärkste sein!? – Da täuscht du dich.«
»Wer könnte denn stärker sein als du? – Du treibst die Wolken vor dir her, du schneidest den Menschen schier die Luft ab und du reißt sogar die Dächer von den Häusern.«
»Da hast du schon recht, Maus. Aber schau doch nur auf die Eiche dort auf dem Hügel. Den ganzen Tag renne ich gegen sie an. Ich rüttle an ihr herum und stürme durch ihre Äste. Sie aber bleibt unbewegt stehen. Dreihundert Jahre hält sie mir schon stand. Alles habe ich versucht. Aber sie ist viel stärker als ich. Geh lieber zu ihr!«
Da hat sich die Maus wieder aufgemacht und ist zur Eiche gelaufen.
»He, Eiche!«
»Was willst du denn von mir, Maus?«

»Ich habe gehört, daß du ein wunderschönes Mädchen hast, und möchte um ihre Hand anhalten. Gibst du sie mir zur Frau?«
»Warum kommst du denn da ausgerechnet zu mir?«
»Weil ich gehört habe, daß du die Allerstärkste bist. Seit dreihundert Jahren rüttelt der Wind schon an dir herum. Anhaben kann er dir trotzdem nichts. Soviel er sich auch bemüht.«
»Da hast du schon recht. Aber die Stärkste bin ich deswegen noch lange nicht.«
»Wer könnte denn noch stärker sein als du?«
»Da unten an meinen Wurzeln nagt eine an mir herum. Seit vielen Jahren nagt sie schon, und es fehlt nicht sehr viel, dann werde ich umstürzen. Die ist viel stärker als ich. Geh zu ihr!«
So ist die Maus unter die Wurzeln der Eiche hinein gekrochen. Und wen findet sie da? – Eine Maus.
Bei der hat sie gleich um die Hand von ihrer Tochter angehalten. Die hat sie auch bekommen. So hat sie die schönste, die höchste und die stärkste Braut geheiratet. Es findet halt doch immer wieder die eine Maus zu der anderen.

Das Haus im Paradies

Eine Schelmengeschichte vom Nasreddin Hodscha

Es ist einmal gewesen, und es ist doch keinmal gewesen, da ist die Frau vom Nasreddin Hodscha in die Moschee gegangen.
»Na, Frau«, hat der Hodscha gesagt, wie sie wieder heimgekommen ist, »was hat denn der Imam heute gepredigt?«
»Er hat gesagt: Wer die ehelichen Pflichten mit seiner Frau getreu erfüllt, dem baut Gott, der Allerhöchste, im Paradies ein Haus!«
»Was? Das hat der Imam wirklich gesagt?«
»Ja, so hat er gesprochen. Gott ist mein Zeuge.«
Am Abend – beim Schlafengehen – hat der Hodscha zu seiner Frau gesagt: »Komm, Frau! Jetzt wollen wir uns mit Gottes Gnade im Paradies ein Haus bauen.«
Fleißig haben sich die zwei ans Werk gemacht.

Nach einer Weile hat seine Frau zum Hodscha gesagt:
»Lieber Mann, für dich hast du jetzt ein Haus gebaut. Reiß dich zusammen und sammle deine Kräfte: Jetzt wollen wir auch eines für mich bauen.«
»Ach, Frau«, hat der Hodscha da geseufzt, »nicht, daß ich es nicht wollte. Aber ich kenne dich nur zu gut. Zuerst willst du eines für dich, dann noch eines für deinen Vater und deine Mutter, und schließlich für die ganze Verwandtschaft. Soviel Kraft hat der Baumeister aber beim besten Willen nicht. Also lassen wir es gut sein. Ein Haus im Paradies ist doch Sache genug. Oder?«

VOM ALLTAG MITTEN IM LEBEN

Wie man sich nicht verliert in der Welt

Eine Schelmengeschichte vom Nasreddin Hodscha

Es ist einmal gewesen und es ist auch keinmal gewesen, da ist der Nasreddin Hodscha in die Stadt Bagdad gekommen. Frohgemut ist er durch das Stadttor geschritten.

Im nächsten Moment hat er die vielen Leute in den Gassen und in den Straßen gesehen. Langsam ist er weitergegangen. Aber je mehr er in den Trubel der Stadt hineingekommen ist, desto mehr hat er es mit der Angst zu tun gekriegt. Unter den vielen Menschen ist ihm ganz und gar nicht wohl gewesen.

Am Abend ist er in einer Karawanserei eingekehrt, um dort zu übernachten. Aber auch hier hat er in einem großen Schlafsaal zusammen mit vielen anderen schlafen müssen. Seine Not ist immer größer geworden. So hat er sich schließlich auf sein Lager gesetzt und den Kopf in heller Verzweiflung in den Händen gehalten.

»He, Hodscha, was ist mit dir? Warum schaust du so verzweifelt?«, hat ihn sein Bettnachbar gefragt.

»Warum ich so verzweifelt schaue? – Ist es denn ein Wunder, daß ich mir Sorgen mache? In der ganzen Stadt wimmelt es vor lauter Leuten. Auch hier finde ich keine Ruhe. Wie leicht kann man sich da verlieren! Darum überlege ich die ganze Zeit: Was kann ich tun, um sicher zu gehen, daß ich morgen früh, wenn ich aufwache, noch ein und derselbe bin? Wie leicht könnte es in dem Trubel geschehen, daß ich mir selbst verloren gehe!«

Der Bettnachbar vom Hodscha ist ein Schelm gewesen. Er hat kurz überlegt und schließlich zum Hodscha gesagt: »Das ist doch ganz einfach! Binde einfach vor dem Einschlafen deinen großen Zeh beim Bettpfosten an. Morgen früh, wenn du munter wirst, brauchst du dann nur nachschauen, wer den großen Zeh am Bettpfosten angebunden hat. Der bist du.«

Der Rat hat dem Hodscha gut gefallen. »Ich danke dir«, hat er zum Bettnachbarn gesagt, »das ist wohl ein einfacher, aber guter Rat. Jetzt kann ich beruhigt einschlafen.«

Daraufhin hat sich der Hodscha niedergelegt und wirklich seinen großen Zeh am Bettpfosten angebunden.

Kaum aber, daß der Hodscha eingeschlafen gewesen ist, da hat der Bettnachbar den Zeh vom Hodscha wieder losgebunden. Dann hat sich auch der Bettnachbar niedergelegt und seinen eigenen großen Zeh am Bettpfosten angebunden.

In der Früh ist der Hodscha munter geworden. Gleich als erstes hat er auf den großen Zeh geschaut. Aber – was ist das!? Der Schreck ist ihm durch und durch gegangen. Mit einem Schrei ist er in die Höhe gefahren. So ist auch der Bettnachbar munter geworden.

»Was ist denn, Hodscha?«, hat er geschimpft, »bist du verrückt geworden?«

»Was heißt verrückt geworden!?«, hat der Hodscha geschrien, »jetzt ist genau das passiert, was ich so sehr gefürchtet habe. An dem Zeh, der am Pfosten angebunden ist, sehe ich, daß du ich bist. Wenn aber du ich bist, wer – um Himmels willen – ja, wer bin dann ich!?«

Eine große Weisheit

Eine Schelmengeschichte vom Nasreddin Hodscha

Es ist einmal gewesen, und es ist doch keinmal gewesen, da hat der Nasreddin Hodscha die Leute auf dem Marktplatz zusammenrufen lassen und gesagt:
»Meine lieben Leute, hört mir zu! Ich habe euch eine große Weisheit zu offenbaren!«
So laut es gerade noch gewesen ist, so mucksmäuschenstill ist es jetzt geworden.
»Sagt mir, Leute«, hat der Hodscha gesagt, »wollt ihr reich werden, ohne viel zu arbeiten, Wohlstand haben ohne das geringste Problem und Erfolg haben ohne irgendeine Schwierigkeit?«
»Ja«, haben die Leute geschrien, »das wollen wir!«
»Ich auch«, hat der Hodscha gesagt.

Die Abkürzung

Eine Schelmengeschichte vom Nasreddin Hodscha

Es ist einmal gewesen und es ist auch keinmal gewesen, da hat der Nasreddin Hodscha einen langen und mühseligen Weg gehen müssen. Stunden ist er schon unterwegs gewesen. Müde und erschöpft hat er sich dahingeschleppt.

Da sieht der Hodscha, daß die Straße vor ihm in einem weiten Bogen rund um ein liebliches Tal führt.

»Was muß das nur für ein Narr sein, der diese Straße gebaut hat«, hat der Hodscha zu sich selber gesagt. »Ich bin doch nicht verrückt: Soll ich den langen staubigen Weg gehen, wenn die Abkürzung durch ein liebliches Tal lockt!? Nein, so dumm bin ich nicht.«

Und schon hat er sich durch die Büsche geschlagen. Das Gestrüpp ist aber immer undurchdringlicher geworden. Schließlich hat er sich den Weg mühsam durch Dornenhecken bahnen müssen. Bald ist ihm das Gewand in Fetzen heruntergehangen. Kaum aber, daß er diese Mühen hinter sich gebracht hat, da ist er auch schon einen steilen Hang hinuntergekugelt und unten im Morast stecken geblieben. Mühsam hat er sich weitergeschleppt bis zu einem Graben. Über den wollte er springen. Aber da ist er ausgerutscht und hineingefallen. Erschöpft und zerschunden ist er jetzt im Graben gelegen.

»Gottlob, daß ich nicht auf der Straße gegangen bin«, hat der Hodscha zu sich selber gesagt. »Wie schlimm muß der Weg dort erst sein – wenn es schon auf einer so lieblichen Abkürzung so furchtbar zugeht!?«

Der neue Vorgesetzte

Eine Schelmengeschichte vom Afandi

Es ist einmal gewesen, und es ist doch keinmal gewesen, da hat einer den Afandi gefragt: »He, Afandi! Sag, wie ist denn der neue Vorgesetzte?«

»Wie der ist!? – Man kann nicht sagen, daß er schlecht ist.«

»Er ist also gut?«

»Nein.«

»Was ist er dann?«

»Man kann nicht sagen, daß er schlecht ist. Tut man es doch, dann setzt es eine Strafe oder man wird gekündigt.«

In China ist der Nasreddin zum Afandi geworden. Die Bezeichnung ist wohl auf dem Weg der Erzählungen durch die Turkvölker entstanden. Efendi ist im Türkischen eine ehrfurchtsvolle Anrede. Von »Efendi« zu »Afandi« ist es dann sprachlich nicht mehr weit.

Vom Mann, der seinem Traum gefolgt ist

Eine Überlieferung aus dem Orient

Vor langer, langer Zeit, war's gestern oder war's heut, da hat einmal weit im Osten ein Mann gelebt. Der hat Moschud geheißen. Der Moschud ist ein einfacher Beamter gewesen. Tag für Tag hat er mit Maßen und Gewichten zu tun gehabt.

Seine alltägliche Arbeit war das eine. Das andere war, daß er ein Mensch gewesen ist, der einen spirituellen Weg gegangen ist. Ein Sufi ist er gewesen. Ein Mensch, der sich bemüht hat, durch die Schleier des Alltags die Wirklichkeit Gottes wahrzunehmen.

In seinem Leben ist er deshalb immer seiner inneren Stimme gefolgt. So war er zufrieden mit sich, mit dem, was er getan hat, und mit seinem Leben.

Einmal ist ihm im Traum Kidhr, der geheimnisvolle innere Führer aller Sufis, erschienen. »Verheißungsvoller Mensch«, hat er zu ihm gesagt, »geh morgen auf die Brücke unten am Fluß und spring von der Mitte der Brücke ins Wasser.«

In der Früh ist dem Moschud der Traum immer noch durch den Kopf gegangen. Ohne lange zu überlegen hat er seine Stellung gekündigt und ist hinuntergegangen auf die Brücke über dem Fluß. Von der Mitte der Brücke ist er ins Wasser gesprungen.

Aber leider hat der Moschud nicht so recht schwimmen können. So hat er mit den Händen und den Füßen um sich geschlagen und, so gut es halt gegangen ist, versucht, nicht unterzugehen und über Wasser zu bleiben.

In seiner Not hat ihn ein Fischer gesehen. Der hat ihm die Hand hingehalten und gesagt: »Bist du verrückt oder willst du dich umbringen!? Warum springst du ins Wasser, wenn du nicht schwimmen kannst?« – »Ich weiß es nicht«, hat der Moschud gesagt. Der Fischer aber hat ihm ins Boot geholfen und ihn als Gehilfen aufgenommen. So hat der Moschud vom Fischer das Fischerhandwerk gelernt. Er wiederum hat dem Fischer Lesen und Schreiben beigebracht.

Ein Jahr ist vergangen. Da ist dem Moschud im Traum wiederum Kidhr in seinem leuchtend grünen Gewand erschienen. »Verheißungsvoller Mensch«, hat er zu Moschud gesagt, »steh auf und geh auf der und der Straße in die und die Richtung.«

Auf der Stelle ist der Moschud aufgestanden, hat sich angezogen und auf den Weg gemacht. Lange ist er marschiert. Bei Sonnenaufgang ist ihm ein Bauer begegnet. »Auch schon auf, guter Mann«, hat der zu ihm gesagt, »wohin geht es denn so früh?« – »Ich weiß es nicht«, hat der Moschud gesagt. – »Dann komm mit mir«, hat der Bauer gesagt, »ich bin auf dem Weg zum Markt. Da kann ich einen, der mir hilft, gut brauchen.«

So ist der Moschud mit dem Bauern mitgegangen. Als Knecht hat er jetzt für ihn gearbeitet. Ein ganzes Jahr, und auch noch ein zweites Jahr. Einmal in der Nacht aber ist ihm im Traum wieder der Kidhr erschienen. »Verheißungsvoller Mensch«, hat er zu ihm gesagt, »mach dich auf! Nimm das Geld, das du verdient hast, und geh in die und die Stadt. Versuch dein Glück dort als Händler.« Auf der Stelle hat sich der Moschud wieder auf den Weg gemacht.

Der Weg in die fremde Stadt ist weit gewesen. Aber schließlich ist der Moschud gut hingekommen und hat angefangen, als Händler zu arbeiten. Dabei hat sich schnell herausgestellt, daß er für sein Geschäft eine glückliche Hand gehabt hat. So ist sein Wohlstand schnell gewachsen.

Ein Jahr ist vergangen, ein zweites, ein drittes. Aus dem Moschud ist ein reicher Kaufherr geworden.
Da erscheint ihm im Traum wieder einmal der Kidhr. »Verheißungsvoller Mensch«, hat er zu ihm gesagt, »laß alles hinter dir und mach dich auf nach Samarkand. Dort fragst du in der und der Apotheke nach Arbeit.«
Noch in derselben Nacht ist der Moschud aufgebrochen und auf seinem Esel nach Samarkand geritten. Weit ist der Weg gewesen. Aber schließlich ist der Moschud glücklich angekommen und hat in der Apotheke nach Arbeit gefragt. »Ja«, haben die Leute dort gesagt, »wir können einen Mann brauchen, der die Pulver und Salben mischt, der sie anrührt und zubereitet.« So hat der Moschud jetzt in der Apotheke gearbeitet, hat Körner zerstoßen, Wurzeln angesetzt für Tinkturen und Salben gekocht.
Aber, oh Wunder! Die Medizinen, die er zubereitet hat, sind alle ganz besonders heilkräftig gewesen. Bald hat es sich herumgesprochen, daß in der Apotheke wahre Wundermittel zu bekommen sind. So sind die Leute auf den Moschud aufmerksam geworden. Sie haben ihn gefragt: »Jetzt sag einmal, wie machst du es, daß die Medizin, die du zubereitest, so heilkräftig ist?«
»Ich weiß es nicht«, hat der Moschud gesagt. Aber die Leute haben das nicht glauben können.
»Bestimmt hast du bei großen Meistern die Heilkunde studiert. Sag uns, wer hat dich unterrichtet?«
»Ich weiß es nicht.«
Da sind die Leute nur umso neugieriger geworden. »Erkläre uns doch, wie du zu diesem gewaltigen Wissen gekommen bist?«
»Ich weiß es nicht«, hat der Moschud wieder gesagt.

Je weniger er gesagt hat, desto mehr ist er in der Achtung der Leute gestiegen. Immer wieder haben sie ihn bedrängt und nach den wundersamen Quellen seiner Erkenntnisse gefragt. Und immer wieder hat er ihnen zur Antwort gegeben: »Ich weiß es nicht.«
Die Leute haben sich schließlich selber ihren Reim darauf gemacht. Sie haben ihre eigene Geschichte erfunden von Moschud, dem Mann mit dem geheimnisvollen Leben und den unerklärbaren Fähigkeiten. Eine Geschichte, ganz nach dem Geschmack der Zuhörer, weitab vom wirklichen Leben. Und natürlich ist an dieser Geschichte kein Wort wahr, nicht eines.

Vom Sultan und seinem Bruder

Eine Überlieferung aus Kurdistan

Vor langer, langer Zeit, war's gestern oder war's heut, da hat einmal ein Sultan gelebt. Weise und mächtig ist der gewesen. Seine Reichtümer waren schier unermeßlich.

Der Sultan hat einen Bruder gehabt. Der hat ein Leben in Armut geführt.

Einmal hat der Wesir deshalb zum Sultan gesagt: »Herr, verzeiht mir die Frage, aber die Leute wundern sich schon, daß Ihr Eurem Bruder nicht helft. Ihr habt ein Leben in Reichtum und Wohlstand. Ihn aber drückt die schiere Not. Warum zeigt ihr Euch nicht gnädig und gebt ihm ein wenig von dem, was Ihr im Überfluß habt?«

»Ach, wenn es nur das wäre!«, hat der Sultan gesagt. »Oft genug hab ich ihm schon geholfen. Aber mir scheint, er ist ein Pechvogel. Das Schicksal hat ihm wohl keine Reichtümer zugedacht. Da hilft alles nichts.«

Der Wesir hat das nicht so recht glauben können.

»Komm mit!«, hat der Sultan zu ihm gesagt, »ich werde dir zeigen, was ich meine.«

Der Bruder vom Sultan ist jeden Tag auf einem bestimmten Weg aus der Stadt in den Wald gegangen, um dort Holz zu sammeln. Das hat er dann am Basar verkauft. Der Weg hat über eine Brücke geführt.

Wie der Sultan gesehen hat, daß sein Bruder daherkommt, hat er mitten auf die Brücke einen Sack Gold gelegt.

»Komm, wir verstecken uns im Gestrüpp dort hinten!«, hat er dann zum Wesir gesagt, »gleich wirst du sehen, was geschieht.«

Der Bruder vom Sultan ist vergnügt dahinmarschiert. Kurz vor der Brücke ist er mit einem Mal ganz langsam geworden. Schritt für Schritt ist er dann über die Brücke getappt. Den Sack mit dem Gold hat er unberührt liegen gelassen.

Auf der anderen Seite haben ihn der Sultan und der Wesir schon erwartet.

»Selam aleikum, mein lieber Bruder«, hat der Sultan gesagt, »sag, ist dir auf der Brücke nichts aufgefallen?«

»Aleikum selam«, hat der Bruder gesagt, »freilich! Allerhand ist mir aufgefallen. Jede Faser vom Holz hab ich gespürt. Du mußt wissen: Kurz vor der Brücke ist mir in den Sinn gekommen: Wie wäre es wohl, wenn ich wie ein Blinder über die Brücke gehen würde? Und so habe ich die Augen zugemacht und bin über die Brücke getappt.«

»Verstehst du jetzt, was ich meine?«, hat der Sultan zum Wesir gesagt. Der hat nur den Kopf geschüttelt.

Mag sein, daß der Bruder vom Sultan seine Augen vor seinem Glück verschlossen hat – vielleicht aber auch vor seinem Unglück. Wer weiß!?

Wie der Tee unter die Leute gekommen ist

Eine Überlieferung aus Turkestan

War es so, oder war es nicht so, und wäre es nicht so gewesen, dann könnte man es nicht so erzählen – da ist der Tee vor Zeiten nur in China bekannt gewesen. Aber nach und nach hat sich die Kunde vom Tee auch in andere Länder verbreitet. Ein König im Westen hat Gesandte nach China geschickt, damit sie ihm Tee bringen.

Die Gesandten sind vom Kaiser von China in allen Ehren empfangen worden. Er hat ihnen auch Tee zu trinken gegeben. Reich beschenkt haben sie sich wieder aufgemacht in den Westen.

Auf ihrer Reise haben sie aber gesehen, daß auch die Bauern und Handwerker Tee trinken.

»Was ist das für ein Getränk, das auch vom niederen Volk getrunken wird!?«, haben die Gesandten da gesagt, »das kann doch nicht der sagenumwobene Tee sein! Bestimmt hat uns der Kaiser von China zum Narren gehalten. Etwas, das jeder Bauer in sich hineinsäuft, ist nicht wert, von unserem König getrunken zu werden.« – Um sich nicht zu blamieren, haben sie alles weggeworfen. So sind sie mit leeren Händen zurückgekommen.

In einem anderen Land hat ein Gelehrter alle Berichte über den Tee gesammelt und herausgefunden: Tee muß etwas ganz Besonderes sein. Ein Stoff, der anders ist, als alles, was bis jetzt bekannt war. Er ist eine Pflanze, dann ein Getränk, einmal ist er grün, dann dunkelbraun oder

schwarz, einmal schmeckt er süß, dann wieder bitter. Der Gelehrte hat sich keinen Reim darauf machen können. Und alle haben gestaunt über den wundersamen Tee.
Im nächsten Land haben die Leute verschiedene Pflanzen ausprobiert und die sonderbarsten Brühen aus Kräutern gekocht. Die eigenartigsten Wirkungen sind dabei herausgekommen. Viele Leute haben sich vergiftet und alle möglichen Zustände erlebt. Tee haben sie aber keinen gefunden.
In einem anderen Land haben die Leute Glück gehabt. Irgendwie sind sie zu einem Päckchen Tee gekommen. Das haben sie auf eine Stange gehängt und in Prozessionen und Umzügen herumgetragen. Vor lauter Begeisterung haben sie aus dem Tee eine Religion gemacht.
»Es ist unglaublich, wieviel Zauber in einem so kleinen Päckchen Tee steckt!«, haben viele gesagt. Die, die krank gewesen sind, haben versucht, das Päckchen zu berühren. Manches Wunder ist auf diese Art und Weise geschehen.
Einmal aber hat ein weiser Mann gesagt: »Wozu tragt ihr den Tee herum? – Ihr müßt kochendes Wasser draufgießen!« Den Mann haben sie auf der Stelle verhaftet und vor Gericht gestellt.
»Er will unsere Religion vernichten!«, hat einer gesagt. »Ja«, hat ein anderer gemeint, »nicht einmal der Tee ist ihm heilig. Er will ihn auf brutale Weise mit heißem Wasser zerstören.« Und so haben sie den Mann verurteilt und aufgehängt.

Vor seinem Tod hat der Mann aber seinen Freunden verraten, wie man den Tee zubereiten muß. Selten genug haben sie etwas von der raren Pflanze bekommen. Und dann haben sie den Tee im geheimen getrunken. Mitunter sind zufällig Fremde dazugekommen und haben gefragt: »Was trinkt ihr denn da?«

»Ach, das ist nur eine Medizin«, haben ihnen die Teetrinker zur Antwort gegeben. »Die nehmen wir gegen die und die Krankheit ein.«

Außerhalb von China ist der Tee also weiterhin nur im geheimen getrunken worden.

Einmal aber ist ein weiser Mann aufgestanden und hat zu den Teehändlern und Teetrinkern gesagt: »Warum sollen nicht auch andere Menschen Tee trinken? – Er ist viel zu gut und seine Wirkung viel zu heilsam, als daß die anderen darauf verzichten sollten. Aber statt über den Tee zu reden, werden wir künftig schweigen. Die Leute sollen einfach davon kosten. Wer's ausprobiert, der weiß es. Wer's nicht ausprobiert, der weiß es nicht.«

So haben die Händler auf ihren Reisen ohne viel zu reden Tee zum Essen servieren lassen. Bald hat sich die Sitte und mit ihr der Tee ausgebreitet. Überall sind Teehäuser entstanden.

Natürlich haben sich viele der Gelehrten gewundert: »Was? Das soll Tee sein?«, haben sie gesagt, »das sind doch nur getrocknete Blätter!«

Andere haben gefragt: »Warum kocht ihr Wasser? – Wir wollen doch Tee trinken!« oder »Wie sieht denn das aus? – Ich habe gelesen, daß Tee golden leuchtet. Der sonderbare Trank da ist aber fast braun.«

Trotzdem: Nach und nach hat sich der Tee verbreitet. Bald haben immer mehr Leute gewußt, wie man ihn zubereitet. Und plötzlich ist alles ganz anders gewesen: Das, was früher die Gelehrten über den Tee gesagt haben, haben jetzt nur mehr die allergrößten Narren behauptet. So ist der Tee in den Westen gekommen.

Diese Geschichte stammt von Mevlana Hamadani. Er lebte im 10. und 11. Jahrhundert in Turkestan.

Vom Glücksvogel

Ein Märchen der Uiguren aus Zentralasien

Vor langer, langer Zeit, war's gestern oder war's heut, da hat einmal eine große Familie gelebt. Den Leuten in dieser Familie hat es an nichts gefehlt. Und das ist kein Wunder gewesen: Bei ihnen hat sich nämlich ein Glücksvogel niedergelassen gehabt. Tag für Tag hat der für sie gesungen. Mit seinem Gesang sind im ganzen Haus Wohlstand und Zufriedenheit eingekehrt.

Einmal aber hat der Glücksvogel zum Ältesten im Haus gesagt:

»Ich bin jetzt schon lange bei euch. Es wird Zeit, daß ich wieder weiterziehe. Bevor ich fortfliege, will ich euch aber noch einen letzten Wunsch erfüllen. Sag mir: Was wünscht ihr euch?«

Da hat der Alte lange überlegt.

»Gib uns ein wenig Zeit«, hat er schließlich zum Glücksvogel gesagt, »wir müssen uns das Ganze in Ruhe überlegen. In drei Tagen werde ich dir sagen, was wir uns wünschen.«

»Gut«, hat der Glücksvogel gesagt, »so soll es denn sein.«

Der Älteste hat jetzt die ganze Familie zusammengerufen. »Hört zu«, hat er gesagt, wie alle beisammen gesessen sind, »der Glücksvogel will uns verlassen. Bevor er weiterfliegt, wird er uns aber noch einen Wunsch erfüllen. Was sollen wir uns also wünschen?«

Da haben alle miteinander hin und her überlegt.

»Am besten wünschen wir uns einen großen Besitz, mit weiten Waldungen, Wiesen und viel Vieh«, hat einer von den Söhnen gemeint. »Wenn wir das alles haben, dann wird es uns auch künftig an nichts fehlen.«

Der Wunsch hat allen nicht schlecht gefallen. Aber richtig glücklich sind sie damit nicht gewesen.
»Nein«, hat eine von den Töchtern gesagt, »wünschen wir uns lieber ein Haus. Eines, das voll ist mit prächtigen Gewändern, edlen Stoffen, feinen Gewürzen, herrlichen Möbeln und vielen anderen kostbaren Gegenständen. Damit können wir Handel treiben. So leben wir auch in Zukunft gut.«
Auch der Wunsch ist nicht schlecht angekommen. Aber so richtig begeistert sind die anderen in der Familie davon nicht gewesen. Weiter haben sie hin und her überlegt: Was könnten sie sich nur wünschen?
»Wartet«, hat schließlich ein anderer gesagt, »wünschen wir uns doch ein Schloß für uns alle. Das soll voll sein mit Schätzen aus Gold und Silber, mit Bergen aus Diamanten und Edelsteinen. Von dem Reichtum können wir unser Lebtag lang zehren. Generationen nach uns werden damit noch ausgesorgt haben.« – Auch der Wunsch hat allen nicht schlecht gefallen. Aber so richtig zufrieden sind sie auch damit nicht gewesen.
Schließlich hat der Älteste gefragt: »Jetzt sagt einmal: Sind überhaupt alle da!? Mir scheint, es geht jemand ab.«
»Ja, – die jüngste Schwiegertochter fehlt!«, hat eine Frau gerufen, »die ist noch unten am Bach bei der Arbeit.«
»Dann holt sie!«
Bald darauf ist die jüngste Schwiegertochter dazugekommen. Der alte Mann hat ihr das Ganze geschildert. »Was denkst du?«, hat er sie schließlich gefragt, »was sollen wir uns vom Glücksvogel wünschen?«
»Das ist doch ganz einfach!«, hat sie gesagt. »Wünschen wir uns doch seine Freundschaft! Wenn er uns die schenkt, dann werden wir auch weiterhin ein glückliches Leben führen können.«

Da sind alle, wie sie da beisammen gesessen sind, baff erstaunt gewesen.
»Ja«, hat der Älteste dann gesagt, »ihr habt es gehört. Das ist wohl wirklich das Beste, das wir uns wünschen können.« Begeistert haben alle zugestimmt.
So ist der alte Mann zum Glücksvogel gegangen.
»Wißt ihr jetzt, was ihr euch wünscht!?«, hat ihn der gefragt.
»Ja«, hat der alte Mann gesagt, »wir wünschen uns deine Freundschaft. Mehr wollen wir nicht und mehr brauchen wir nicht.«
Da hat der Glücksvogel mit einem Mal zu singen angefangen. Wunderschön hat er gesungen. So schön, daß es kaum zu beschreiben ist.
»Oh, wie weise und wie klug habt ihr gewählt. Ich soll euch weiterhin meine Freundschaft schenken!? – Wo ihr mich darum bittet, will ich das gerne aufs neue tun. Aber wer möchte von seinen lieben Freunden getrennt sein? Wie könnte ich jetzt fortfliegen? So will ich weiter bei euch bleiben.«

Der Glücksvogel ist also bei der Familie geblieben. Weiterhin haben sie alle in Glück, Zufriedenheit und Wohlstand leben können.
Wer weiß, bestimmt singt der glückbringende Vogel auch für uns einmal, inshallah. Man muß ihn halt nur um seine Freundschaft bitten.

Vom reinen Herzen

Eine Überlieferung aus Bulgarien

War es so, oder war es nicht so, und wäre es nicht so gewesen, dann könnte man es nicht so erzählen – da haben einmal zwei Heiducken beschlossen, eine Kirche auszurauben. Heiducken, das sind seit jeher wilde Gesellen gewesen – Soldaten, die gegen die Türken gekämpft haben. Oft haben sie aber auch geraubt und geplündert.

Die zwei, von denen hier die Rede ist, haben einen großmächtigen Sack genommen und sind in eine Kirche gestürmt. Der eine hat sich die goldenen Lampen, Kerzenleuchter, das Silber von den Ikonen, Kreuze und Kelche geschnappt und in den Sack gesteckt.

Der andere ist derweil auf den Altar geklettert, um eine besonders prächtige Lampe abzumontieren.

»He, Kamerad«, hat da der eine gesagt, »ist es nicht eine Sünde, wenn du mit deinen dreckigen schweinsledernen Stiefeln auf den Altar steigst?«

»Aber Bruder«, hat da der andere gesagt, »was macht es schon, ob die Stiefel dreckig und aus Schweinsleder sind – Hauptsache, das Herz ist rein!«

Vom Igel, der es eilig gehabt hat

Ein Volksmärchen aus Polen

Vor langer, langer Zeit, war's gestern oder war's heut, da hat in einem Haus im Wald ein Igel mit seiner Familie gelebt. Einmal hat seine Frau für den Kuchen Hefe gebraucht.

»Mann«, hat sie zum Igel gesagt, »mach dich auf und hol mir Hefe aus dem Dorf. Geschwind! Es ist eilig! Schau zu, daß du bald wieder zurück bist.«

Der Igel ist ja nicht der Schnellste. Trotzdem hat er sich aufgemacht und ist so schnell, wie es für einen Igel möglich ist, ins Dorf gerannt.

Tage, Wochen, Monate sind vergangen. Sieben Jahre sind schließlich um gewesen: Endlich kommt der Igel zurück. Geschnauft hat er vor lauter Anstrengung. Da stolpert er über die Türschwelle und – fällt hin. Die Schüssel mit der Hefe ist am Boden zerbrochen. Überall ist die Hefe herumgeronnen.

»Siehst du, Frau!«, hat der Igel da geschimpft, »so geht es einem, wenn man es eilig hat!«

Von der Frau Glück und vom Herrn Geld

Ein Volksmärchen aus Spanien

Vor langer, langer Zeit, war's gestern oder war's heut, da haben einmal die Frau Glück und der Herr Geld gelebt. Die zwei sind ein sonderbares Paar gewesen. Er ein kleiner dicker Mann, mit Glatze und Kugelbauch. Sie rank, eigenwillig und voller Launen. Dabei sind die zwei schier unzertrennlich gewesen. So sehr waren sie ineinander verliebt.

Jahre ist das so gegangen. Schließlich haben sie gemeint, daß es wohl an der Zeit wäre, sich für immer das Ja-Wort zu geben. So haben sie beschlossen zu heiraten. Aber gleich nach den Flitterwochen ist es um die glückliche Zweisamkeit und den Frieden geschehen gewesen.

Wer sollte jetzt bestimmen, was geschieht? – Die Frau Glück hat gleich das Heft an sich gerissen und wollte dem Herrn Geld sagen, was er zu tun hätte. Das wiederum wollte sich der partout nicht gefallen lassen. Wer sollte bestimmen, wenn nicht er – der Herr im Haus!?

Kaum, daß das heraußen gewesen ist, da ist die Frau Glück auch schon wie eine Furie auf ihn losgegangen. Lange haben die zwei hin und her gestritten. Auf einen grünen Zweig sind sie ganz und gar nicht gekommen.

Schließlich hat die Frau Glück zum Herrn Geld gesagt: »Schau dir doch den armen Teufel an, der dort unter dem Olivenbaum sitzt. Bestimmt führt er ein trostloses Dasein. Wir wollen doch einmal sehen, wer ihm mehr helfen kann – du oder ich.«

»Gut«, hat der Herr Glück gesagt, »wer ihm ein besseres Leben verschafft, soll bei uns zweien künftig die Oberhand behalten.«

So war es ausgemacht.

Der Herr Geld ist daraufhin mit schweren Schritten hingegangen zu dem Mann. Bekümmert ist der unter dem Baum gesessen und hat den Kopf hängen lassen.

»Gott zum Gruß, guter Mann«, hat der Herr Geld gesagt, »mir scheint, dir fehlt etwas. Freust du dich denn nicht, daß du mich siehst?« Der Mann hat nur große Augen gemacht. Einen so noblen Herrn hat er schon lange nicht mehr gesehen gehabt. »Woher sollte ich Euch kennen?«, hat er erstaunt gefragt.

»Vom Geld in deiner Tasche! – Na, fällt der Groschen?«

»Nein«, hat der Mann gesagt, »Geld habe ich schon lange keines mehr gesehen. Das einzige, was meine Frau und ich im Überfluß haben, sind Kinder. Ansonsten drückt uns die schiere Not.«

»Warum arbeitest du denn nicht?«, hat der Herr Geld gesagt. »Statt hier zu sitzen und zu jammern, solltest du lieber zupacken, um für dich und deine Familie zu sorgen.«

»Da habt Ihr schon recht«, hat der Mann gesagt, »aber seit ich verheiratet bin, hat sich das Glück von mir abgewendet. Seit Jahren finde ich keine rechte Arbeit. So muß ich froh sein, wenn mich ein Bauer als Tagelöhner nimmt. Geld gibt es dann freilich auch keines. Meist drücken mir die Bauersleute etwas zum Essen in die Hand. So müssen wir wenigstens nicht verhungern. Aber für ein gutes Leben reicht es bei weitem nicht.«

»Ich sehe schon, daß dir das Pech an Händen und Füßen klebt«, hat der Herr Geld gesagt, »aber das wird jetzt anders. Ich schenke dir diesen Golddukaten.«

Dem armen Mann ist das alles wie ein Traum vorgekommen. Ein fremder Herr drückt ihm einfach so, aus einer noblen Geste heraus, einen

Golddukaten in die Hand. – Geschwind hat er ihn genommen und in die Tasche gesteckt. »Ich danke Euch, Herr, daß Ihr Euch über unsere Not erbarmt habt«, hat er gesagt und ist auf und davon gelaufen ins nächste Dorf. Dort wollte er gleich Brot kaufen für die ganze Familie. Aber wie er in der Bäckerei zahlen will, greift er in die Tasche und findet – nichts!

Nur ein großes Loch ist im Hosensack. Keine Spur von einem Golddukaten. Geschwind ist er den ganzen Weg noch einmal zurückgelaufen und hat nach dem Golddukaten gesucht. Irgendwo im Staub von der Straße muß er zu finden sein. Aber nichts! Das Gold ist nicht mehr zu finden gewesen.

Jetzt hat der Mann den Kopf wieder hängen gelassen. »Traurig – aber wahr«, hat er zu sich selber gesagt. »Ein altes Sprichwort sagt: Dem Lamm, dem es bestimmt ist, im Rachen vom Wolf zu landen, dem kann auch der beste Hirt nicht helfen. Das Schicksal meint es nicht gut mit mir. Da ist nichts zu machen.« Laut hat er noch geklagt über sein trauriges Los.

Die Frau Glück und der Herr Geld haben das alles mitangesehen. Sie hat sich schier zerkugelt vor lauter Lachen. Der Herr Geld aber ist vor Wut ganz rot geworden im Gesicht. Sonst hat er sich aber nichts anmerken lassen.

Fest entschlossen ist der Herr Geld schließlich wieder hingegangen zu dem armen Teufel und hat gesagt: »Mein lieber Freund, du bist wohl wirklich ein besonderer Pechvogel. Aber sei's drum, heute ist auch für dich ein besonderer Tag. Nimm diese drei Golddukaten und mach dir damit ein gutes Leben.«

Da hat der Mann wieder lachen können. Vergnügt ist er mit dem Geld ins Dorf gegangen. Jetzt hat er im Geschäft groß eingekauft für sich und für die ganze Familie.

»Kannst du das alles überhaupt zahlen?«, hat ihn der Krämer gefragt.
»Freilich«, hat der Mann gesagt, »diese drei Golddukaten werden wohl reichen!?«
Der Krämer hat das Gold mißtrauisch angeschaut. »Mir scheint, mit diesen Goldmünzen stimmt etwas nicht!«, hat er schließlich gesagt, »wer weiß, vielleicht bist du gar ein Falschmünzer. Da werde ich lieber die Polizei rufen.« Wie der arme Teufel das gehört hat, da hat er es mit der Angst zu tun bekommen. Schnell ist er auf und davon gerannt. In seinem Jammer hat er angefangen bitterlich zu weinen.
»Was hast du denn?«, hat der Herr Geld zu ihm gesagt, wie der Arme dahergerannt gekommen ist, »ist dir das Gold zuwenig? Warum heulst du?«
»Ach, Ihr, mit Eurem falschen Geld!«, hat der Mann geklagt, »warum müßt Ihr gerade einen armen Teufel wie mich zum Narren halten? Mit Eurem Geld habt Ihr mich fast an den Galgen gebracht!«
Der Herr Geld hat sich das alles nicht so recht erklären können. Schließlich hat er zu ihm gesagt: »Du hast wohl wirklich mehr Pech als jeder andere Mensch auf dieser Welt. Aber sei's drum: Ein allerletztes Mal will ich dir noch helfen.«
Diesmal hat er ihm gar einen ganzen Sack voll Golddukaten gegeben. Stück für Stück haben sie sie abgezählt. Sie wollten ganz sicher sein, daß keine falsche Münze dabei ist. Jetzt ist der Mann wieder glückselig gewesen.
»Ich danke Euch!«, hat er gerufen. »Mit soviel Geld werde ich mein Pech ein für alle Mal besiegen. Was glaubt Ihr, wie sich meine Frau und die Kinder freuen werden!« Vergnügt ist er davongesprungen. Vor lauter Freude hat er den Sack mit den Golddukaten immer wieder in die Höhe geworfen.

»Jetzt bin ich reich!«, hat er geschrien, »aus ist's mit der Not. Jetzt können wir uns alles leisten, was wir wollen!« Dabei hat er ganz übersehen, daß ihm ein paar Räuber nachgeschlichen sind. In einem Waldstück haben sie ihn schließlich eingekreist, niedergeschlagen und ausgeraubt. Nicht nur sein Geld haben sie ihm abgenommen, sondern auch das Gewand bis auf die Unterhose.

Wie der Herr Geld gesehen hat, was geschehen ist, hat er sich fassungslos niedersetzen müssen. Die Frau Glück aber hat sich wieder gebogen vor Lachen. »Jetzt werden wir ja sehen, mein lieber Mann, wer mehr zustandebringt«, hat sie zu ihm gesagt. Daraufhin ist sie zu dem armen Teufel hingegangen und hat ihm einen Kuß hingehaucht.

Langsam ist der Mann wieder zu sich selber gekommen und hat wieder angefangen zu jammern. In seinem Unglück hat er laut geweint und in ohnmächtiger Wut mit den Fäusten auf den Boden getrommelt. Und was sieht er da!?

Neben seiner Hand liegt der verlorene Golddukaten. Er hat ihn aufgeklaubt und geprüft. Wirklich, daß muß der Golddukaten sein, der ihm aus der Hosentasche gefallen ist. »Na ja, wenigstens etwas!«, hat er zu sich selber gesagt, »mit dem Gold kann ich für uns alle etwas zum Essen kaufen.« Gleich hat er sich aufgemacht ins Dorf. Dort hat ihn der Krämer gerufen: »He, guter Mann! Du bist doch bei mir im Geschäft gewesen. Verzeih mir, daß ich geglaubt habe, daß die Münzen falsch sind. Ich hab sie überprüfen lassen. Sie sind echt. Komm und nimm dir, was du willst. Du hast bei mir etwas gut.«

Der arme Teufel hat gar nicht so recht gewußt, wie ihm geschieht. Kaum aber, daß er schwer bepackt mit Lebensmitteln wieder heraußen gewesen ist aus dem Geschäft, da kommen Polizisten vorbei. Sie haben die Räuber abgeführt.

»Das sind ja die, die mich ausgeraubt haben!«, hat der Mann gerufen.
»Wenn das so ist«, haben die Polizisten gesagt, »dann komm gleich mit zum Gericht!« Das hat er sich nicht zweimal sagen lassen.
Und – oh Wunder – vor Gericht hat der arme Mann tatsächlich sein Recht bekommen. Das Gold, das ihm die Räuber gestohlen gehabt haben, ist ihm wieder zugesprochen worden. So ist er jetzt ein reicher Mann gewesen.

Die Frau Glück aber hat ihren langen Arm um den Herrn Geld gelegt, ihm einen Kuß auf seine große runde Glatze gegeben und gesagt:
»Nun, mein Lieber, wer hat ihm mehr geholfen?«
Was hätte der Herr Geld noch viel sagen sollen? – Seit der Zeit hat die Frau Glück, ihren Mann, den Herrn Geld, unter ihrem Pantoffel.
Manche sagen, sie verteilt ihre Gunst wie der Blinde die Prügel. Andere wieder meinen, sie schüttet ihr Füllhorn einfach über die aus, die das auch zu schätzen wissen. Eines aber steht fest: Der Herr Geld kann machen, was er will. Das bessere Ende hat doch immer die Frau Glück für sich.

Vom goldenen Vogel

Ein Volksmärchen der Siebenbürger Sachsen

Vor langer, langer Zeit, war's gestern oder war's heut, da hat einmal ein weiser und mächtiger König gelebt. Dem hat es an nichts gefehlt. So glücklich ist er gewesen, daß er Gott zu Ehren eine prächtige Kirche gebaut hat. Weit und breit ist keine schönere zu finden gewesen.

Einmal ist von weit her ein Wanderer gekommen. In aller Ruhe hat der die Kirche lange betrachtet. Der König ist neugierig geworden, wie er ihn gesehen hat. Er ist zu ihm hingegangen und hat den Wanderer gefragt: »Na, wie gefällt dir die Kirche?«

»Es ist das schönste Gotteshaus, daß ich je gesehen habe«, hat der Wanderer gesagt, »an diesem prunkvollen Bau ist nichts, aber auch gar nichts auszusetzen. Nur eines fehlt: der goldene Vogel, dem Perlen aus dem Schnabel fallen, wenn er singt!«

»Der goldene Vogel fehlt?«, hat ihn der König gefragt, »du bist der erste, der mir davon erzählt. Weißt du vielleicht, wo er ist?«

»Leider kann ich dir da nicht weiterhelfen«, hat der Wanderer gesagt. »Wo der Vogel ist, das weiß ich nicht.«

Der König hat jetzt keine Ruhe mehr gehabt. In einem fort hat er überlegt: Wie könnte er den goldenen Vogel für seine Kirche bekommen?

Schließlich hat der älteste von seinen drei Söhnen zu ihm gesagt: »Vater, ich sehe, daß du keine Ruhe mehr findest. Darum will ich fortziehen und den goldenen Vogel suchen.« Das hat dem König gefallen.

Er hat ihm das beste Roß aus dem Stall gegeben, und der Königssohn hat sich auf den Weg gemacht.
Lange ist er geritten. Gegen Abend hat er sich tief drinnen in einem Wald ein Feuer angezündet. Da ist mit einem Mal ein Fuchs dahergestrichen gekommen und hat gejammert: »Ach, wie ist mir kalt. Erbarm!«
»So mach dir Feuer. Dann wird dir warm«, hat der Königssohn darauf gesagt und sein Essen ausgepackt. Jetzt hat der Fuchs noch mehr gejammert: »Ach, wie plagt mich der Hunger, guter Mann!«
»So such dir was und friß dich an!«, hat der Königssohn gesagt. Da ist der Fuchs weggelaufen.
Der Königssohn ist am nächsten Tag weitergezogen. Da und dort hat er nach dem goldenen Vogel gefragt. Immer wieder ist er auf seinem Weg auch eingekehrt und hat sich in Wirtshäusern herumgetrieben. Geld hat er ja genug gehabt. Ihm ist es ein leichtes gewesen, die Zechbrüder alle freizuhalten. Das hat denen gefallen. Mit »Hurra!«, haben sie ihm zugeprostet und ihn hochleben lassen. So ist er immer mehr in schlechte Gesellschaft gekommen. Bald ist alles, was er mitgehabt hat, aufgebraucht gewesen. Er hat das Roß verkauft. Dann hat er Schulden gemacht. Aber wie hätte er die zurückzahlen sollen? Zu guter Letzt ist ihm nichts anderes übrig geblieben, als in einem Wirtshaus als Knecht zu arbeiten.

Die Zeit ist vergangen. Da hat sich der zweite Königssohn auf den Weg gemacht. Auch er wollte den goldenen Vogel suchen. Der Vater hat ihn aufs beste ausgerüstet. Und so ist er losgeritten, hinein in den tiefen Wald. Wie er am Abend beim Feuer sitzt, kommt der Fuchs daher und klagt: »Ach, wie ist mir kalt! Erbarm!«

»So mach dir Feuer, dann wird dir warm!«
»Ach, wie plagt mich der Hunger, guter Mann!«
»So such dir was und friß dich an!«
Der Fuchs ist darauf wieder im Wald verschwunden.
Der Königssohn ist am nächsten Tag weitergezogen. Aber ihm ist es nicht besser ergangen als seinem Bruder. Auch er hat alles, was er gehabt hat, in Wirtshäusern verjubelt und sogar das Roß versetzt. Schließlich ist ihm nur ein Haufen Schulden geblieben. Die hat er in einem Wirtshaus als Kellner abarbeiten müssen.

Die Zeit ist vergangen. Da ist der Jüngste vor den Vater hingetreten und hat gesagt: »Vater, jetzt will ich ausziehen und den goldenen Vogel suchen!«
Der Vater hat ihn angeschaut und gelacht: »Mein lieber Bub! Wo denkst du hin? Wenn deine Brüder nichts ausgerichtet haben, dann wirst du es noch viel weniger schaffen!«
Der Jüngste hat aber nicht nachgegeben. Immer wieder hat er dem Vater zugeredet und ihn angebettelt: »Bitte, Vater, laß mich ziehen!«
Dem König ist das schließlich zu dumm geworden. »Na gut«, hat er gesagt, »wenn es denn sein soll! – Mach dich in Gottes Namen auf den Weg!« Er hat ihm aber ein schlechtes Roß und nur ein wenig Geld mitgegeben.
»Das ist ja doch alles verloren!«, hat sich der König gesagt.

Vergnügt ist der Jüngste fortgeritten. Aber kaum, daß er aus der Stadt draußen gewesen ist, da ist sein Pferd niedergebrochen. Was jetzt? – Unverdrossen ist er zu Fuß weitergegangen – hinein in den tiefen Wald. Gegen Abend hat er sich auf einer Lichtung niedergelassen und ein Feuer angezündet. Da ist auch ihm der Fuchs zugerannt und hat gejammert:

»Ach, wie ist mir kalt! – Erbarm!«
»Komm her zum Feuer! Da wird dir warm!«, hat der Königssohn gesagt und das Essen herausgeholt.
»Ach, wie plagt mich der Hunger, guter Mann!«
»So greif nur zu – und iß dich an!«
Miteinander sind sie beim Feuer gesessen, haben gegessen, getrunken und sind neben der Glut eingeschlafen.
In der Früh hat der Fuchs zum Königssohn gesagt: »Du hast ein gutes Herz. Drum will ich dir einen Rat geben und dir beistehen. Geh weiter fort durch diesen Wald. Sei unverdrossen. Der Weg ist weit. Nach sieben Tagen wirst du auf eine weite Wiese kommen. Dort steht ein prächtiges Schloß. Geh hinein. Dann wirst du schon wissen, was du tun mußt.«
Bevor sie auseinandergegangen sind, hat ihm der Fuchs auch noch eine silberne Flöte gegeben und gesagt: »Wenn du in Not bist und dir selber nicht mehr zu helfen weißt, dann blase in die Flöte. Ich werde daraufhin auf der Stelle bei dir sein und dir helfen, so gut ich kann.« Der Fuchs ist daraufhin im Wald verschwunden. Auch der Königssohn hat sich wieder auf den Weg gemacht.

Vergnügt ist er dahinmarschiert durch den Wald. Tag um Tag ist vergangen. Am siebten Tag ist er auf die große Wiese gekommen. Von der hat ihm ja der Fuchs erzählt gehabt. Weit hinten sieht er das Schloß glänzen. Unverzagt ist er drauflos marschiert und hineingegangen. Und wen sieht er da!? – Eine wunderschöne Jungfrau. Die hat gelacht, wie sie ihn gesehen hat. Im nächsten Moment ist sie aber bekümmert gewesen und hat angefangen bitterlich zu weinen.
»Was hast du denn, schöne Jungfrau?«, hat er sie gefragt, »warum weinst du?«

»Weil du mir leid tust«, hat sie geschluchzt, »mein Herr ist ein furchtbarer Drache mit sechs Schädeln. Der kennt kein Erbarmen, wenn er dich sieht. Bestimmt bringt er dich auf der Stelle um. Und du wirst ihm nicht entkommen! Schade um dein junges Leben.«

Der Königssohn hat nur gelacht. »Um mein Leben brauchst du dich genausowenig sorgen, wie ich mich vor dem Drachen fürchte. Gib mir ein gutes Schwert. Dann werde ich ihn besiegen!« An der Wand ist ein großmächtiges Schwert gehängt. Das hat sie ihm gegeben.

Es hat nicht lange gedauert, und der Drache ist heimgekommen. Kaum, daß er den Königssohn gesehen gehabt hat, da hat er auch schon seine Schlünder in wilder Wut aufgerissen und Feuer gepfaucht. Der Königssohn hat sich davon nicht schrecken lassen. Fest entschlossen hat er ausgeholt. – Das Schwert ist durch die Luft gezischt und hat dem Drachen alle sechs Schädel auf einmal abgeschlagen. Glückselig ist die Jungfrau dem Königssohn um den Hals gefallen. »Du gefällst mir«, hat sie gesagt, »bleib hier bei mir im Schloß. Es wird dir an nichts fehlen.«

»Dein Angebot ihn Ehren«, hat der Königssohn gesagt, »aber ich muß weiter und den goldenen Vogel finden. Weißt du, wo der ist?«

»Nein«, hat sie gesagt, »vom goldenen Vogel weiß ich nichts. Aber in einem Schloß nicht weit von hier wohnt meine jüngere Schwester. Vielleicht kann sie dir weiterhelfen.«

Darauf hat die Jungfrau dem Königssohn zu essen und zu trinken gebracht. Zum Abschied hat er von ihr auch noch einen kupfernen Apfel bekommen. »Dreh den Apfel, wenn du mich brauchst«, hat sie gesagt, »und ich werde auf der Stelle zu dir fliegen.« Dann ist der Königssohn weitergezogen.

Bald ist er zum nächsten Schloß gekommen. Auch dort hat eine wunderschöne Jungfrau gelebt. Aber auch sie hat sich nicht freuen können, wie sie ihn gesehen hat. »Weh dir!«, hat sie geklagt, »wenn dich mein Herr sieht, dann ist es aus mit dir. Er ist ein Drache mit neun Schädeln. Und er hat noch jeden Menschen besiegt.«

»Gib mir ein Schwert«, hat der Königssohn gesagt, »dann brauchst du nicht klagen und ich mich nicht fürchten.« Auch hier ist an der Wand ein Schwert gehängt. Das hat sie ihm gegeben.

Bald darauf ist der Drache wie ein Gewitter hereingestürmt. Wild hat er geschnaubt und aus allen neun Schlündern Feuer gespien. Der Königssohn aber hat nicht lange gefackelt. Ein Schwerthieb – und alle neun Schädel sind abgeschlagen gewesen. Jetzt war die Jungfrau glückselig.

»Bleib bei mir!«, hat sie zum Königssohn gesagt und hat ihm zu essen und zu trinken gebracht. Vom goldenen Vogel hat aber auch sie nichts gewußt.

»Dann muß ich weiterziehen«, hat der Königssohn gesagt.

»Geh zu meiner jüngeren Schwester«, hat ihm die Jungfrau geraten, »sie wohnt in einem Schloß. Das steht nicht weit von hier. Bestimmt kann sie dir weiterhelfen.«

Zum Abschied hat ihm die Jungfrau noch eine silberne Birne geschenkt.

»Dreh die Birne um, wenn du in Not bist«, hat sie gesagt, »dann werde ich auf der Stelle zu dir fliegen.«

Vergnügt ist der jüngste Königssohn weitermarschiert. Immer tiefer ist er hineingegangen in den Wald. Da kommt er zum dritten Schloß. Schon die Jungfrauen in den ersten zwei Schlössern waren wunderschön. Die Jungfrau aber, die er jetzt im dritten Schloß getroffen hat, ist die Allerschönste gewesen.

Auch sie hat sich geschreckt, wie sie ihn gesehen hat: »Wie kommst denn du hierher? – Schade um dein junges Leben. Mein Herr ist ein Drache mit zwölf Schädeln. Er wird dich umbringen, wenn er heimkommt.«

»Hab keine Angst«, hat der Königssohn gelacht, »ich habe schon zwei Drachen besiegt. Da werde ich wohl auch dem dritten den Garaus machen.« Wieder hat er das Schwert von der Wand gepackt und auf das Untier gewartet.

Laut und gewaltig, wie Donner, Blitz und Sturm, ist der Drache herangebraust gekommen. Der Königssohn hat sich ihm fest in den Weg gestellt. Ein Hieb – und elf Drachenköpfe sind abgeschlagen gewesen. Gleich hat er ihm auch noch den zwölften Schädel abgeschlagen. Aber da sind die ersten elf schon wieder angewachsen gewesen. Hin und her ist der Kampf gegangen – Stunde um Stunde. Der Königssohn hat es einfach nicht geschafft, dem Drachen alle zwölf Schädel auf einmal abzuschlagen. Darum sind sie immer wieder nachgewachsen. Langsam ist die Sonne untergegangen. Da hat sich der Königssohn ein Herz gefaßt, hat zugeschlagen – und alle zwölf Drachenschädel sind am Boden gelegen.

Jetzt ist die Jungfrau glückselig gewesen. Sie hat ihm zu essen und zu trinken gebracht. »Bleib bei mir«, hat sie dann gesagt, »miteinander können wir glücklich werden. Da wird es dir an nichts fehlen.«

»Bei dir würde es mir schon gefallen«, hat der Königssohn gesagt, »aber zuerst muß ich den goldenen Vogel finden. Weißt du, wo er ist?«

»Das weiß ich wohl. Alle Jahre kommt er am Neujahrsmorgen und singt vor Sonnenaufgang am Baum vor dem Fenster. Der Vogel ist in meinem Besitz. Ich geb ihn dir. Du mußt ihn nur erwarten können.«

So hat der Königssohn im Schloß bei der wunderschönen Jungfrau auf den goldenen Vogel gewartet. Die Zeit ist vergangen. Von Tag zu Tag hat die Jungfrau den Königssohn mehr in ihr Herz geschlossen. Schließlich ist der Neujahrstag gekommen. Aus lauter Zuneigung und Liebe wollte die Jungfrau den Königssohn jetzt nicht ziehen lassen. Darum hat sie ihm Wachs in die Ohren gestopft.

In aller Früh ist der goldene Vogel dahergeflogen gekommen – und hat gesungen, daß es eine Freude gewesen ist. Der Königssohn hat von dem Gesang nichts, aber auch gar nichts gehört. Tief und fest hat er geschlafen. »Ist er schon da, der goldene Vogel?«, hat er gefragt, wie er munter geworden ist.

»Der ist schon lange wieder fort«, hat die Jungfrau gesagt, »siehst du die Perlen, die unter dem Baum liegen? Sie sind ihm beim Singen aus dem Schnabel gefallen.«

»Habe ich denn alles verschlafen?«

»Ja«, hat sie gesagt, »jetzt heißt es noch ein Jahr warten.«

Da hat der Königssohn ganz und gar keine Freude gehabt. Sein Heimweh ist immer größer geworden. Bekümmert ist er Tag für Tag durch das Schloß geschlichen.

Wie die Jungfrau gesehen hat, daß sein Kummer und seine Niedergeschlagenheit nicht kleiner werden, hat sie beschlossen, ihn nicht mehr aufzuhalten.

Am Morgen vom nächsten Neujahrstag hat sie ihn selber aufgeweckt. Der goldene Vogel ist wirklich wieder gekommen. Er hat gesungen, daß es eine Freude gewesen ist. Perlen über Perlen sind aus seinem Schnabel gesprudelt. Rund um den Baum sind sie haufenweise gelegen.

Schließlich hat der Vogel aufgehört zu singen. Da hat ihn die Jungfrau auf ihre Hand gelockt, in einen goldenen Käfig gesperrt und den dem Königssohn gegeben.

»Da hast du ihn«, hat sie gesagt, »aber der Weg zurück in dein Land ist weit. Nimm mein Roß. Es rennt schnell wie der Wind, denn es hat sechs Beine. Einer, der soviel Kraft und Mut hat wie du, kann wohl darauf reiten. Ein anderer nicht.«

Zum Abschied hat sie ihm gar noch eine goldene Zwetschke geschenkt.

»Nimm sie und denk an mich«, hat sie gesagt, »wenn du sie drehst, dann werde ich dir zufliegen.«

Auf dem sechsbeinigen Roß ist der Königssohn wie im Flug heimwärts geritten. Gegen Abend ist er bei einem Wirtshaus eingekehrt. Dort ist sein mittlerer Bruder Kellner gewesen. Schlecht hat der ausgeschaut.
»Ja, Bruder, was treibst denn du da?«, hat der Jüngste ihn gefragt.
»Ich?«, hat der gesagt, »ich bin ein Kellner.«
»Stell dir vor«, hat der Jüngste gesagt, »ich habe den goldenen Vogel für unseren Vater gefunden. Jetzt bringe ich ihn heim.«
»Ach, ich würde auch gerne heimreiten«, hat der Mittlere geseufzt, »aber zuerst heißt es die Schulden abarbeiten.«
»Wenn es nur das ist, dann kann ich dir helfen«, hat der Jüngste gesagt und für den Bruder die Schulden bezahlt. Nicht nur das: Auch ein gutes Roß hat er ihm gekauft. Miteinander sind sie am nächsten Tag heimwärts geritten.
Gegen Abend sind sie wieder in einem Wirtshaus eingekehrt. Dort hat der Stallknecht gerade vom Hausherrn Schläge bekommen. »Du Dummkopf!«, hat der geschrien, »du richtest mir alle Rösser zugrunde!«
»Aber das ist doch unser ältester Bruder!«, hat der Jüngste gesagt. Den haben sie nicht lange fragen brauchen, wie es ihm geht. Sie haben ja mitanschauen müssen, wie er traktiert[1] worden ist.
»Wie gern würde ich mit euch heimreiten!«, hat er gejammert, wie sie nachher beisammen gesessen sind, »aber mich drücken die Schulden, die ich abzahlen muß. Und zu allem Überdruß muß ich auch noch die drei Rösser abdienen, die ich bei der Arbeit zugrundegerichtet habe.«

1 traktieren = heißt in diesem Zusammenhang: schlecht behandeln, schimpfen, schlagen.

»Mach dir keine Sorgen«, hat der Jüngste gesagt, »Hauptsache, wir haben den goldenen Vogel für unseren Vater. Für deine Schulden und den Schaden, den du angerichtet hast, werde ich aufkommen.« So hat er auch für den Ältesten bezahlt und ihm ein gutes Roß gekauft.

Am nächsten Tag sind sie zu dritt weitergeritten. Auf dem Weg hat einer von den zwei Älteren zum Jüngsten gesagt: »Es ist schon eigenartig. Grad auf uns hat der Vater so viel gehalten – und jetzt bringst du ihm den Vogel heim.«

»Ja«, hat der Jüngste gesagt, »so ist es wohl. Umso mehr freut es mich, daß ich es geschafft habe.«

Die zwei älteren Brüder hat das aber furchtbar gewurmt. Es hat sie so geärgert, daß sie beschlossen haben, den Jüngsten aus dem Weg zu schaffen. All das, was er für sie getan gehabt hat, ist schon wieder vergessen gewesen.

In der Nacht, als er geschlafen hat, haben sie ihm die Augen ausgestochen, die Hände und die Füße abgeschlagen und ihn in einen tiefen Brunnen geworfen.

Dann haben sie den Käfig mit dem goldenen Vogel genommen und das Roß mit den sechs Beinen. Darauf reiten, das haben sie sich freilich nicht getraut.

Wie sie heimgekommen sind, ist der Vater glückselig gewesen. Nach all den Jahren sind seine lieben Söhne endlich wieder zurück. Obendrein bringen sie ihm den goldenen Vogel! – Lange genug hat er darauf warten müssen!

Voller Freude hat er den Käfig in der Kirche auf den Altar stellen lassen. Alle sind neugierig gewesen auf den Gesang vom Vogel. Aber der rührt sich nicht. Im Gegenteil: Er läßt die Flügel hängen und macht den Schnabel nicht auf.

Auch das sechsbeinige Roß hat keinen in die Nähe gelassen. Geschweige denn, daß einer auf seinen Rücken gekommen wäre.
Der Jüngste ist derweil verstümmelt im Brunnen gelegen. Ohne Augen, ohne Hände, ohne Füße. Er hat sich nicht zu helfen gewußt. Was spürt er da mit einem Mal neben seinem Mund!? – Den kupfernen Apfel. Mit der Zunge hat er ihn umgedreht. Gleich ist die älteste von den Jungfrauen in einem kupfernen Mantel dahergeflogen gekommen. »Was brauchst du denn?«
»Schau mich an!«, hat er geklagt.
»Morgentau ist gut für abgeschlagene Füße«, hat sie gesagt und ist wieder fortgeflogen. Bald darauf ist sie mit Morgentau zurückgekommen und hat ihm damit die Fußstumpen bestrichen. Gleich sind seine Füße wieder frisch und gesund gewesen. Die Jungfrau aber ist wieder fortgeflogen.
Auch die silberne Birne ist ihm aus der Hosentasche gefallen gewesen. Die hat er jetzt mit den Zehen umgedreht. Im nächsten Moment ist die mittlere von den drei Jungfrauen in einem silbernen Mantel dahergeflogen gekommen und hat gefragt: »Was brauchst du denn?«
»Schau mich an!«
»Morgentau ist gut für abgeschlagene Hände«, hat sie gesagt und Morgentau geholt. Damit hat sie ihm die Armstumpen eingerieben. Jetzt hat er wieder frische, gesunde Hände gehabt. Und fort ist sie gewesen die Jungfrau.
Aus der Tasche hat er jetzt die goldene Zwetschke geholt und umgedreht. Flugs ist die jüngste Jungfrau im goldenen Mantel dahergekommen. »Was brauchst du denn?«
»Schau mich an!«
»Morgentau ist gut für fehlende Augen«, hat sie gesagt und hat ihm Morgentau gebracht. Den hat sie ihm in die Augenhöhlen gestrichen. Sogleich sind seine Augen wieder frisch und gesund gewesen. In ihrer

vollen Schönheit hat er die Jungfrau vor sich gesehen. Aber schon ist sie auf und davon geflogen.
Jetzt sieht er erst, wo er ist – in einem tiefen Brunnen. Der Schacht ist steil und rutschig. Nirgends gibt es einen Halt. Wie soll er da je herauskommen?
Da kommt ihm die silberne Flöte in den Sinn. Geschwind hat er sie aus der Tasche geholt und geblasen. Gleich darauf ist der Fuchs am Brunnenrand gestanden.
»Was gibt es zu tun?«, hat er den Königssohn gefragt.
»Du siehst es ja selbst. Ich kann nicht hinaus!«
Da ist der Fuchs in den Brunnen gesprungen. »Pack die Spitze von meinem Zagel[2] und halte dich gut daran fest«, hat der Fuchs gesagt. Im nächsten Moment hat er einen mächtigen Satz gemacht – und sie sind heraußen gewesen aus dem Brunnen.
»Jetzt kannst du dir wieder selbst helfen!«, hat der Fuchs gesagt und ist fortgerannt in den Wald.
Der Jüngste hat sich gleich auf den Heimweg gemacht. Freilich, wie er jetzt ins Schloß gekommen ist, da haben der Vater und die Mutter keine große Freude gehabt. »Na, wo hast du dich denn herumgetrieben?«, hat ihn der König gefragt.
»Den goldenen Vogel habe ich geholt«, hat er gesagt und die ganze Geschichte erzählt. Der Vater hat das alles gar nicht glauben können. »Was hast du dir denn da ausgedacht?«, hat er gesagt, »mir scheint, du lügst, daß sich die Balken biegen.« – »Schlimm genug, daß du uns für dumm hältst«, hat die Königin gesagt, »aber daß du auch noch behauptest, deine Brüder hätten dich umbringen wollen, das schlägt dem Faß den Boden aus.«

2 Zagel = Fuchsschwanz

»Ihr wollt mir also nicht glauben!?«, hat der Jüngste gesagt. »Gut, dann werde ich es euch beweisen. Kommt alle mit – auch ihr, meine Brüder.«
Miteinander sind sie in den Stall gegangen.
»Wir werden ja sehen, wer auf dem sechsbeinigen Roß reiten kann«, hat der Jüngste gesagt.
Wie ihn das Roß gesehen hat, da hat es vor lauter Freude laut gewiehert. Zuerst wollte aber der Älteste aufsteigen. Den hat es gar nicht in die Nähe gelassen, so wild hat es ausgeschlagen. Dem mittleren Bruder ist es nicht anders ergangen. Schließlich ist der Jüngste zu ihm hin. Da ist das Roß auf einmal ganz zahm geworden. Wie ein Lamm ist es stehengeblieben, bis er oben gesessen ist.
Dann ist er auf dem Roß zu der Kirche geritten. Die anderen haben zu tun gehabt, daß sie ihm nachgekommen sind.
»Geht nur als erste hinein. Ihr seid auch die ersten gewesen, die zurückgekommen sind«, hat der Jüngste zu ihnen gesagt. Drinnen ist der Vogel in seinem Käfig gesessen. Armselig hat er ausgeschaut mit den hängenden Flügeln.
Aber wie der Jüngste in die Kirche gegangen ist, da hat der goldene Vogel mit einem Mal den Kopf gehoben, gegluckst – und gleich darauf wunderschön zu singen angefangen. Dabei sind ihm Perlen aus seinem Schnabel gesprudelt. Dem König sind vor Freude und Leid die Augen übergegangen.
»Verzeih mir«, hat er zum Jüngsten gesagt, »daß ich dir Unrecht getan habe. Und deine Brüder? Wollten sie dich wirklich umbringen?«
»Ja«, hat er gesagt, »und meine Rache wird so sein, daß sie sie nie vergessen werden.«
Seine Brüder wären am liebsten im Erdboden versunken. Aber was sollten sie tun?

»Was wir getan haben, ist nicht zu verzeihen«, haben sie gesagt, »ganz gleich, welche Buße du für gerecht erachtest: Wir nehmen sie an.«
Mit hängenden Köpfen sind sie vor ihm gestanden.
Er aber hat nur den kupfernen Apfel gedreht – und schon ist die ältere von den Jungfrauen im kupfernen Mantel dahergeflogen gekommen.
»Mein lieber Sohn«, hat die alte Königin gesagt, »du weißt zu wählen. Ist das die deine?«
Der Jüngste hat die Hand von der Jungfrau genommen und sie in die Hand vom ältesten Bruder gelegt. »Bei ihr bist du in guten Händen«, hat er gesagt und sie ihm zur Frau gegeben. Dann hat er die silberne Birne umgedreht.
»Die ist ja noch schöner!«, hat die Königin ausgerufen, wie die Jungfrau im silbernen Mantel dahergeflogen gekommen ist. Der Jüngste hat sie dem mittleren Bruder zur Frau gegeben.
Dann hat er die goldene Zwetschke gedreht. Und schon ist die jüngste Jungfrau dahergeflogen. Ihr Mantel war aus Gold. Über und über ist er mit Karfunkelsteinen und Perlen vom goldenen Vogel verziert gewesen. Geglänzt und geglitzert hat alles wie der Sternenhimmel.
Die alte Königin hat die Jungfrau mit ihrer Schürze aufgefangen. »Ein so zartes Wesen soll sich nicht am Boden anstoßen«, hat sie gesagt, »mein lieber Sohn, eine Schönere gibt es nicht unter der Sonne.«

In Pracht und Gloria haben sie jetzt Hochzeit gefeiert. Bald darauf hat der König das Reich dem Jüngsten übergeben. Als König und Königin haben seine goldene Frau und er viele Jahre lang glücklich und zufrieden gelebt. Wie die goldene Königin aber gestorben ist, da sind auch das sechsbeinige Roß und der goldene Vogel aus der Kirche verschwunden. Wer weiß, wo sie jetzt zu finden sind.

VON DER WEISHEIT DES ALTERS

Wem glaubst du mehr?

Eine Schelmengeschichte vom Nasreddin Hodscha

Es ist einmal gewesen, und es ist doch keinmal gewesen, da hat ein Nachbar zum Nasreddin Hodscha gesagt:

»Hodscha, ich muß in die Stadt, um ein paar Packstücke zu holen. Bist du so gut und leihst du mir deinen Esel?«

Der Hodscha wollte ihm den Esel ganz und gar nicht überlassen, und so hat er gesagt:

»Ich würde dir ja gerne helfen, aber – so leid es mir tut – ich habe ihn schon ausgeliehen. Gott weiß, wann ich ihn wieder zurückbekomme.«

In diesem Moment hat der Esel im Stall laut aufgeschrien: Iaahhh! Iaahhh!

»Hodscha!«, hat da der Nachbar gesagt, »jetzt sag einmal? Wie kannst du – ein ehrwürdiger, heiliger Mann – mich so unverfroren anlügen? Hat da nicht gerade dein Esel im Stall geschrien!?«

»Alles was recht ist!«, hat der Hodscha geschimpft, »aber wem glaubst du jetzt mehr? Mir – einem ehrwürdigen, heiligen Mann – oder meinem Esel?«

Was ich sage, gilt!

Eine Schelmengeschichte vom Nasreddin Hodscha

Es ist einmal gewesen, und es ist doch keinmal gewesen, da hat sich der Nasreddin Hodscha immer wieder über die Leute geärgert, die ihn neugierig ausgefragt haben.

Je älter er geworden ist, desto mehr hat er gemerkt, daß alle im Grunde immer die gleichen dummen Fragen stellen.

Einmal hat ihn wieder einer gefragt:

»Jetzt sag einmal, Hodscha. Wie alt bist du denn schon?«

»Sechzig.«

»Was? Sechzig? – Das kann ich nicht glauben. Das hast du doch schon vor ein paar Jahren gesagt.«

»Ja«, hat der Hodscha gesagt, »und das gilt. Ich stehe zu meinem Wort. Merk dir: Wenn ich einmal etwas gesagt habe, dann bleibe ich auch dabei.«

Die wahre Weisheit

Eine Schelmengeschichte vom Nasreddin Hodscha

Es ist einmal gewesen, und es ist doch keinmal gewesen, da hat ein Bettler den Nasreddin Hodscha gefragt:
»Hodscha, alle reden davon, daß du wahrhaft weise bist. Es gibt ein paar Fragen, die mir auf der Seele brennen. Kannst du sie mir beantworten?«
»Ja«, hat der Hodscha gesagt, »guter Mann, frag nur.«
»Der Mond ist zuerst klein wie eine Sichel, dann groß und rund, nach und nach verschwindet er wieder, und ein neuer Mond taucht auf. Was aber passiert mit den alten Monden?«
»Ganz einfach«, hat der Hodscha gesagt, »die werden von Gott zu kleinen Stücken zermahlen. Aus ihnen macht er Sterne, Kometen und Blitze.«
»Das leuchtet mir ein. Aber sag, Hodscha, wie kommt es, daß, obwohl so viele Menschen auf der Welt sind, ein jeder seinen eigenen Weg einschlägt. Alle gehen sie in verschiedene Richtungen. Warum das?«
»Denk einmal nach!«, hat der Hodscha gesagt, »auch du wirst den Esel nicht nur auf einer Seite beladen. Darum verteilen sich auch die Menschen in alle Himmelsrichtungen. Wenn wir alle nur in eine Richtung gehen würden, dann würde die Welt aus dem Gleichgewicht gehoben!«
»Ich danke dir, Hodscha, auch diese Antwort ist klar und verständlich. Jetzt sag aber: Warum sagt man, daß Gott allmächtig ist?«
»Auch das ist ganz einfach: Wir Männer müssen schnell einsehen, daß wir unseren Willen nicht durchsetzen können, wenn wir es mit einer Frau zu tun bekommen. Aber Gott setzt den Willen immer und überall

bei jeder und bei jedem durch. Darum ist Gott allmächtig.«

»Hodscha, ich danke dir!«, hat der Bettler gesagt. »Jetzt hat mein Grübeln ein Ende. – Ja, die Leute haben nicht übertrieben: Du bist wirklich ein weiser Mann.«

Du hast auch recht!

Eine Schelmengeschichte vom Nasreddin Hodscha

Es ist einmal gewesen und es ist auch keinmal gewesen, da sind die Leute aus dem Dorf immer wieder zum Nasreddin Hodscha gekommen, um einen Rat einzuholen, wenn es um wichtige Angelegenheiten gegangen ist. Denn der Hodscha ist weitum wegen seiner Weisheit bekannt gewesen.

Einmal ist es darum gegangen, für das Dorf einen neuen Brunnen zu graben. So sind ein paar Leute aus dem Dorf zu ihm gekommen und haben gesagt:

»Hodscha, es wird wohl am besten sein, wenn wir den Brunnen mitten im Dorf graben. So hat keiner weit und es gibt die wenigsten Streitigkeiten. Im Gegenteil: Alle werden sich gerne dort versammeln und vom frischen Wasser trinken.«

»Ja«, hat der Hodscha gesagt, »da habt ihr recht.«

Bald darauf sind ein paar andere gekommen. Die haben gemeint: »Hodscha, wir denken, wir sollten den Brunnen hinten im Dorf graben. Dort wohnen vielen alte Leute. Sie sind schon gebrechlich und können das Wasser nicht mehr so weit tragen. Darum bedeutet es für sie eine große Erleichterung, wenn der Brunnen gleich in der Nähe ist.«

»Ja«, hat der Hodscha gesagt, »da habt ihr recht.«

Später sind wieder andere gekommen. Die haben gesagt: »Hodscha, was hältst du davon, wenn wir den Brunnen dort graben, wo die vielen jungen Familien wohnen? Die Alten sterben bald. Dann nützt ihnen der Brunnen nichts mehr. Die jungen Frauen aber haben auch so schon

genug Arbeit. Sie werden sich freuen, wenn sie das Wasser nicht von weit weg holen müssen.«
»Ja«, hat der Hodscha da gesagt, »da habt ihr recht.«
Schließlich sind aber wieder andere Leute gekommen. Sie haben gemeint: »Hodscha, was denkst du: Sollten wir den Brunnen nicht dort graben, wo das Grundwasser ganz nah an der Erdoberfläche ist? Das erspart uns allen viel Arbeit und Geld.«
»Ja«, hat der Hodscha gesagt, »da habt ihr recht.«

Wie die Leute wieder weg gewesen sind, da ist die Frau vom Hodscha zu ihm gegangen und hat gesagt:
»Mein lieber Mann! Jetzt habe ich dir die ganze Zeit zugehört. Du hast den einen recht gegeben wie den anderen. Denen, die den Brunnen dort bauen wollen, wo die Alten wohnen. Denen, die ihn lieber bei den Häusern von den jungen Familien graben wollen. Denen, die ihn am liebsten in der Mitte vom Dorf hätten. Und auch denen, die einfach dort graben möchten, wo es am wenigsten Arbeit bedeutet. Jetzt sag einmal, wie stellst du dir das vor? Es kann doch nicht sein, daß sie alle recht haben.«
»Siehst du«, hat der Hodscha gesagt, »da hast du aber auch recht.«

Mag sein, daß du das Instrument gewesen bist!

Eine Schelmengeschichte vom Nasreddin Hodscha

Es ist einmal gewesen und es ist auch keinmal gewesen, da hat die Frau vom Nasreddin Hodscha zu ihm gesagt: »Mein lieber Mann, was führen wir nur für ein kümmerliches Leben! Dabei bist du als Hodscha doch Gottes Diener. Wenn du schon ein Diener bist, dann solltest du von Gott auch bezahlt werden wie jeder andere Diener. Oder ist es einzusehen, daß gerade wir unser Leben so mühsam fristen müssen!?«

Der Hodscha hat sich das Ganze durch den Kopf gehen lassen. Dann ist er hinausgegangen in den Garten, hat die Hände zum Himmel gestreckt und gerufen: »Gott, höre mich an! Hier spricht Dein Diener. Viele lange Jahre habe ich Dir jetzt treu gedient. Geld habe ich dafür sehr wenig gesehen. Meine Frau meint aber, daß ich wie jeder andere Diener auch bezahlt werden sollte. Darum bitte ich Dich jetzt um einen Vorschuß auf mein Gehalt. Gib mir hundert Golddukaten. – Und das womöglich sofort.«

Am flachen Dach vom Nachbarhaus ist der Nachbar gesessen. Der ist ein reicher, aber geiziger Mann gewesen. Gerade ist er dabei gewesen, seinen Goldschatz zu zählen. Wie er jetzt den Hodscha gehört hat, da hat er laut lachen müssen. Im nächsten Moment aber hat ihn der Teufel geritten, und er hat beschlossen, den Hodscha zum Narren zu halten. Geschwind hat er neunundneunzig Golddukaten in einen Sack hinein gezählt und dem Hodscha im hohen Bogen hinuntergeworfen. Für den Hodscha hat es gerade so ausgeschaut, als ob der Sack vom Himmel heruntergefallen wäre. Schnell hat er ihn aufgemacht und das Geld nachgezählt.

»Ich danke Dir, Herr«, hat er dann gerufen, »wie ich sehe, sind es nur neunundneunzig Golddukaten. Aber bestimmt hast Du gerade nicht mehr flüssig. Mach Dir nichts draus. Ich nehme das Geld trotzdem.«

Der Hodscha ist daraufhin ins Haus und hat das Gold seiner Frau gezeigt. Die hat freilich große Augen gemacht.

»Was sagt du jetzt, Frau?«, hat er zu ihr gesagt, »willst du mir jetzt noch unser kümmerliches Leben vorwerfen? Da siehst du, was ich für ein heiliger Mann bin. Gott selber hat mir auf meine Bitte hin das Geld gegeben.«

Seine Frau ist wirklich baff erstaunt gewesen. »Ja, mein lieber Mann«, hat sie gesagt »ich gebe zu, daß ich dir bitter unrecht getan habe. Mir scheint, du bist wirklich ein großer Heiliger.«

Mit dem Geld haben es sich der Hodscha und seine Frau gut gehen lassen. Die besten Delikatessen, die prächtigsten Gewänder und die feinsten Möbel haben sie damit gekauft.

Wie der Nachbar gesehen hat, was mit seinem Geld geschieht, da ist ihm das Lachen vergangen. Voller Wut ist er zum Haus vom Hodscha gerannt und hat laut an die Tür geklopft.

»Nur nicht so wild!«, hat der Hodscha gesagt, wie er ihm aufgemacht hat, »was willst du? Aber bevor du sprichst, sollst du wissen, daß du mit einem heiligen Mann redest.«

Da ist dem Nachbar die Galle geschwollen: »Was heißt heiliger Mann!? Ein Gauner bist du! Einer, der sich mit fremden Federn schmückt. Weißt du überhaupt, von wem das Geld stammt, mit dem du so leichtfertig um dich wirfst?«

«Von Gott selber stammt es«, hat der Hodscha gesagt, »mir, seinem Diener, steht es wohl auch zu.«

»Nein«, hat der Nachbar geschrien, »ich war's. Ich habe dir das Geld zugeworfen. Einen Spaß wollte ich mir machen. Aber es ist und bleibt mein Geld. Und jetzt will ich es von dir zurück. Auf der Stelle.«

Der Hodscha hat sich das alles in Ruhe angehört. Dann hat er einen Moment lang überlegt und schließlich zum Nachbarn gesagt: »Hör mir gut zu, Nachbar. Mag sein, daß du das Instrument gewesen bist. Aber das Geld habe ich nicht etwa bekommen, weil ich dich darum gebeten hätte.«

Vom König und vom weisen Mann

Eine Überlieferung der Siebenbürger Armenier

Vor langer, langer Zeit, war's gestern oder war's heut, da hat im Osten ein weiser Mann gelebt. Weitum – ja, in der halben Welt – haben die Leute von ihm und seiner Weisheit geredet.

Und so hat der König eines Tages beschlossen, daß er ihn in einer wichtigen Angelegenheit um Rat fragen will. Diener haben dem weisen Mann die Nachricht gebracht, daß der König auf dem Weg zu ihm ist. »Schau zu, daß du deine Hütte in Ordnung bringst!«, haben sie gesagt. »Die Ehre, daß der König selber kommt, wird nicht einem jeden zuteil.«

Am Tag, an dem der König kommen sollte, hat der weise Mann den Mist in seiner Hütte zusammengekehrt und den Haufen auf die Türschwelle geleert. Er hat sein Hemd ausgezogen, sodaß der Oberkörper nackt gewesen ist. Um den Arm hat er sich einen Lappen gewickelt. Dann hat er sich auf die Türschwelle gesetzt. Den einen Fuß hat er auf dem Dreckhaufen gehabt. Den anderen in die saubere Hütte hineingestreckt. Und die Hände? – Die eine hat er auf den Mund gelegt. Die andere zwischen die Füße gehalten. So hat er auf den König gewartet.

Wie der König gekommen ist, hat er von weitem den weisen Mann auf der Türschwelle sitzen gesehen. Lange hat er ihn betrachtet und sich seine Gedanken gemacht. – Ohne ein Wort zu verlieren hat er sich daraufhin umgedreht und ist zurückgeritten ins Schloß. Die Höflinge haben das alles nicht so recht verstanden.

»Allerhöchster Herr und König«, haben sie gesagt, »Ihr wolltet doch den weisen Mann um Rat fragen!? – Jetzt seid Ihr – ohne ein Wort zu sagen – wieder fortgeritten. Was hat das zu bedeuten?«

»Ach, ihr Leute«, hat da der König gesagt, »selbst wenn ich ein ganzes Jahr bei dem Weisen verbracht hätte, hätte ich doch nicht mehr lernen können als das, was er mich heute gelehrt hat: Sein nackter Oberkörper hat mir gezeigt, daß ein Mensch – ganz gleich wie lange er lebt und was er auch ist – doch alles zurücklassen muß. Nackt gehen wir über die Schwelle in die andere Welt. Der Mist auf der Schwelle sind die irdischen Reichtümer und Ehren. Sie vergehen so schnell, wie der Besen den Mist wegkehrt. Darum ist es wichtig, daß man innerlich frei ist davon. Die Hand zwischen den Beinen deutet an, daß ein Mensch die eigenen Begierden in der Hand haben und ein reines Leben führen soll. Die Hand auf dem Mund aber hält die Zunge in Zaum, vor Lügen, schlechter Nachrede und leerer Suderei.«

Da haben die Höflinge gestaunt. Jetzt haben sie gewußt, daß der Mann in der Hütte nicht der einzige Weise im Land ist.

Von den zwei Alten, die alles gewußt haben

Eine Volksmärchen aus Sardinien

Vor langer, langer Zeit, war's gestern oder war's heut, da hat einmal eine Familie gelebt. Ein Mann, eine Frau und ein Schübel[1] Kinder. Die Leute sind so arm gewesen, daß sie kaum etwas zum Beißen gehabt haben. Der älteste Bub, Antine hat er geheißen, ist aber trotzdem immer vergnügt und lustig gewesen. Er hat sich die Schneid nicht abkaufen lassen.

Einmal hat der Antine zu seinem Vater gesagt: »Mein lieber Vater! Ich will hinausziehen in die Welt und zusehen, daß ich mein Glück finde. Ich verspreche dir: Wenn ich es gefunden habe, dann werde ich zu euch zurückkommen. Ihr alle sollt es dann besser haben.«

Was hätte der Vater da sagen sollen? – Er hat ihm seinen Segen gegeben und das letzte Brot zusammengesucht. »Nimm die drei Brotfladen«, hat er zum Buben gesagt, »mehr kann ich dir nicht mitgeben. Teil dir das Brot gut ein. Denn der Weg in die Stadt ist einige Tagesreisen weit, und das Brot muß reichen, bis du eine Arbeit findest.«

Der Antine ist daraufhin seelenvergnügt losmarschiert. Gegen Abend ist er zu einer Brücke gekommen.

»Haus ist weit und breit keines zu sehen«, hat der Bursch zu sich selber gesagt, »am besten wird es sein, wenn ich unter der Brücke übernachte.«

Und so ist er unter die Brücke hineingekrochen. Aber was ist denn das? – Unter der Brücke sitzen schon drei alte Männer!

1 Schübel = Rudel, ein Haufen, etliche

»Komm nur her, Bursch«, hat der Älteste gesagt, »wenn wir ein wenig zusammenrücken, ist für einen vierten auch noch Platz.«
Da hat ihnen der Antine gedankt. Er hat sich zu ihnen gesetzt und die Brotfladen ausgepackt. Mit hungrigen Blicken haben sie ihm dabei zugeschaut.
»Na«, hat der Antine gesagt, »habt ihr euer Nachtmahl schon gegessen?«
»Nein«, haben die Alten gesagt, »wir haben lange kein Brot mehr gesehen. Ein paar Brombeeren, die wir am Weg gefunden haben, sind unser Essen gewesen.«
»Dann geht's euch ja schlechter als mir«, hat der Antine gesagt. »Ich hab mich wenigstens beim Frühstück satt essen können. Da – nehmt die Brotfladen. Jeder von euch drei soll einen haben.«
»Aber Bub, dann bleibt dir ja selber nichts!«
»Das macht nichts! – Ich hab keinen großen Hunger.«
Mit einem Heißhunger haben die Alten die Brotfladen verschlungen. Dann sind alle vier eng zusammengerückt, damit keinem kalt werden sollte, und sind bald darauf eingeschlafen.
In der Früh hat der Älteste zum Antine gesagt: »Du hast ein gutes Herz und hast uns zu essen gegeben. Wenn du einmal eine Hilfe oder einen Rat brauchst, dann komm nur hierher zu der Brücke. Dann werden wir dir weiterhelfen.« So haben sie Abschied genommen und sind auseinandergegangen.
Der Antine ist auf seinem Weg in die Königsstadt gekommen. Dort hat der König gerade verkünden lassen: »Es gibt drei schwere Aufgaben zu verrichten. Wer sie schafft, darf die schöne Prinzessin heiraten und wird das Königreich erben.«
Wie der Antine das gehört hat, ist er kurz entschlossen zum königlichen Palast gegangen und hat sich gemeldet. Die Leute am Hof haben ihn

ausgelacht: »Was willst denn du hier?«, haben sie gesagt, »Prinzen und Generäle haben die Aufgaben nicht bestanden. Die Prinzen sind mit Schimpf und Schande fortgejagt worden. Die Generäle hat der König degradieren lassen. Und jetzt kommst du!? – Schau zu, daß du fortkommst. Sonst wirst du verprügelt, daß du nicht mehr gehen und stehen kannst!«

Der Antine hat sich aber nicht schrecken lassen. So ist er schließlich zum König gebracht worden. Der ist recht freundlich gewesen zu ihm: »Du kennst die Bedingungen?«, hat er ihn gefragt.

»Ja, Herr«, hat der Antine gesagt.

»Gut, dann hör zu! – Dort droben am Berg haben meine Vorfahren gehaust. Ihre Burg ist längst verfallen. Jedesmal, wenn wir sie wieder aufgebaut haben, hat es ein Erdbeben gegeben – und alles ist wieder eingestürzt. Bau die Burg auf. Du kannst Material und Arbeiter haben so viel du willst. Wenn die Burg stehenbleibt und nicht mehr einstürzt, dann ist deine erste Aufgabe erfüllt.«

Der Antine hat es sich daraufhin drei Tage gutgehen lassen. Am vierten Tag hat er gesagt: »Gebt mir einen Sack mit dem besten Brot. Ich werde fortgehen, aber bald wieder kommen. Ruft derweil die Arbeiter zusammen, damit wir nach meiner Rückkehr gleich anfangen können mit dem Bau.«

Der Antine hat sich mit dem Brotsack aufgemacht zu der Brücke. Dort hat er die drei Alten wiedergetroffen.

»Hier bringe ich euch noch Brot«, hat er gesagt. »Jetzt brauche ich eure Hilfe. Wißt ihr, was man gegen das Erdbeben droben am Berg tun kann?«

Die drei Alten haben eine Zeitlang überlegt. Dann haben sie gesagt: »Wir wissen da auch nicht weiter. Aber wir bringen dich zu unserem

Großvater und zu unserer Großmutter. Die können dir bestimmt weiterhelfen.« So sind sie mit ihm hinaufgestiegen ins Gebirge, bis sie zu einer großen Höhle gekommen sind. Dort haben sie gesagt: »Da mußt du hinein, Antine. Hab keine Angst. Geh einfach immer nur dem Summen der Bienen nach. Tief drinnen im Berg wirst du in eine Kammer kommen. In der schlafen ein alter Mann und eine alte Frau. Leg dich einfach zu ihnen. Alles weitere wird sich dann schon ergeben.«

Der Antine ist darauf hinein in die Höhle. Stockfinster ist es darin gewesen. Er hat kaum die Hand vor den Augen gesehen. Dort, wo sich der Weg gegabelt hat, hat er immer wieder überlegen müssen. Soll er links oder rechts gehen? – Aber dann hat er auf das Summen der Bienen gehört und ist ihnen nachgegangen. So ist er tief drinnen im Berg in eine Kammer gekommen. In der hat eine Kerze gebrannt – und vor lauter Bienen hat es nur so gebrummt und geschwirrt. Wie er sich im Dämmerlicht umschaut, da sieht er einen uralten Mann und eine uralte Frau. Die liegen am Boden und schlafen. Der Antine hat nicht lange überlegt. Gleich hat er sich in die Mitte zwischen die zwei hineingelegt. Bald ist er eingeschlafen. Da hört er, wie die Frau zum Mann sagt: »Mann!?«

»Ja, Frau, was ist?«

»Ist da nicht einer gekommen?«

»Ja, es ist einer gekommen. Den haben unsere Enkel gebracht.«

»Bestimmt wird er wissen wollen, was er tun kann, damit das Schloß vom König droben am Berg nicht immer wieder einstürzt.«

»Das ist ganz einfach! – Drinnen im Berg haust ein großmächtiger Drache. Dem ist es gar nicht recht, wenn oben am Berg ein Schloß gebaut wird. Vor lauter Wut schlägt er deshalb mit seinem Schwanz aus. Darauf gibt es ein Erdbeben – und alles stürzt wieder ein.«

»Gibt es denn nichts, was man dagegen tun kann?«, hat die Alte gefragt.

»Freilich. Gegen alles ist ein Kraut gewachsen. Man braucht nur einen Strauß von dem Kraut, das hier in der Höhle wächst, brocken und den Drachen dran riechen lassen. Tut er das, dann wird er für tausend Jahre einschlafen.«

Bald darauf ist der Antine wieder munter geworden. Verschlafen hat er sich die Augen gerieben. Da wächst wirklich ein Kraut! – Gleich hat er einen Strauß davon gebrockt. Dann ist er wieder hinausgegangen aus der Höhle.

»Weißt du jetzt, was du tun mußt?«, haben ihn die drei Alten gefragt.

»Wohl, wohl!«, hat er gesagt, »ich danke euch für eure Hilfe.«

Dann ist er zurückgegangen in die Königsstadt. Dort haben die Arbeiter schon auf ihn gewartet.

»Gibt es droben am Berg, dort wo das Schloß gebaut werden soll, einen Schacht?«

»Ja, den gibt es!«

»Gut, dann bringt mich dorthin.«

Beim Schacht haben ihn die Arbeiter an einem langen Seil hinunterlassen müssen. So ist der Antine mitten in die Drachenhöhle gekommen. Kaum, daß ihn der Drache gesehen hat, da hat er auch schon mit dem Schwanz geschlagen, daß die Erde gebebt hat. Unerschrocken hat ihm der Antine das Kraut hingehalten. Der Drache hat den Duft eingezogen – und ist im nächsten Atemzug auch schon eingeschlafen gewesen.

Wie die Erde gebebt hat, sind die Arbeiter vor lauter Angst auf und davon gerannt. Jetzt – wo sich nichts mehr gerührt hat – sind sie nach und nach wieder zurückgekommen. Keiner von ihnen hat gedacht, daß der Antine noch lebt. Wenigstens seinen Leichnam wollten sie noch bergen und das Seil heraufziehen. Aber da kommt der Antine quicklebendig zum Vorschein. Jetzt ist die Freude groß gewesen. Sie haben gleich mit dem Bauen angefangen. In einem Monat ist das Schloß fertig gewesen.

Der König hat noch eine Zeitlang auf ein Erdbeben gewartet. Schließlich hat er gesehen, daß das Schloß stehen bleibt. So hat er den Antine rufen lassen: »Die erste Aufgabe hast du wohl bestanden«, hat der König gesagt. »Das ist schon mehr, als alle anderen geschafft haben. Aber was ist ein Schloß ohne Wasser? Am ganzen Berg gibt es keine Quelle. Schau zu, daß du Wasser findest, damit ich umziehen kann in das neue Schloß.«

Der Antine hat jetzt einen Maulesel mit Brot, Speck und Wein bepackt. Dann ist er wieder zu den drei Alten gezogen. Die haben sich das Essen schmecken lassen. Sie selbst haben ihm auch diesmal nicht helfen können. Aber sie haben ihn durch das wild verwachsene Dickicht zu der Höhle gebracht. Dort hat sich der Antine wieder zwischen die zwei Alten gelegt. Bald darauf ist er eingeschlafen.

»Mann!?«, hat die Alte gesagt.

»Ja, Frau, was ist?«

»Mir scheint, der eine Bursch ist wieder da!«

»Ja, unsere Enkel haben ihn wieder hergebracht. Antine heißt er.«

»Bestimmt wird er diesmal wissen wollen, wo am Berg Wasser zu finden ist.«

»Ja, so wird es sein.«

»Und? Was meinst du?«

»Das ist ganz einfach. Er braucht nur eine von den Kerzen nehmen, die im Winkel liegen. Am Berg muß er dann die Kerze anzünden und mit der brennenden Kerze herumgehen, bis ein Tropfen Wachs auf den Boden fällt. Dort, wo der Tropfen hingefallen ist, soll er graben. An der Stelle wird er eine Quelle finden.«

Wie der Antine munter geworden ist, hat er sich umgeschaut. Tatsächlich liegen ein paar Kerzen im Winkel. Eine hat er sich genommen und ist wieder hinaus aus der Höhle. Den drei Alten hat er für ihre Hilfe herzlich gedankt.
Am nächsten Tag ist der Antine gegen Abend auf den Berg gestiegen. Einsam ist dort das Schloß gestanden. Es hat ja noch niemand darin gewohnt. In der stockfinsteren Nacht hat er die Kerze angezündet und ist damit herumgegangen. Nach einer Weile ist ein Wachstropfen heruntergerieselt und auf den Boden getropft. An der Stelle hat der Antine zu graben angefangen. Wirklich ist schon nach ein paar Spatenstichen Wasser aus der Erde gequollen. Fleißig hat der Antine weitergegraben. Eine sprudelnde Quelle ist zum Vorschein gekommen.
Der König hat gewaltig gestaunt, wie ihm der Antine die Quelle gezeigt hat. »Mein lieber Antine, du bist tüchtiger als alle anderen, die die Aufgaben lösen wollten«, hat er gesagt, »aber jetzt mußt du noch die dritte Aufgabe bestehen. Schaffst du das, dann sollst du mein lieber Schwiegersohn werden.«
»Und was ist die dritte Aufgabe?«
»Meine Vorfahren haben auf dem Berg zwei Schatzkisten vergraben. In der einen Kiste sind Gold, Silber und Edelsteine. In der anderen sind giftige Fliegen. Grab mir die Kiste mit dem Schatz aus. Erwischt du aber die falsche Kiste, dann werden dich die Fliegen totstechen.«
Wieder hat der Antine einen Maulesel mit Essen und Trinken bepacken lassen. Diesmal hat er auch prächtige Gewänder dazugepackt. Dann hat er sich auf den Weg gemacht zu den drei Alten.
Die haben sich gefreut, wie er mit dem guten Essen und den schönen Gewändern zu ihnen gekommen ist. Miteinander haben sie geschmaust und getrunken. Dann sind sie mit ihm wieder hinaufgestiegen zu der Höhle.

Inzwischen ist der Antine dort wie zu Hause gewesen. In der Kammer im Berg hat er sich wieder zwischen die zwei Alten gelegt. Bald darauf ist er eingeschlafen.
»Mann!«
»Ja, Frau, was ist?«
»Der Antine ist wieder da!«
»Unsere Enkel werden ihn halt wieder hergebracht haben.«
»Dann wird er wohl wissen wollen, wie er die zwei vergrabenen Kisten auseinanderkennen kann.«
»Das ist ganz einfach. Er braucht nur etwas von dem Zucker nehmen, der im Winkel steht. Die Bienen werden ihm dann nachfliegen. Dort, wo sie droben am Berg im Schwarm kreisen, soll er graben. Wenn er dann die Kisten heraußen hat, muß er auf die Bienen achten. Sie werden die Kiste mit den giftigen Fliegen meiden und sich auf die andere Kiste setzen. Von dort soll er sie mit dem Zucker fortlocken. So kommt er zum Schatz.«
Wie der Antine munter geworden ist, hat er sich wieder aufgerappelt und vom Zucker im Winkel eine Handvoll mitgenommen. Gleich sind ihm etliche Bienen nachgeflogen. Droben am Berg sind sie vor ihm hergeschwirrt, als ob sie etwas suchen würden. Mit einem Mal haben sie dann zu kreisen angefangen.
Jetzt hat der Antine gewußt, wo er graben muß. Kräftig hat er zugepackt. Bald darauf sind wirklich die zwei Kisten zum Vorschein gekommen. Vorsichtig hat er sie ausgegraben. Die Bienen sind um die eine Kiste geschwirrt, dann um die andere. Schließlich haben sie sich auf der einen Kiste niedergelassen.
Neugierig hat der Antine bei der anderen gelauscht. Ganz leise ist von drinnen ein tiefes, bedrohliches Brummen zu hören gewesen. Da hat er

diese Kiste gepackt und zurückgestoßen in den Graben. Zugeschaufelt hat er das Erdloch, bis von der Kiste ganz und gar nichts mehr zu sehen gewesen ist.
Mit dem Zucker hat er die Bienen daraufhin von der anderen Kiste weggelockt und den Deckel gehoben. Was sieht er da! – Einen prächtigen Schatz. Den hat er dem König gezeigt.
Wie der die Pracht gesehen hat, hat er gesagt: »Mein lieber Antine, du hast es mehr als jeder andere verdient, daß du meine Tochter, die schöne Prinzessin, zur Frau bekommst.« So ist es geschehen. Die zwei, der Antine und die Prinzessin, haben sich recht gut verstanden und einander von Herzen gern gehabt. Die Hochzeit ist ein rauschendes Fest gewesen. Der Antine hat dazu nicht nur seine Eltern und die Geschwister, sondern auch die drei Alten eingeladen.
»Bleibt doch bei uns im Schloß«, hat er zu ihnen gesagt, »hier soll es euch an nichts fehlen.«
Sie aber haben gesagt: »Nein, nein, da ist nicht unser Platz.« Daraufhin sind sie fortgegangen. Keiner hat sie mehr gesehen.
Der Antine und seine liebe Frau aber haben noch lange und gut gelebt. Glücklich sind sie auch gewesen, und wenn sie nicht gestorben sind, dann leben sie wohl heute noch.

Diese Geschichte haben wir Prof. Dr. Felix Karlinger zu verdanken. Er hat einen Großteil seines Lebens dem Märchen gewidmet. Das zeigt unter anderem eine Fülle von Sammlungen und Publikationen. Diese Geschichte wurde ihm 1953 auf Sardinien in Bitti, von Beppe Rui, einem sechzigjährigen Hirten, erzählt.

Vom Kräutermann

Eine Volksmärchen aus Kroatien

Vor langer, langer Zeit, war's gestern oder war's heut, da hat einmal ein Bauer gelebt. Der hat drei Söhne gehabt. Mit denen ist er recht zufrieden gewesen. Nur der Jüngste hat ihm nicht immer Freude gemacht. Oft ist der mit seinen Freunden herumgezogen. Statt zu arbeiten ist er dann im Wirtshaus gesessen.

Wie der Bauer älter geworden ist, da hat er sich Gedanken gemacht: Wer soll den Hof einmal übernehmen? – Schließlich hat er zu seinen drei Söhnen gesagt: »Meine lieben Söhne! Ich weiß nicht, wie lange ich noch zu leben habe. Jeder Tag ist mir nur geschenkt. Damit es später keine Streiterei gibt, will ich das Erbe schon jetzt gerecht unter euch aufteilen.« Gesagt, getan. Auch der Jüngste hat seinen Anteil bekommen. Viel, viel Geld ist das gewesen.

Bald darauf ist der alte Bauer gestorben.

Die älteren zwei Söhne haben gut auf ihr Erbteil geschaut und fleißig zugepackt. So ist immer mehr daraus geworden. Der Jüngste aber hat sich ganz und gar nicht darum gekümmert. Immer wieder ist er mit seinen Freunden herumgezogen. Im Wirtshaus hat er sie alle freigehalten. Auch beim Kartenspielen hat er viel Geld verloren. So ist sein Erbteil geschmolzen wie der Schnee in der Frühlingssonne.

Seine Liebste ist die Sofie gewesen, eine Magd, die bei ihnen am Hof gearbeitet hat. Sie hat ihn immer wieder gewarnt: »Schau auf dein Geld! – Warum mußt immer du die anderen freihalten? – Wenn das wirklich deine Freunde sind, dann würde es ihnen gut anstehen, auch einmal dich einzuladen.«

Aber der Hans, so hat er geheißen, der Jüngste, hat gar nicht auf sie gehört. Kein Wunder, daß das Geld bald weg gewesen ist. Und mit dem Geld waren auch die Freunde weg. Die Sophie ist die einzige gewesen, die noch zu ihm gehalten hat. Denn auch seine Brüder haben zu ihm gesagt: »Wenn du glaubst, daß wir dich durchfüttern und du uns auf der Tasche liegen kannst, dann täuscht du dich. Wer hat denn sein Erbteil verjubelt!? – Zieh hinaus in die Welt! Schau zu, daß du etwas lernst. Dann kannst du für dich selber sorgen.«

Was ist dem Hans da anderes übriggeblieben? – Schweren Herzens hat er Abschied genommen von der Sophie. Ihr hat es ganz und gar nicht gefallen, daß ihr Liebster fort muß. Er hat ihr versprechen müssen, daß er so bald wie möglich wieder zurückkommt zu ihr.

Unverdrossen ist der Hans drauflosmarschiert. Bald ist der Hof weit hinter ihm gelegen. Auf ein Gebirge ist er zugegangen, immer der Nase nach. Wo soll er hingehen? Was soll er lernen? Wo soll er sich eine Arbeit suchen?

Das alles hat er nicht gewußt. So ist er einfach aufs Geratewohl drauflos gegangen. Gegen Abend ist er hoch droben in den Bergen auf eine Alm gekommen.

In der Dämmerung sieht er da einen steinalten Mann. Der hat einen langen Bart und schlohweiße Haare gehabt. Da und dort hat der steinalte Mann Kräuter gebrockt und in seine große Umhängetasche gesteckt.

»Grüß dich!«, hat der Hans zu dem Steinalten gesagt. Auch der hat ihn freundlich angeschaut und gegrüßt. Wie der Hans dem alten Mann in die Augen geschaut hat, da hat er mit einem Mal ein unheimliches Vertrauen zu ihm bekommen. Ohne daß er ein Wort gesagt hätte, ist er hinter dem Steinalten hergegangen. So sind sie gegen Abend zu einem kleinen Haus gekommen. Dort sind sie eingekehrt.

Am Ofen hat eine einfache Mehlsuppe geköchelt. Die haben sie miteinander gegessen. Getrunken haben sie dazu nur klares Wasser. Nach dem Essen haben sie sich niedergelegt. Zwei Pritschen[1] sind da gestanden. Auf denen haben sie geschlafen.

Tief in der Nacht wird der Hans auf einmal munter. Eine Stimme ist tief aus der Erde zu hören gewesen. Die hat gerufen: »Dreitausendachthundertneununddreißig Kinder sind in dieser Nacht geboren worden!«

»Gut ist's!«, hat der Steinalte darauf gesagt, »geb's Gott, daß alle so ein Auslangen finden wie wir in dieser Nacht.«

Dann haben sie weitergeschlafen.

Am nächsten Tag sind der Hans und der steinalte Mann zeitig aufgestanden. Ein karges Frühstück hat's gegeben. Dann sind sie wieder hinaus in die Berge. Ohne daß er gewußt hätte warum, ist der Hans dem alten Mann einfach nachgegangen. Dabei haben sie nicht ein Wort miteinander geredet. Da und dort hat der Steinalte seine Kräuter gebrockt.

So sind die zwei am Abend wieder zu einem Haus gekommen. Das Haus ist diesmal freilich eine stattliche Villa gewesen. Am Ofen hat im Topf eine Suppe gedampft und in der Pfanne ein Braten gebrutzelt. Dazu hat es frisches Bier gegeben. Das Essen und Trinken haben sie sich wohl schmecken lassen. Und geschlafen haben sie diesmal in einem weichen Federbett. Mitten in der Nacht aber wird der Hans munter.

Tief aus der Erde ist wieder die Stimme zu hören gewesen: »Dreitausendneunhundertsechsundvierzig Kinder sind in dieser Nacht geboren worden!«

1 Pritsche = ein einfaches Lager

»Gut ist's!«, hat der Steinalte gesagt, »geb's Gott, daß alle so ein Auslangen finden wie wir in dieser Nacht.« Darauf sind sie wieder eingeschlafen.
In der Früh haben der Hans und der steinalte Mann ein kräftiges Frühstück gegessen. Dann sind sie wieder hinaus auf die Almen und Bergwiesen. Der Hans ist einfach hinter dem Steinalten hergezottelt. Dabei haben sie kein Wort miteinander geredet.
Am Abend sind die zwei diesmal zu einem prächtigen Schloß gekommen. Die Dienerschaft hat ihnen die leckersten Delikatessen auf silbernen Platten aufgetragen. Dazu haben sie köstliche Weine getrunken. Geschlafen haben sie diesmal auf seidener Bettwäsche in Himmelbetten.
Mitten in der Nacht aber kommt wieder die Stimme aus der Erde: »Dreitausendachthundertvierundvierzig Kinder sind in dieser Nacht geboren worden!«
»Gut ist's«, hat der Steinalte wieder gesagt, »geb's Gott, daß alle so ein Auslangen finden wie wir in dieser Nacht.«
In der Früh haben ihnen die Diener das Frühstück an eine Tafel serviert. Die ist aufs schönste gedeckt gewesen. Jetzt hat der steinalte Mann mit einem Mal zu reden angefangen: »Vor drei Tagen«, hat er gesagt, »haben wir uns getroffen. Du hast mich gegrüßt – und ich habe dich gegrüßt. Sonst haben wir kein Wort verloren. Jetzt aber kannst du sagen, was dir am Herzen liegt.«
Da hat ihm der Hans alles erzählt: Vom Erbteil, das er durchgebracht hat, von der Sophie, die er gern hat und die auf ihn wartet.
»Jetzt weiß ich halt gar nicht, was ich angehen soll!«, hat der Hans gesagt. »Gelernt hab ich nichts. Können tu ich auch nicht viel. Also – was soll ich machen?«
»Hör zu«, hat da der Steinalte gesagt, »du bist in einer Nacht geboren

worden, wie wir sie vor zwei Tagen in dem armseligen Haus erlebt haben. Zu mehr wirst du es nicht bringen. Die Sophie aber ist in einer Nacht geboren worden, wie wir sie heute Nacht hier im Schloß erlebt haben. Ihr wird es künftig an nichts fehlen. Ich sehe, daß du sie gern hast, und ich weiß auch, daß sie dich mag und auf dich wartet. Geh wieder heim und heirate sie. Miteinander könnt ihr glücklich werden. Aber vergiß nie, daß du alles ihr zu verdanken hast. Wenn ihr zu Besitz und Wohlstand kommt, dann darfst du nie sagen, daß das dir gehört. Es ist das ihre.«

Der Hans hat dem Steinalten für seinen Rat gedankt. Dann hat er sich auf den Heimweg gemacht.

Wie er heimgekommen ist, da haben ihn gleich seine Brüder gefragt: »Wie geht es dir denn? Hast du etwas gelernt? Hast du es zu Wohlstand gebracht? Weißt du, was du jetzt tun willst?«

»Ja«, hat der Hans gesagt, »das weiß ich wohl. – Die Sophie will ich heiraten, wenn sie mich auch mag.«

»Du bist doch um nichts gescheiter geworden!«, haben seine Brüder da geschimpft, »die Sophie ist doch ein Dienstbote! Du, der Sohn vom Herrn, willst eine Magd heiraten. Das kann doch nicht dein Ernst sein!?«

»Doch«, hat der Hans gesagt, »es ist mein voller Ernst. Ich werde die Sophie gleich jetzt fragen, ob sie die Meine werden will.«

Wie der Hans um ihre Hand angehalten hat, da hat die Sophie von Herzen gern ja gesagt. Schon bald darauf haben die zwei Hochzeit gefeiert.

Die Zeit ist vergangen. Da hat die Sophie ein kleines Sacherl[2] geerbt. Arbeit über Arbeit hat es da gegeben. Aber die zwei haben fleißig zuge-

2 Sacherl = ein kleiner Bauernhof, ein kleines Anwesen

packt. So sind sie zu einem bescheidenen Wohlstand gekommen. Mit der Zeit haben sie da und dort noch ein Stück Grund dazukaufen können.

Einmal hat der Hans das Feld umgeackert. Da stößt der Pflug auf etwas Hartes. Der Hans gräbt nach. – Ein Topf mit Golddukaten kommt zum Vorschein. Da ist die Freude groß gewesen. Aber die Sophie hat schon darauf geschaut, daß der Hans nicht übermütig wird. Fleißig haben sie weiter am Hof gearbeitet und ein gutes Leben gehabt. Bald sind sie die reichsten Bauern weitum gewesen.

Einmal im Herbst hat der Hans draußen am Feld Kornmandln[3] aufgestellt. Da kommt ein Reiter daher. »Ist das ein prächtiger Besitz!«, hat der gesagt, »wem gehört denn der?«

Stolz hat sich der Hans aufgerichtet und gesagt: »Wem das gehört? – Mir gehört das alles!«

»Dir?«, hat der Reiter nachgefragt.

»Ja, mir!«

Da ist mit einem Mal ein Wind aufgekommen. Immer stärker ist der geworden. Wie ein Sturm hat er geblasen. Die Kornmandln sind wild durcheinandergewirbelt worden.

»Nein!«, hat der Hans da gerufen, »nicht mir gehört das alles, sondern meiner Frau, der Sophie! Ihr Besitz ist es!«

Da hat der Sturm wieder nachgelassen. Bald war es wieder so ruhig, als ob nichts gewesen wäre. Der Reiter war verschwunden.

Der Hans aber hat sein Lebtag nicht mehr vergessen, wem er das alles zu verdanken hat. Und wer weiß: Es gibt wohl mehr als den einen oder die andere hier im Land, die gar nicht wissen, wieviel Glück sie der eigenen Frau oder dem eigenen Mann zu verdanken haben.

3 Kornmandln = Getreidegarben, die pyramidenförmig wie kleine Männchen aufgestellt werden

VON STERBEN UND TOD

Wen nimmt der Todesengel mit?

Eine Schelmengeschichte vom Nasreddin Hodscha

Es ist einmal gewesen, und es ist doch keinmal gewesen, da ist der Nasreddin Hodscha im Sterben gelegen.

Seine Freunde und Verwandten sind um das Bett gestanden. Die Köpfe haben sie hängen gelassen. Gejammert haben sie, getrauert und den Hodscha trübselig angeschaut.

Da fängt der auf einmal zu lachen an. Ja, er biegt sich vor lauter Vergnügen.

»Hodscha, was ist mit dir!?«, hat da einer gefragt, »wir haben gedacht, du liegst im Sterben. Uns ist gewesen, als ob der Todesengel schon vor der Tür stehen würde – und dir ist zum Lachen!?«

»Auch mir ist der Todesengel in den Sinn gekommen«, hat der Hodscha gesagt, »aber dann hab ich euch angeschaut. Da ist mir eines klar geworden: Wenn der Todesengel kommt und euch sieht, dann nimmt er bestimmt lieber eine von euch Jammergestalten mit und läßt mich noch ein wenig leben.«

Der große und der kleine Weltuntergang

Eine Schelmengeschichte vom Nasreddin Hodscha

Es ist einmal gewesen, und es ist doch keinmal gewesen, da haben die Gelehrten untereinander furchtbar gestritten, wann denn der Weltuntergang kommt.

Hin und her ist der Streit gegangen. Aber alles Reden hat nichts genützt. Sie sind auf keinen grünen Zweig gekommen.

Schließlich hat einer gesagt: »Gehen wir doch zum Nasreddin Hodscha. Der ist ein weiser und gelehrter Mann. Bestimmt kann er uns weiterhelfen.«

Alle miteinander sind sie daraufhin zum Nasreddin gegangen und haben ihn gefragt: »Du bist ein weiser Mann. Wann, denkst du, wird der Weltuntergang kommen?«

»Welchen meint ihr?«, hat der Hodscha gesagt, »den kleinen? Oder den großen?«

»Erhabener«, haben die Gelehrten gestaunt, »gibt es denn gar zwei Weltuntergänge? – Das haben wir gar nicht gewußt. Meister, wir bitten dich, kläre uns auf.«

»Das ist ganz einfach«, hat der Hodscha gesagt, »der kleine Weltuntergang ist, wenn meine liebe Frau Fatimah, Gott schenke ihr ein langes Leben, stirbt. Der große Weltuntergang aber ist – wenn ich sterbe.«

Wo bringen sie ihn hin!?

Eine Schelmengeschichte vom Nasreddin Hodscha

Es ist einmal gewesen, und es ist doch keinmal gewesen, da ist der Nachbar vom Nasreddin gestorben.

Wie sie seinen Leichnam aus dem Haus getragen haben, hat seine Frau fürchterlich geklagt und gejammert:

»Ach, lieber Mann, wo bringen sie dich hin!? – In ein finsteres enges Haus, in dem es weder Matten noch Teppiche gibt, wo am Tag kein Sonnenstrahl hinkommt und in der Nacht keine Lampe leuchtet. In ein Haus ohne Speis und Trank, ohne Feuer und Ofen, voller Feuchtigkeit und Kälte.«

»Um Himmels willen«, hat der Hodscha da geschrien, »Frau, verriegel sofort die Tür. Sie bringen ihn zu uns!«

Vom Tränenkrug

Eine Sage aus Galizien

War es so, oder war es nicht so, und wäre es nicht so gewesen, dann könnte die Geschichte nicht so erzählt werden: Da hat in einem kleinen Dorf eine Frau gelebt. Die hat ein kleines Mädchen in die Welt gesetzt. Vor lauter Freude ist die Frau glückselig gewesen.

Bald nach der Geburt aber ist das Kind gestorben. Und so groß vorher die Freude gewesen ist, so viel größer war jetzt die Verzweiflung. Die arme Frau hat keine Ruhe mehr gefunden. Tag und Nacht hat sie geweint um ihre Tochter. Wochen und Monate ist das so gegangen.

Die Nachbarn haben schließlich zu der Frau gesagt: »Hör doch auf zu weinen! – Deine Tochter kommt nicht mehr zurück. Laß ihr lieber ihren Frieden.«

Die Leute haben nämlich gewußt, daß die Toten keine Ruhe finden, wenn die Lebenden gar zu viel um sie trauern. Jeder Tote hat einen Krug. Die Tränen der Lebenden sammeln sich darin. Je mehr die Lebenden also weinen, desto voller und desto schwerer wird der Krug.

Die Frau aber hat in ihrem Kummer gar nicht gehört auf die Nachbarn. Weiter hat sie um ihre Tochter gejammert und geheult – Tag für Tag.

Das Jahr ist vergangen. Weihnachten ist vor der Tür gestanden. Die Frau aber ist immer wieder hinausgegangen auf den Friedhof und hat am Grab von ihrer Tochter getrauert.

Zwischen der Wintersonnwende und Neujahr sind die Rauhnächte. In denen – so heißt es – zieht die Frau Percht mit den unschuldigen Kin-

dern über das Land. Die unschuldigen Kinder sind die, die gestorben sind, bevor sie noch einen Namen bekommen haben.
Einmal ist die Frau wieder spät am Abend auf dem Weg zum Grab ihrer Tochter gewesen. Da sieht sie die Frau Percht durch die Luft ziehen. Unheimlich und prächtig hat die Perchtmutter ausgeschaut. Im strahlenden Gewand mit wehenden Haaren ist sie dem Zug voran durch die Luft gezogen. Hinterdrein sind die unschuldigen Kinder in ihren Leinenhemden Hand in Hand dahinmarschiert.
Ganz am Schluß ist noch ein Kind dahergestolpert gekommen. Sein Leinenhemd ist durch und durch naß gewesen. Mit beiden Händen hat es einen großmächtigen Krug gehalten. Randvoll ist der gewesen. Immer wieder hat es sich angeschüttet.
Die Frau hat große Augen gemacht: Das ist ja ihr Kind!
»Ja, wie geht es dir denn!?«, hat sie es gefragt.
»Ach, Mutter«, hat das Kind da gejammert, »warum weinst du denn so viel um mich? – Siehst du denn nicht, daß ich den Krug kaum noch schleppen kann. Deine Tränen füllen ihn immer wieder an. Ich bitte dich: Hör auf mit deiner Weinerei!«
Da hat sich die Mutter die Tränen abgewischt und versprochen: »Hab keine Angst, mein liebes Patschwascherl. Jetzt, wo ich mit dir geredet habe, ist mir leichter. Du sollst deinen Frieden haben.«
Da hat sich die Frau Percht zu den zweien umgedreht und gesagt: »Patschwascherl!? – Du hast dein Kind Patschwascherl genannt. So hat es jetzt einen Namen bekommen und ist erlöst.«
Jetzt ist die Mutter umso glücklicher gewesen. Oft hat sie noch an ihr liebes Patschwascherl gedacht – voller Freude. Sie hat ja gewußt, daß ihrem Kind in der anderen Welt jetzt nichts mehr fehlt, daß es erlöst ist.

Von den drei Hasen am Himalaya

Eine Überlieferung aus Indien

Vor langer, langer Zeit, war's gestern oder war's heut, da haben am Fuß vom mächtigen Himalaya-Gebirge drei Hasen gelebt. Der erste Hase ist braun gewesen. Der zweite war wohl auch braun, hat aber weiße Flecken gehabt. Der dritte ist ganz und gar weiß gewesen. Deshalb hat er Schnee geheißen.

Die drei Hasen haben sich fest vorgenommen, durch ein frommes und aufrichtiges Leben die Wiedergeburten hinter sich lassen und in die Ewigkeit eingehen zu können.

Lange hat der Weltenvater, der über den Wolken wohnt, dem Leben und Treiben der drei Hasen zugeschaut. Das, was er gesehen hat, hat ihm wohl gefallen. Trotzdem wollte er sie noch einmal prüfen. Deshalb hat der Weltenvater zu Chandra, dem Mond, gesagt: »Steig heute abend nieder auf die Erde. Geh zum Fuß vom Himalaya und bitte einen jeden von den drei Hasen in meinem Namen um ein Nachtmahl.«

Der Mond hat sich gleich auf den Weg gemacht. Am Abend ist er niedergestiegen auf die Erde. Bei der Höhle vom braunen Hasen hat er zuerst angeklopft.

»Was willst du?«, hat ihn der braune Hase gefragt.

»In Gottes Namen bitte ich um ein Nachtmahl.«

Der braune Hase ist gerade beim Essen gewesen. »Setz dich zu mir!«, hat er gesagt. Alles, was aufgetischt gewesen ist, hat er mit Chandra, dem Mond, geteilt. Die zwei haben es sich gut schmecken lassen.

Dann ist Chandra weitergezogen. Als nächstes hat er bei der Höhle vom braunen Hasen mit den weißen Flecken geklopft.
»Was willst du?«, hat ihn der gefragt.
»In Gottes Namen bitte ich um ein Nachtmahl.«
Der braune Hase mit den weißen Flecken hat den ganzen Tag gebetet und gefastet gehabt. Wie hätte er da an das Essen denken sollen? Das bißchen, das im Haus gewesen ist, hat kaum für einen gereicht. So hat er alles dem Mond gegeben und selber nicht einen Bissen davon genommen. Chandra hat ihm dafür gedankt und ist weitergezogen.
Bei der Höhle vom weißen Hasen Schnee hat der Mond lange klopfen müssen. Der weiße Hase ist nämlich tief ins Gebet versunken gewesen. Endlich hat er das Klopfen gehört. Da ist er schnell aufgesprungen, hat die Tür aufgemacht und den Mond freundlich hereingebeten.
»Verzeih mir, mein lieber Freund, daß du hast warten müssen«, hat der weiße Hase zum Mond gesagt, »sag, was kann ich für dich tun?«
»In Gottes Namen bitte ich um ein Nachtmahl.«
Da ist der weiße Hase Schnee furchtbar erschrocken. Seit Tagen hat er sich ganz dem Beten und Fasten hingegeben gehabt. Wie er jetzt nach etwas Eßbarem gesucht hat, da hat er nichts, aber auch gar nichts gefunden.
»Ich sehe, daß du nichts im Haus hast«, hat der Mond gesagt, »da will ich dir nicht zur Last fallen.« Gleich wollte er weiterziehen.
Der weiße Hase Schnee aber hat daran gedacht, daß in den heiligen Büchern geschrieben steht: Wer seinen Gast nicht beherbergt und ihm nichts zu essen gibt, der hat umsonst gebetet. Deshalb hat er zum Mond gesagt: »Warte! Mir ist gerade eingefallen, daß ich doch etwas habe, das ich dir anbieten kann.«
Daraufhin hat der Hase Schnee ein Feuer angezündet und den Mond gefragt: »Macht es dir etwas aus, Fleisch zu essen?«

»Nein«, hat Chandra gesagt, »ich sehe, daß du in großer Verlegenheit bist. Darum ist mir alles, was du mir anbietest, recht.«
»Gut!«, hat der Hase Schnee gesagt, »ich werde mich jetzt ins Feuer stürzen. Dann kannst du mein Fleisch essen.«
»Nein!«, hat der Mond entsetzt geschrien, »nie und nimmer!«
Aber der weiße Hase Schnee hat sich geschüttelt, damit alle kleinen Tiere aus seinem Fell herausgefallen sind und nicht mit ihm haben sterben müssen – und ist ins Feuer gesprungen. So ist er ohne einen Schmerzenslaut gestorben.

Chandra, der Mond, ist entsetzt gewesen. Auf der Stelle ist er hinaufgelaufen in den Himmel. Dort ist der weiße Hase Schnee schon im Schoß vom Weltenvater gesessen und hat ihn freundlich angeschaut.
»Schau dir diesen Hasen an«, hat der Weltenvater zum Mond gesagt, »er ist gestorben, damit sein Gast etwas zu essen bekommt.«
»Ja«, hat der Mond gesagt, »und deshalb bitte ich dich, mächtiger Weltenvater: Gib ihn mir zum Freund und Gefährten!«
Wirklich ist es so geschehen. – Glaubst du es aber nicht, dann schau hinauf zum Himmel. Seither sieht man nämlich immer, wenn der Mond groß und rund am Himmel steht, mitten drin seinen Freund, den weißen Hasen Schnee sitzen.

Dieses Märchen wurde der Märchenerzählerin Sigrid Früh von einem Inder erzählt. Sie war freundlicherweise mit dem Abdruck in dieser Sammlung einverstanden.

Vom Tod, der gestorben ist

Eine Überlieferung aus dem Burgenland

Vor langer, langer Zeit, war's gestern oder war's heut, da ist es dem Tod einmal sehr schlecht gegangen. Er hat furchtbar Bauchweh gehabt. So hat er schließlich einen Doktor rufen lassen. Der hat ihn untersucht und gesagt: »Du hast eine Blinddarmentzündung. Da muß ich dich operieren!«

»Wenn sonst nichts hilft, dann will ich mich gern operieren lassen«, hat der Tod gesagt, »aber sorge dafür, daß ich wieder gesund werde. Es gibt viel zu tun für mich.«

»Das könnte dir so gefallen, wieder gesund zu werden!«, hat der Doktor zu sich selber gesagt, »lieber lasse ich dich sterben. Die Menschheit wird es mir danken. Bestimmt werde ich dann als der größte aller Ärzte gefeiert. Wer könnte sonst von sich behaupten, daß er den Tod aus der Welt geschafft hätte?«

So hat der Doktor bei der Operation dafür gesorgt, daß der Tod stirbt. An Blinddarmentzündung.

Mit dem Tod ist es jetzt aus gewesen. Der Doktor aber war glückselig: Es gibt keinen Tod mehr! Kein Mensch braucht mehr zu sterben!

Vergnügt hat er sich auf den Heimweg gemacht. Die anderen Patienten sollen ruhig warten. Es stirbt ja doch keiner mehr.

Auf dem Weg ist ihm ein Mann mit einer Sense begegnet. Der hat ihn aufgehalten: »Grüße Sie, Herr Doktor. Sagen Sie, wie geht es denn meinem Vater?«

»Welchem Vater?«, hat ihn der Doktor gefragt.

»Na, dem Tod!«

»Der Tod!? – Der ist gerade gestorben.«

»Gott sei Dank!«, hat da der Mann gerufen, »endlich kann ich in seine Fußstapfen treten und bekomme auch etwas zu tun!«

Vergnügt ist er auf und davon gelaufen und hat die Sense geschwungen. Dem Doktor aber ist das Lachen vergangen. Der Tod ist zwar tot gewesen und ist auch tot geblieben. Seit der Zeit aber holt der Bub vom Tod die Menschen und bringt sie in die andere Welt.

Vom goldenen Schwalbennest

Ein Kärntner Volksmärchen

Vor langer, langer Zeit, war's gestern oder war's heut, da haben einmal ein Mann und eine Frau gelebt. Die zwei haben ein zufriedenes Leben geführt. Wie die Frau vom Hauptmann auch noch schwanger geworden ist, ist das Glück umso größer gewesen.

Zu der Zeit ist aber ein Krieg ausgebrochen. Der Mann ist Hauptmann gewesen beim Militär. So hat er einrücken müssen an die Front. Die Frau ist alleine zurückgeblieben. Bald darauf hat sie einen Buben in die Welt gesetzt.

Wochen, Monate und Jahre sind vergangen. Der Krieg hat sich in die Länge gezogen, und der Bub vom Hauptmann ist ohne Vater groß geworden. Schließlich ist er fast schon ein Mann gewesen. Da hat er zu seiner Mutter gesagt: »Liebe Mutter, wer weiß, wann mein Vater zurückkommt! Der Krieg ist ein gefährliches Geschäft. Jeden Tag kann den Vater eine Kugel treffen. Ich will mich aufmachen und ihn suchen. Denn es ist hoch an der Zeit, daß ich ihn kennenlerne.«

Die Mutter hat dem Burschen nichts in den Weg gelegt. »Gott soll dich segnen, mein lieber Sohn«, hat sie gesagt, »dein Weg ist weit und gefährlich. Paß gut auf dich auf und versprich mir, daß du nie einen Bartlosen als deinen Diener aufnimmst.«

Das hat ihr der Bursch leichten Herzens versprochen und sich aufgemacht zu seinem Vater.

Wie er durch die Welt gezogen ist, hat er überall nach der Kompanie von seinem Vater gefragt. Die einen haben ihn dahin geschickt, die anderen dorthin.

Auf seinem Weg ist ihm auch ein bartloser Bursche untergekommen. Die zwei haben sich gut verstanden. Schließlich hat er ihn sogar als Diener angenommen. An das Versprechen, das er seiner Mutter gegeben gehabt hat, hat er gar nicht mehr gedacht.

Einmal sind der Bub vom Hauptmann und der Bartlose zu einem Brunnen gekommen.

»Hab ich einen Durst!«, hat der Bub vom Hauptmann gesagt. Gleich wollte er trinken. Aber der Brunnen ist tief gewesen. Nur ganz unten im Schacht war ein wenig Wasser zu sehen.

»Am besten wird es sein, Herr, wenn ich dich an einem Seil hinunterlasse!«, hat der Bartlose gesagt und ein Seil ausgepackt. Er hat es oben am Brunnenrand festgehalten. Und der Bub vom Hauptmann hat sich in den Brunnenschacht hinab abgeseilt. Viel Wasser hat er auch unten nicht gefunden. Schließlich wollte er wieder hinaufkraxeln.

»Halt«, hat da der Bartlose gesagt, »du kommst mir nicht mehr herauf. Es sei denn, du schwörst, daß du mich bei deinem Vater als seinen Sohn vorstellst und dich als meinen Diener. Versprich mir, daß du – solange du lebst – nichts anderes behaupten wirst.«

Was ist dem Burschen da anderes übriggeblieben? Wer möchte schon elendiglich zugrunde gehen in einem Brunnenschacht? – So hat er alles, was der Bartlose von ihm verlangt hat, bei seinem Leben beschworen.

Weiter sind sie gezogen, die zwei, und schließlich zu der Einheit vom Hauptmann gekommen. Dort hat ihn der Bartlose als seinen lieben Vater umarmt. Der Bursch aber, der wirklich der Sohn vom Hauptmann gewesen ist, hat alle Arbeiten erledigen müssen. Besonders die, für die sich der Bartlose zu gut gewesen ist. Jetzt hat der Bursch oft an den Rat seiner Mutter gedacht. Aber was hat es geholfen? – Jetzt ist es zu spät gewesen.

Einmal hat der Bursch den Hauptmann rasieren müssen. Dabei hat er kurz gezuckt – und den Hauptmann geschnitten. »Au weh!«, hat der geschrien.

Da ist der Bartlose wild geworden: »Willst du meinen Vater umbringen, du Tolpatsch?«, hat er geschimpft und ihm eine Watsche[1] gegeben.

»Laß es gut sein«, hat der Hauptmann gesagt, »so ein kleiner Schnitt – das kann passieren!«

»Verzeiht, Herr«, hat sich der Bursche entschuldigt, »Ihr müßt wissen, ich verstehe alles, was die Vögel miteinander reden. Gerade hab ich zugehört, wie im Kamin das Spatzenmandl zum Spatzenweibchen gesagt hat: ›Schau her! Ich bringe dir goldene Haare für das Nest. Sie stammen von der Prinzessin weit über dem Meer.‹ Darauf hat das Spatzen-Weiberl geschimpft: ›Du bist nicht dagewesen, wie ich dich gebraucht hätte. Drum kannst du mir auch jetzt gestohlen bleiben.‹ Wie ich das gehört habe, da habe ich gezuckt – und Euch geschnitten.«

Auf das hinauf sind der Bartlose und der Hauptmann neugierig geworden. Sie haben in den Kamin geschaut. Wirklich ist da ein Spatzennest gewesen. Das war ganz aus goldenen Haaren geflochten. Diese goldenen Haare sind dem Bartlosen nicht mehr aus dem Sinn gegangen.

»Wenn die Haare schon so schön sind, wie schön muß dann erst die Prinzessin sein!?«, hat er gesagt. Schließlich hat er seinen Diener fortgeschickt: »Zieh zu der Prinzessin mit den goldenen Haaren!«, hat er zu ihm gesagt, »halte bei ihr für mich um ihre Hand an. Wehe, wenn du ohne sie zurückkommst.«

1 Watsche = Ohrfeige

Der Bursch hat sich also aufgemacht. Am Weg ist er zu einem Brunnen gekommen und wollte trinken. Er hat sich über den Brunnenrand gebeugt. Gleich ist ihm wieder in den Sinn gekommen, was beim Brunnen geschehen ist. In seinem Kummer hat er bitterlich zu weinen angefangen. Die Tränen sind ihm über die Wangen geronnen und in den tiefen Schacht gefallen. Mit einem Mal hört er da ein Krachen.

Drunten im Brunnen ist seit hundert Jahren ein blinder Drachen gelegen. Dem sind die Tränen auf die Augen getropft. Auf diese Weise ist er von seiner Blindheit erlöst worden.

Der Drache hat sich aufgerichtet und den Burschen gefragt: »Was hast du denn? Warum weinst du?«

Da hat ihm der Bursche die ganze Geschichte erzählt. »Und jetzt soll ich für den Bartlosen bei der Prinzessin mit den goldenen Haaren um ihre Hand anhalten«, hat er gesagt.

»Das ist alles andere als einfach«, hat der Drache gesagt, »die Prinzessin wohnt weit über dem Meer. Bestehen kannst du nur, wenn du dreißig Männer mitnimmst. Von denen muß einer dem anderen aufs Haar gleichen.«

Da ist der Bursche wieder zurückgeritten zum Hauptmann. »Ich bitte Euch, Herr«, hat er gesagt, »gebt mir dreißig Männer mit, die sich ganz und gar gleichschauen. Nur so kann ich die Prinzessin erringen.«

Der Hauptmann wollte ihm die Leute auf der Stelle mitgeben. Aber es ist alles andere als einfach gewesen, dreißig Soldaten zu finden, die sich gleichen wie ein Ei dem anderen. Lange hat es gedauert, bis die dreißig beisammen gewesen sind. Endlich haben sie sich auf den Weg machen können.

Tage und Wochen sind sie dahingeritten. Auf ihrem Weg sind sie Ameisen begegnet. Die sind emsig kreuz und quer über die Straße gelaufen.

»Paßt auf, daß ihr mir keine Ameise niedertretet«, hat der Bursche gesagt. Vorsichtig sind sie vorbeigeritten.
»Ich danke dir«, hat da der Ameisen-König zu ihm gesagt, »du hast Rücksicht genommen auf uns. Darum will ich dir auch helfen. Nimm diese Feder. Verbrenne sie, wenn du in Not bist – und wir werden dir zu Hilfe kommen.«
Wie sie weitergezogen sind, haben sie in einem Wald ein Krächzen gehört. Ein Adler hat sich im Dickicht verfangen gehabt.
Der Bursche und die Soldaten haben ihm herausgeholfen. »Ich danke euch«, hat der Adler gesagt, »nehmt diese Feder. Wenn ihr sie verbrennt, werde ich euch auf der Stelle zu Hilfe kommen.«
Weiter sind sie geritten – und schließlich ans Meer gekommen. Dort ist ein großmächtiger Fisch am Ufer gelegen und hat verzweifelt nach Luft geschnappt. Den haben sie zurückgeworfen ins Wasser.
Auch der Fisch hat ihnen gedankt und dem Burschen eine Schuppe geschenkt.
»Verbrenne sie, wenn du Hilfe brauchst«, hat der Fisch gesagt, »dann komme ich dir zu Hilfe.«

Weiter sind der Bursch und die dreißig Soldaten dahingezogen. In einem Hafen sind sie an Bord gegangen und auf einem Schiff über das Meer gesegelt.
Die Fahrt über das Meer hat schier kein Ende genommen. Endlich sind sie zu der Prinzessin mit den goldenen Haaren gekommen. Wie der Bursch aber um ihre Hand angehalten hat, da ist sie ganz und gar nicht bereit gewesen, mir nix dir nix mit ihnen zu ziehen.
»Wenn ich mit euch kommen soll, dann müßt ihr zuerst zeigen, was ihr könnt – und drei Aufgaben bestehen«, hat die Prinzessin gesagt. »Geht

in den Schloßhof. Dort liegt haufenweise das Getreide herum – Weizen, Roggen, Gerste, Hafer. Alles ist wild durcheinandergemischt. Klaubt mir die Körner auseinander. Wenn ihr das bis Sonnenuntergang schafft, dann habt ihr die erste Aufgabe bestanden.«

»Selbst wenn wir zehnmal so viele Leute wären, wäre es unmöglich, die vielen Körner bis zum Abend auseinanderzuklauben«, hat der Bursche zu den anderen gesagt. »Was sollen wir also tun?«

Aber dann sind ihm die Ameisen eingefallen. Er hat die Feder verbrannt – und bald darauf hat es im Getreide vor Ameisen nur so gewurlt. Tausend und abertausend Ameisen haben Korn für Korn auseinandergetragen – ein jedes Korn auf den richtigen Platz.

Am Abend ist das ganze Getreide Haufen für Haufen fein säuberlich sortiert gewesen. Die Prinzessin hat große Augen gemacht. »Diese Aufgabe habt ihr bestanden«, hat sie gesagt. »Morgen sollt ihr mir meinen Ring wiederbeschaffen. Den habe ich beim Baden im Meer verloren.«

Am nächsten Tag sind der Bursch und die Soldaten zum Strand gegangen. Hoch sind die Wellen hereingekommen. Wie sollen sie in dem tiefen Wasser und bei der rauhen See den Ring jemals finden?

Da ist ihm der Fisch in den Sinn gekommen – und er hat die Schuppe verbrannt. Bald darauf ist der Fisch dahergeschwommen gekommen.

»Wir brauchen deine Hilfe«, hat der Bursch gesagt, »weißt du, wo der Ring zu finden ist?«

Der Fisch ist wieder untergetaucht. Bald darauf ist er mit seinem Weibchen wiedergekommen. Sie hat den Ring geschluckt gehabt. Jetzt hat sie ihn im hohen Bogen an das Ufer gespuckt.

Die Prinzessin hat es kaum glauben können, wie ihr der Bursch den Ring gebracht hat. »Gut, gut. Auch das hast du also geschafft«, hat sie zu ihm gesagt. »Aber eine Aufgabe mußt du noch bestehen. Bring mir in diesen zwei Flaschen das Wasser des Lebens und des Todes. Schaffst du das, dann will ich mit euch fortziehen und deinen Herrn heiraten. Aber solange das Wasser des Lebens und das Wasser des Todes nicht da sind, lasse ich jeden Tag einem von euch den Kopf abschlagen. Das Los entscheidet, wer drankommt!«

Da ist guter Rat teuer! Was soll er jetzt tun? – Lange hat er überlegt. Schließlich ist ihm der Adler in den Sinn gekommen – und er hat die Feder verbrannt.

Gleich darauf ist der Adler auch schon neben ihm gelandet. »Weißt du, wo das Wasser des Todes und das Wasser des Lebens zu finden ist?«, hat ihn der Bursch gefragt. »Und kannst du es für mich holen?«

»Wo es zu finden ist, weiß ich«, hat der Adler gesagt, »bringen kann ich es dir auch. Aber das wird wohl lange dauern!«

»Dann pack diese zwei Flaschen und flieg zu!«, hat der Bursch gesagt, »diesmal geht's um unser Leben!«

Mit mächtigen Flügelschlägen ist der Adler durch die Luft auf und davon.

Tag um Tag ist vergangen. Ein Soldat nach dem anderen hat dran glauben müssen. Immer wenn das Los den Burschen getroffen hat, hat sich ein Soldat den Kopf statt ihm abschlagen lassen. Sie sind ja nicht zu unterscheiden gewesen. Sehnsüchtig hat der Bursch immer wieder hinausgeschaut aufs Meer. Vom Adler ist nichts zu sehen gewesen. Schließlich ist der dreißigste Tag gekommen.

Zeitig in der Früh ist der Bursch aufgestanden und hinausgegangen zum Strand. Die Sonne geht auf. Vom Adler ist weit und breit nichts zu sehen.

»Jetzt ist alles umsonst gewesen«, hat der Bursch zu sich selber gesagt und den Kopf hängen lassen.

Aber was glänzt denn da im Licht der aufgehenden Sonne? – Der Adler kommt. In jeder Pratze hält er eine Flasche. In der einen ist das Wasser des Todes, in der anderen das Wasser des Lebens. Voller Freude hat der Bursche die Flaschen zu der Prinzessin gebracht.

»Na, wir werden gleich sehen, ob das Wasser etwas taugt«, hat sie gesagt. In einer langen Reihe sind die dreißig Soldaten mit den abgeschlagenen Köpfen gelegen. Sie hat die Köpfe mit dem Wasser des Todes bestrichen. Da sind sie wieder angewachsen. Dann hat sie sie mit dem Wasser des Lebens bespritzt. Da sind sie wieder lebendig geworden.

»Wohlan«, hat der Bursche gesagt, »damit hätten wir auch die dritte Aufgabe bestanden.«

»Ja«, hat die Prinzessin gesagt, »du hast gezeigt, daß du mehr kannst als alle anderen. So will ich denn mit euch ziehen.«

Wie der Bartlose die Prinzessin mit den goldenen Haaren gesehen hat, da ist er vor Freude außer sich gewesen. Diese wunderschöne Jungfrau soll die seine werden!?

Gleich hat er alles für die Hochzeit rüsten lassen. Sein Bursche, der wirkliche Sohn vom Hauptmann, ist derweil traurig im Stall gesessen.

»Warum habe ich nur nicht auf meine Mutter gehört?«, hat er zu sich selber gesagt. »Mein ganzes Leben ist verpfuscht.« Und er hat bitterlich geweint.

Der Bartlose hat sich wohl gefreut auf die Hochzeit. Im nächsten Moment ist er aber nachdenklich geworden: »Wer weiß«, hat er sich gesagt, »ob der Bursche nicht doch einmal erzählt, daß ich ihn dazu gezwungen habe, mich als den Sohn vom Hauptmann auszugeben und mein Diener zu werden. Dann ist es aus mit meinem Glück. Am Ende werde ich gar vor Gericht gestellt und hingerichtet.«

Lange ist ihm das durch den Kopf gegangen. – Dann hat er seinen Säbel gepackt, ist hinuntergeschlichen in den Stall und hat dem Burschen von hinten den Kopf abgeschlagen.

Beim Hochzeitsfest ist es hoch hergegangen. In all dem Trubel hat die Prinzessin mit den goldenen Haaren immer wieder nach dem Burschen gefragt, der so kühn war und die drei Aufgaben gelöst hat.

»Wer weiß, wo sich der herumtreibt«, hat der Bartlose gesagt. Der Prinzessin hat es aber keine Ruhe gelassen. Schließlich hat sie selber nach ihm gesucht. Und wo findet sie ihn: im Stall! – Maustot liegt er da.

»Holt mir das Wasser des Todes und das Wasser des Lebens!«, hat sie zu den Dienern gesagt.

Dann hat sie ihn zuerst mit dem einen, dann mit dem anderen angespritzt. Und im nächsten Moment ist er wieder quicklebendig gewesen.

»Die schwierigsten Aufgaben hast du bestanden – und jetzt bist du doch um den Kopf gekommen«, hat sie zu ihm gesagt.

»Ja«, hat er gesagt, »aber dafür kann ich jetzt sagen, wie sich alles wirklich zugetragen hat!« Ein Leben lang hat er den Schwindel vom Bartlosen nicht aufdecken dürfen. Für das neue Leben hat der Eid nicht mehr gegolten. So hat er haargenau erzählt, wie sich alles zugetragen gehabt hat. Zuerst hat ihm keiner so recht glauben wollen. Dann aber hat er seine Mutter kommen lassen. Die hat ihn sofort als ihren lieben Sohn erkannt. Da ist der Bartlose auf der Stelle verhaftet und dem Gericht übergeben worden.

Der Bursche aber hat noch am gleichen Tag die Prinzessin mit den goldenen Haaren geheiratet. Ihn hat sie wirklich gern gehabt. Viel besser hat er ihr gefallen als der Bartlose. Ist das ein Fest gewesen! – Dann haben sie noch lange und gut gelebt. Glücklich sind sie auch gewesen – und wenn sie nicht gestorben sind, dann leben sie wohl heute noch.

…

DAS KANN DOCH NICHT ALLES GEWESEN SEIN

Vom Sonnenbaum

Eine Überlieferung der transsilvanischen Zigeuner

Vor langer, langer Zeit, war's gestern oder war's heut, da ist einmal ein König gewesen. Der hat mit seiner Frau eine Tochter gehabt. Die Prinzessin ist wunderschön gewesen. So hat es an nichts gefehlt. Alle sind sie glücklich gewesen.

Einmal aber ist die Königin krank geworden. Immer schlechter ist es ihr gegangen. Schließlich ist sie im Sterben gelegen. Da hat sie zum König gesagt: »Mein lieber Mann, mit mir geht es zu Ende. Eine letzte Bitte habe ich noch: Gib unsere Tochter nur dem zur Frau, der dir vom Sonnenbaum einen Zweig bringt. Das kann aber nur ein einäugiger Mann schaffen. – Versprich mir, daß du mir diesen Wunsch erfüllst.« Der König hat ihr das unter Tränen hoch und heilig versprochen.

Kaum, daß die Königin begraben gewesen ist, da hat er im ganzen Land verkünden lassen: »Der Einäugige, der mir vom Sonnenbaum einen Zweig bringt, soll meine Tochter zur Frau bekommen«.

Welcher Einäugige hätte nicht gern die schöne Prinzessin geheiratet? – So haben sich viele aufgemacht. Aber keiner von den Einäugigen ist zurückgekommen.

Der letzte, der sich auf den Weg gemacht hat, ist der Sohn von einer armen Witwe gewesen.

»Bleib da, mein lieber Sohn«, hat sie zu ihm gesagt, »wer weiß, wie viele schon in ihr Verderben gerannt sind. Kein Mensch ist vom Sonnenbaum zurückgekommen. Es zerreißt mir das Herz, wenn ich mitanschauen muß, daß auch du auf Nimmerwiedersehen fortziehst.« Der

Bursch hat sich von dem Klagen und Jammern seiner Mutter aber nicht aufhalten lassen. Was ist ihr da übriggeblieben? – So hat sie ihm schließlich den letzten Laib Brot und alle guten Wünsche mit auf den Weg gegeben. Unverzagt ist er losgezogen.

Etliche Tage ist der einäugige Bursch dahinmarschiert. Durch den Wald ist er hinaufgestiegen in ein mächtiges Gebirge. Da hört er zwischen den Felsen ein klägliches Krächzen. Er schaut auf. Auf einem Wiesenstück liegt ein Adler. Der ist schwer verletzt und halb verhungert. Der Einäugige hat gleich einen Stein aufgehoben, um den Adler durch einen schnellen Tod von seinem Leiden zu erlösen. Da hat der Adler aber mühsam seinen Kopf gehoben und ihn angeredet: »Tu mir nichts zuleide und verschone mich! – Wenn du mir zu essen und zu trinken gibst, damit ich wieder gesund werde, dann wirst du es nicht bereuen. Meine Macht ist groß. Bestimmt kann ich dir einen Dienst erweisen.«

»Wie willst du mir schon helfen!?«, hat der Bursch gesagt. »Ich bin am Weg zum Sonnenbaum und will von dort einen Zweig holen.«

»Dann kannst du sicher sein, daß du den überhaupt nur mit meiner Hilfe bekommst!«, hat der Adler gesagt. »Der Sonnenbaum wird nämlich von vier weißen Hunden bewacht. Ihre Augen sprühen Blitze, und ihr Bellen kracht wie Donner. Kein Mensch kommt an ihnen vorbei. Nur der Sonnenkönig selber kann einen Zweig vom Sonnenbaum brechen. Das tut er aber bestimmt nur dann, wenn du ihm einen großen Dienst erweist.«

»Wie soll ich denn dem Sonnenkönig einen Dienst erweisen!?«

»Indem du mir hilfst!«, hat der Adler gesagt. »Ich bin der Adler vom Sonnenkönig. Mich hat er fortgeschickt, um die jüngste Tochter vom Nebelkönig zu rauben. Sie ist die schönste Fee der Welt. – Aber leider haben sie mich erwischt und schwer verletzt. Jetzt will mir mein Herr nicht helfen, damit keiner erfährt, daß er mich ausgeschickt hat. Wenn

du mir aber hilfst, dann können wir die Tochter vom Nebelkönig miteinander entführen. Dieser Dienst ist meinem Herrn wohl einen Zweig vom Sonnenbaum wert.«
Da hat der Einäugige nicht lange überlegt. Er hat dem Adler zu fressen und zu trinken gegeben und die Wunden, so gut er nur gekonnt hat, verbunden. Neun Tage hat er den Adler gehegt und gepflegt. Dann ist der Adler kräftig genug gewesen und hat wieder fliegen können. Am zehnten Tag hat er zum Einäugigen gesagt: »Steig auf meinen Rücken. Wir fliegen jetzt in das Reich vom Nebelkönig.«
So hat sich der Bursch auf den Rücken vom Adler gesetzt. Mit mächtigen Flügelschlägen ist es hoch hinauf in die Lüfte gegangen und auf und davon. Viele tausend Meilen sind sie geflogen, bis sie schließlich in das Land vom Nebelkönig gekommen sind. Ein großmächtiger Baum ist dort gestanden. Von ihm sind in einem fort dicke Regentropfen herabgefallen.
»Schau nur«, hat der Adler gesagt, »dort vorne steht der Baum vom Nebelkönig. »Wenn er an seinem Baum rüttelt, dann regnet es auf der Erde. Auf diese Weise will er meinen Herrn, den Sonnenkönig, vertreiben. Wenn er es aber gar zuviel regnen läßt, dann werden die vier weißen Hunde, die den Sonnenbaum bewachen, wild. Sie fangen an zu bellen und mit den Augen zu funkeln. So kommt es, daß es auf der Erde donnert und blitzt.«
Langsam hat sich der Adler hinuntergleiten lassen. Sacht sind sie gelandet. »Hör zu«, hat der Adler darauf zum Burschen gesagt, »ich werde dich jetzt in eine goldene Schlange verwandeln. Ich selbst verstecke mich dort hinter dem Gestrüpp. Du aber kriechst als Schlange zu den drei Töchtern vom Nebelkönig. Sie sitzen dort vorn unter dem Baum. Die jüngste ist nicht nur die schönste, sondern auch die neugierigste und

die mutigste von den Dreien. Bestimmt wird sie dich fangen wollen. Du brauchst dann nur zum Gestrüpp hinkriechen. Alles weitere ist meine Sache.« Der Adler hat den Einäugigen daraufhin dreimal angespuckt. Im nächsten Moment ist dort, wo gerade noch der Bursche gestanden ist, eine goldene Schlange gelegen. Geschwind ist sie durch die Wiese zum Baum hingeglitten. Dort sind wirklich drei wunderschöne Feen gesessen.

Kaum, daß die jüngste von den Dreien die Schlange gesehen gehabt hat, da ist sie auch schon aufgesprungen und der Schlange nachgerannt. »Eine goldene Schlange!» hat sie gerufen, »die muß ich haben!«.

Die Schlange aber ist, so schnell sie nur gekonnt hat, zum Gestrüpp hingeglitten.

»Jetzt hab ich dich!«, hat die Fee gerufen und sich hineingestürzt in das Gestrüpp. In dem Moment hat sie der Adler aber auch schon gepackt mit der einen Kralle. Mit der anderen hat er die Schlange mitgenommen und husch! ist es auf und davon gegangen.

Im ersten Schrecken ist die Fee ganz starr gewesen. Dann hat sie geweint vor Angst. Wie sie aber in das Reich vom Sonnenkönig gekommen sind, und wie sie das goldene Land im lichten Sonnenschein gesehen hat, da ist ihr wieder leicht geworden ums Herz.

Schließlich sind sie vor dem Thron vom Sonnenkönig gelandet. Der ist herabgestiegen vom hohen Sessel und hat sich vor der Urme[1] verneigt. »Verzeih mir, schöne Jungfrau, daß ich dich auf diese Weise entführen habe lassen«, hat er zu ihr gesagt, »mein Herz ist schon lange in Liebe zu dir entbrannt. Dein Vater aber hat mich immer wieder schroff abgewiesen. Aber jetzt bist du da, und ich bitte dich um deine Hand.« Der Fee hat

1 Die Urme ist in den Überlieferungen der transsilvanischen Zigeuner eine andere Bezeichnung für eine Fee.

der Sonnenkönig gut gefallen. So hat sie ihm gerne das Ja-Wort gegeben. Der Adler hat die Schlange daraufhin wieder dreimal angespuckt. Da ist aus ihr wieder der Bursch geworden. Wunderschön ist er jetzt gewesen, viel schöner als früher. Nur: Er hat halt gerade ein Auge gehabt.
»Was will denn der hier?«, hat der Sonnenkönig gefragt. »Herr«, hat der Adler gesagt, »ohne seine Hilfe hätte ich die Tochter vom Nebelkönig nie und nimmer für Euch entführen können. Ihm habt Ihr Euer Glück zu verdanken.« Darauf hat er dem Sonnenkönig die ganze Geschichte erzählt.
»Du hast mir wirklich einen großen Dienst erwiesen«, hat der Sonnenkönig darauf zum Einäugigen gesagt, »gibt es etwas, was ich für dich tun kann?« – »Herr, alles was ich mir wünsche, wäre ein Zweig vom Sonnenbaum.« – »Den sollst du haben«, hat der Sonnenkönig gesagt und hat ihm einen Zweig vom Sonnenbaum abgebrochen. Die Blätter von dem Zweig sind wie kleine Sterne gewesen. Die Blüten waren Sonnen und Monde. Alles hat gefunkelt und geglänzt.
Der Adler hat den Einäugigen daraufhin wieder zurückgebracht auf die Erde. Dort hat der König große Augen gemacht, wie der einäugige Bursch vor ihn hingetreten ist. »Was willst du!?«, hat der König gesagt.
»Ich bring Euch das, was Ihr wolltet!«, hat der Bursch gesagt und den Zweig vom Sonnenbaum hervorgeholt. Jetzt hat es mit einem Mal im ganzen Schloß geleuchtet, als ob tausend und abertausend Kerzen brennen würden. Der König und die anderen Leute im Schloß haben die Pracht kaum fassen können.
»Ja«, hat der König gesagt, »du bist wert, daß du meine Tochter zur Frau bekommst.« Dann hat der König den Zweig vom Sonnenbaum genommen und ist damit zum Grab von der Königin gegangen. Dort hat er ihn mitten in die Erde gesteckt. Der Zweig hat ausgetrieben. Ein

Glänzen, ein Funkeln und ein Leuchten ist es gewesen, daß es kaum zu beschreiben ist. Und – was für ein Wunder!

Mit einem Mal ist die Königin wieder aus dem Grab herausgekommen. So frisch und so munter ist sie gewesen, wie zu Lebzeiten. War das eine Freude!

Von jetzt an hat niemand mehr im Land sterben müssen. Denn eine jede Frau und ein jeder Mann ist durch den Zweig vom Sonnenbaum wieder zurückgeholt worden ins Leben. Alle haben sie noch glücklich und zufrieden weitergelebt.

Und wenn ich meinen Tod spüre, dann werde ich wohl auch in das Land gehen und von dort wieder gesund und voller Kraft zurückkommen.

Von den Wunschhemden

Eine Überlieferung aus dem oberösterreichischen Mühlviertel

Vor langer, langer Zeit, war's gestern, oder war's heut, da hat einmal ein alter Bauer gelebt. Der hat seinen Hof an den jungen Bauern übergeben. Aber kaum, daß der Hof überschrieben gewesen ist, da hat der Junge dem Alten gezeigt, wer der Herr im Haus ist. »Alter«, hat er zu ihm gesagt, »du wirst jetzt in der Kammer unter der Stiege hausen. Und damit du nicht umsonst aus der Schüssel mitißt, stellen wir dir einen Webstuhl hinein. Da kannst du für dein Essen und die Unterkunft arbeiten. Das Essen bekommst du künftig nicht mehr bei uns am Tisch, sondern in der Küche, bei den Dienstboten.«

Für den alten Mann ist das ein harter Schlag gewesen. Aber mit so einem Grobian wollte er ohnehin nicht an einem Tisch sitzen. Seine Tochter, die Frau vom jungen Bauern, hat ihm auch nicht geholfen. So hat er sich in sein Schicksal gefügt. Sein Platz ist die Kammer gewesen. Dort hat er fleißig am Webstuhl gearbeitet.

Aber wie es bei den alten Leuten halt oft ist: Manchmal können sie in der Nacht nicht schlafen, dafür nicken sie dann am Tag von Zeit zu Zeit ein. Ist der alte Mann aber einmal eingeschlafen bei der Arbeit und der Webstuhl stillgestanden, dann hat der junge Bauer gleich die Tür zu der Stiegenkammer aufgerissen und hineingeschrien: »Was ist, Alter? Ist dir der Webstuhl eingerostet?»

Einmal ist es wieder einmal soweit gewesen, daß der alte Mann in der Nacht nicht hat einschlafen können. Im Bett hat er sich herumgewälzt, von der einen auf die andere Seite.

»Ach, was«, hat er schließlich zu sich selber gesagt, »bevor ich mich hier herumwälze und doch nicht einschlafen kann, arbeite ich lieber noch ein wenig. Vielleicht geht mir dann ein Schlaferl zu.«

So hat er die Funzel[1] angezündet und sich zum Webstuhl gesetzt.

Fleißig hat er das Schiffchen durch die Kettfäden geführt. Aber, wie's der Teufel haben will, da fällt ihm das Schiffchen durch die Fäden hinten in den Webstuhl hinein. Der Alte wollte sich danach bücken. Au, weh – das geht ins Kreuz. Er hat das Schiffchen beim besten Willen nicht erwischt.

»Dann leg ich mich halt wieder nieder«, hat er in seinen Bart gemurmelt. »Das Schiffchen soll mir morgen der Stallbub aus dem Winkel hervorholen.« So hat der alte Mann die Funzel ausgeblasen und sich wieder ins Bett gelegt.

Aber kaum, daß es finster gewesen ist, da hört er aus dem Winkel unter dem Webstuhl ein Knistern und ein Raspeln, ein Wispern und ein Knacken.

»Es werden doch wohl keine Mäuse herinnen sein!?«, hat der alte Mann zu sich selber gesagt. Aber das Geräusch hört nicht auf. So hat er die Funzel wieder angezündet. Und was sieht er da!?

Hinten im Winkel, unter dem Webstuhl, sitzen zwei Hausmandln, Zwerge, wie sie im Haus leben. Zwei steinalte Knaben sind das gewesen. Die spielen vergnügt mit dem Schiffchen. Jetzt haben sie sich umgedreht zu dem alten Mann. »Na», hat einer von den zweien gefragt, »willst du uns das Schiffchen nicht schenken?«.

»Nein, das geht doch nicht. Ich brauch's ja selber für die Arbeit.«

»Dann leih es uns doch«, hat der andere Zwerg gesagt.

»Nein, nein. Ich muß ja jeden Tag damit arbeiten.«

1 Funzel = Licht, das schlecht brennt

»Und was wäre, wenn wir dir dafür helfen?«
Da hat der alte Mann gelacht: »Wie wollt ihr mir helfen? Eure Haxen[2] reichen ja nicht einmal von der Bank bis auf den Boden. Wie wollt ihr denn am Webstuhl arbeiten?»
»Das laß nur unsere Sorge sein!«, haben die Zwerge gerufen. Darauf hat einer in die Hände gepfiffen. – Und schon hat man im ganzen Haus ein Rappeln und ein Poltern gehört. Von überall sind die Hausmandln und Hausweiberln dahergerannt gekommen – aus der Küche das feuerrote Feuermandl und das Ofenweiberl mit seiner Mütze aus schwarzem Ruß. Das Kellerstiegen-Mandl ist gekommen und hat seine Laterne mitgebracht, mit der es den Leuten auf der Stiege leuchtet. Das Stallweiberl ist hereingeschnauft. Es hat einen Mantel aus grauen Mausfellen getragen. Ihr Haar ist voller Spinnweben gewesen. Sogar das Brunnenmandl ist hereingekommen. Es hat eine Mütze aus Moos aufgehabt. Und von seinem langen Bart aus grünem Tang ist noch das Wasser auf den Boden getropft. Der Bauer hat gar nicht so schnell schauen können, da haben die Zwerge auch schon mit der Arbeit angefangen. Das Ofenweiberl ist mit dem Schiffchen durch die Kettfäden gerutscht. Wieselflink ist es hin und her gegangen. Sogar der junge Bauer hat sich gewundert, wenn er in der Nacht den Webstuhl knarren gehört hat.
»Das muß man ihm lassen: Fleißig ist er, der Alte«, hat er dann zu sich selber gesagt. Und so hat es dem jungen Bauern auch nichts mehr ausgemacht, wenn der alte Mann am Tag hin und wieder eingeschlafen ist.
Die Zeit ist vergangen. Wie das Frühjahr gekommen ist, hat die Bäuerin das frische Leinen zufrieden angeschaut. »So ein schönes Leinen haben wir überhaupt noch nie im Haus gehabt«, hat sie zu ihrem Mann gesagt.

2 Haxen = Füße

Deshalb hat sie um die alte Näherin aus dem Dorf geschickt. Die hat daraus schöne Pfoaden[3], Sonntagshemden und Festtagsblusen, nähen müssen. Wie die Näherin fertig gewesen ist, da wollte ihr die Bäuerin aber kein bares Geld geben. »Schau, alte Frau«, hat sie zu ihr gesagt, »du hast bei uns gegessen und getrunken und ein gutes Sein und Tun gehabt. Geld bekommst du für deine Arbeit deshalb keines. Aber da – nimm den Strutzen Brot, den Renken Speck und den Laib Butter. Ein schönes Stück Leinwand ist auch übriggeblieben. Pack es dir ein! Das alles ist wohl Lohn genug.«

Die Näherin hätte lieber ein Geld gesehen für ihre Arbeit. Aber was hätte sie denn gegen die Bäuerin machen sollen? So hat sie das Brot, den Speck, die Butter und das Leinen genommen. Es ist wirklich ein wunderschöner Stoff gewesen. Draus hat sie für sich selbst auch eine Bluse geschneidert.

Eines hat aber niemand gewußt: Die Zwerge haben in das Leinen Wünsche hineingewoben gehabt, sodaß jedem, der eine solche Bluse oder ein solches Hemd anzog, der erste Wunsch in Erfüllung gehen würde.

In der Osterwoche hat die Bäuerin am Abend vom Karsamstag einem jeden im Haus die Festtagsbluse oder die Sonntagspfoad auf das Nachtkastl gelegt.

Die Sonne ist am Ostersonntag gerade erst aufgegangen gewesen, da hat der Bauer schon die Ochsen eingespannt. Der Knecht aber hat immer noch tief und fest geschlafen.

»Hias, was ist los?!«, hat der Bauer da geschrien. »Aufstehen! Arbeiten!».

Der Hias hat sich langsam im Bett aufgerichtet. Verschlafen hat er sich gestreckt und die neue Pfoad übergezogen. »Alles, was recht ist«, hat er

3 Pfoad = Leinenhemd

gebrummt, »sogar am Ostersonntag reißt mich der Bauer in aller Herrgottsfrühe aus dem Bett. Von mir aus soll er mich buckelkraxen[4] tragen!«
Kaum daß er das gesagt gehabt hat, da ist es mit ihm in einem Hurra aus dem Bett, beim Fenster hinaus und in den Hof hinunter gegangen. Verdutzt ist er dem Bauern am Buckel gehockt. Der Bauer hat genausowenig wie der Knecht gewußt, wie ihm geschehen ist.
»Jetzt sag einmal, Hias, bist du denn narrisch[5] geworden?«, hat der Bauer geschimpft. »Bei so viel Narretei möchte ich am liebsten in d' Luft gehen!«
Da hat es einen Kracher gemacht, und der Bauer ist in die Luft gegangen. In den Himmel ist er wohl nicht gekommen. Ob er wieder herunter gekommen ist – wer weiß?
Der Wunsch von einem anderen hat sich auch schon erfüllt gehabt: Der Stallbub hat zum Frühstück ein gutes Grießkoch[6] bekommen. »Schmeckt das gut«, hat er zu sich selber gesagt, »so ein lindes[7] Grießkoch möcht ich den ganzen Tag essen.«
– Und schon ist ein ganzes Schaffel[8] voll mit dampfendem Grießkoch vor ihm gestanden. Da hat er lange zu löffeln gehabt.
Die Bäuerin wiederum hat sich mit dem Ofen herumgeplagt. Bald hat das Feuer im Herd munter gebrannt. Dann wieder hat der Wind den Rauch durch den Kamin bei der Ofentür herausgedrückt. Die Bäuerin ist vor der offenen Ofentür gesessen. Ihre Augen sind rot gewesen vom Rauch. Übers Gesicht sind ihr die Tränen heruntergeperlt.
»Kruzifix«, hat sie geschimpft, »alleweil wieder drückt der böhmische Wind den Rauch heraus. Am liebsten möcht ich selber durch den Kamin fahren und schauen, was da los ist.«

4 buckel-kraxen tragen = huckepack tragen; 5 narrisch = verrückt;
6 Grießkoch = Grießbrei; 7 lindes = feines, süßes; 8 Schaffel = Bottich

Da hat es einen Rumpler gemacht, und schon ist es mit der Bäurin beim Ofen hineingegangen und durch den Kamin hinaus. Droben am Rauchfang ist sie jetzt gesessen, kohlrabenschwarz. Ihr Gewand ist ganz und gar zerfetzt gewesen. Und sie hat beim besten Willen nicht gewußt, was denn geschehen war.

Die Magd ist inzwischen zum Brunnen gegangen um einen Krug Wasser. Auf einmal sieht sie die schwarze Frau droben am Rauchfang sitzen. »Das wird doch nicht eine Hexe sein, die sich da droben vom nächtlichen Flug ausrastet!?«, hat sie zu sich selber gesagt. »Einmal möchte ich sehen, wie so eine Hexe am Hintern über die Schindeln herunterreitet.«

Da hat es die verdutzte Bäuerin weggerissen vom Kamin, und holterdipolter ist sie über das Schindeldach heruntergerumpelt. So fest hat es sie auf den Boden gesetzt, daß sie lang überlegt hat, ob sie wieder aufstehen soll.

Jetzt haben nur noch die zwei Alten ihre Wünsche noch nicht erfüllt gehabt: Der alte Bauer ist am Stock langsam zu der Kirche im Dorf gewackelt. Auf dem Weg ist ihm die Näherin begegnet. So sind die zwei alten Leute miteinander ins Dorf gegangen.

Es ist ein wunderschöner Tag gewesen. Die Sonne hat warm aus einem strahlend blauen Himmel heruntergeleuchtet. Überall hat es Grün ausgetrieben. Da und dort haben die Schneeglöckchen und die Himmelschlüssel herausgeschaut. Die Luft ist frisch und lau gewesen. Vergnügt haben viele junge Leute die zwei Alten überholt. Lustig sind sie an ihnen vorbei auf dem Weg ins Dorf dahingesprungen.

»Mein Gott, so jung sollte man halt noch einmal sein!«, hat der alte Mann geseufzt.

»Ja«, hat die Näherin gesagt, »so jung und so gesund sollten wir halt noch einmal sein, daß wir herumspringen und jauchzen könnten.«

Wie sich die zwei im nächsten Moment anschauen, da trauen sie ihren Augen nicht: Der alte Bauer ist mit einem Mal ein schneidiger junger Bursch gewesen. Und die Näherin war eine schöne junge Frau. Da haben sie gelacht, die zwei. Sie haben sich bei der Hand genommen und sind miteinander hineingegangen ins Dorf.

Dort haben sie frisch geheiratet. Lang haben sie dann noch gelebt und glücklich sind sie auch gewesen. Und wenn sie nicht gestorben sind, dann leben sie wohl heute noch.

Diese Überlieferung haben wir der Mühlviertler Schulmeisterin Pauline Bayer zu verdanken.

Von der Frau Glück

Nach einem Märchen aus Flandern*

Vor langer, langer Zeit, war's gestern oder war's heut, da hat einmal eine alte Frau gelebt. Die hat Frau Glück geheißen. Im großen und ganzen hat die Frau Glück ein gutes Leben gehabt. Reich ist sie nicht gewesen, aber es hat ihr auch an nichts gefehlt.

Nur eines hat die Frau Glück geärgert. Immer wieder haben die Leute aus dem Dorf ihren Apfelbaum geplündert. Der hat im Herbst nämlich herrliche Äpfel getragen. Und so haben sich die Kinder, aber auch die Männer und Frauen aus dem Dorf, die schönsten Äpfel vom Baum gebrockt – ohne daß sie lange gefragt hätten. Die Frau Glück hat das furchtbar gewurmt.

Einmal hat im Winter ein Hausierer bei der Frau Glück an die Tür geklopft. »Ich bitte dich, gute Frau«, hat er gesagt, »mir ist bitter kalt. Darf ich mich bei dir ein wenig aufwärmen?«

»Komm nur herein«, hat die Frau Glück gesagt. »Viel hab ich nicht. Aber ein Platz auf der Ofenbank ist alleweil frei.«

Der Hausierer hat es sich im Ofenwinkel bequem gemacht, und die Frau Glück hat ihm auch noch einen heißen Tee gegeben.

Wie er wieder aufgebrochen ist, hat der Hausierer zu ihr gesagt: »Du hast ein gutes Herz, Frau. Und du sollst wissen: Ich kann mehr, als du denkst. Sag mir, was du dir wünscht. Der Wunsch wird dir in Erfüllung gehen.«

»Eigentlich fehlt mir nichts«, hat die Frau Glück gesagt, »es ärgert mich nur, daß die Leute aus dem Dorf immer die Äpfel von meinem Apfelbaum stehlen. Darum würde ich mir wünschen, daß jeder, der einen Apfel brockt, am Baum kleben bleibt. Er soll erst dann freikommen, wenn ich es will.«

»Gut«, hat der Hausierer gesagt, »so soll es sein.«

Im nächsten Moment ist er verschwunden gewesen.

Das Jahr ist vergangen. Wie der Herbst gekommen ist, da hat der Apfelbaum von der Frau Glück überreich getragen. Die Äste haben sich niedergebogen bis auf die Erde. So schwer sind sie mit Äpfeln beladen gewesen.

Wie die Frau Glück nachschauen gegangen ist, da sind schon die ersten Leute aus dem Dorf dran gepickt[1] – Kinder, Frauen, Männer.

»Was fällt euch denn ein, daß ihr meine Äpfel stehlen wollt?«, hat die Frau Glück geschimpft. »Es verlangt schon der Anstand, daß ihr wenigstens fragt, ob ihr einen Apfel haben könnt!«

Sie hat die Leute eine Zeitlang am Baum kleben lassen. Erst dann haben sie mit Schimpf und Schande heimgehen dürfen. Allen aber, die zu ihr gekommen sind und um einen Apfel gefragt haben, hat die Frau Glück Äpfel in Hülle und Fülle gegeben.

»Nehmt nur«, hat sie gesagt, »ihr seht ja: Es reicht für alle.«

So sind ihr keine Äpfel mehr gestohlen worden. Der ganze Ärger hat ein Ende gehabt.

Einmal hat wieder jemand bei der Frau Glück an die Türe geklopft. Sie macht auf. Und wer steht da? – Der Tod!

»Gute Frau«, hat er zu ihr gesagt, »du hast lange und gut gelebt. Jetzt ist es Zeit, Abschied zu nehmen von dieser Welt. Komm mit!«

»Warte ein wenig«, hat die Frau Glück gesagt. »Du kommst reichlich

1 picken = kleben, festkleben

unerwartet. Und jetzt soll alles so schnell gehen? – Ich muß erst meine Sachen zusammenrichten und mein Binkerl[2] packen. Geh nur derweil hinaus in den Garten. Mein Baum ist voll mit den saftigsten Äpfeln. So einen hast du bestimmt schon lange nicht mehr gegessen.«

Dem Tod ist bei dem Gedanken das Wasser in seinem Maul zusammengeronnen.

»Gut«, hat er gesagt, »ich hol mir einen Apfel. Aber schau zu, daß du deine sieben Sachen bald beisammen hast.«

Die Frau Glück hat sich reichlich Zeit gelassen. In aller Seelenruhe ist sie dann hinausgegangen in den Garten. Und wer pickt da mitten im Apfelbaum fest? – Der Tod!

»Ha, du alter Tyrann!«, hat die Frau Glück gesagt, »hab ich dich doch drangekriegt. Von dort droben kommst du mir so schnell nicht mehr herunter.

Dem Tod hat alles Bitten und Betteln nichts geholfen. Er ist im Apfelbaum geklebt und nicht mehr losgekommen. Wochen und Monate ist er bei Wind und Wetter zwischen den Ästen gesteckt – bei Wind und Kälte. Vor Hunger und Durst ist er ganz dürr geworden. Schließlich ist er nur mehr ein Skelett gewesen.

Auf der Welt ist es derweil drunter und drüber gegangen. Leute haben sich zum Sterben niedergelegt – aber sie sind nicht gestorben. Kein Tod hat sie abgeholt und in die andere Welt gebracht. Die, die über den Haufen gefahren worden sind, sind wieder aufgestanden und haben weitergelebt. Bei denen, denen der Kopf abgeschlagen worden ist, ist es nicht anders gewesen. Sie haben ihren Kopf genommen und sind fortgegangen, als ob nichts gewesen wäre.

2 Binkerl = Bündel, kleiner Rucksack

Im Himmel hat sich der heilige Petrus schon gewundert, daß niemand mehr kommt. Auch der Teufel in der Hölle hat überlegt: »Kann es denn sein, daß auf einmal alle so sündenlos sind, daß sie in den Himmel kommen?« Denn auch in die Hölle ist keiner mehr gebracht worden. Schließlich ist der Teufel nachschauen gegangen. So hat er auf der Erde den heiligen Petrus getroffen.

»Jetzt wundert mich nichts mehr!«, hat der Teufel gesagt, »zu uns kommt keiner mehr, weil du die Leute gleich selber abholst und in den Himmel bringst!«

»Nein«, hat der Petrus gesagt, »zu uns kommt kein Mensch. Ich hab schon geglaubt, daß alle bei euch in der Hölle sind. – Weißt du, wo der Tod ist?«

Schließlich haben sich die zwei aufgemacht, daß sie den Tod finden. Lange haben sie suchen müssen. Und wo finden sie ihn: im Apfelbaum von der Frau Glück!

Dem Tod ist schon zum Heulen gewesen – und so hat er ihnen die ganze Geschichte geschildert.

»Alles, was recht ist«, hat da der Petrus zu der Frau Glück gesagt, »aber so geht das nicht!«

»Ja«, hat der Teufel gesagt, »Frau, du bringst das ganze Weltengefüge durcheinander! Gib sofort den Tod frei!«

»Das will gut überlegt sein«, hat die Frau Glück gesagt, »wenn ich ihn schon freilasse, dann nur unter einer Bedingung: Er darf mich erst dann holen, wenn ich ihn rufe. Vorher nicht.«

Was ist dem Tod da anderes übriggeblieben. Er ist ja nicht einmal mehr Haut, sondern nur noch Knochen gewesen. So hat er eingewilligt und der heilige Petrus und der Teufel auch.

Seit der Zeit ist der Tod so dürr – gerade noch ein Gerippe. Die Frau Glück aber lebt heute noch. Viele reden von ihr – und auch von ihren Äpfeln. Es heißt, daß sie ewige Jugend schenken. Und ein bißchen etwas von dieser ewigen Jugend steckt wohl in jedem Apfel.

* Die Geschichten verändern sich mit der Zeit, wenn sie erzählt werden. Es ist für mich immer wieder überraschend, wenn ich eine Geschichte nach Jahren wieder in einer Sammlung lese, wie sehr die erzählte Geschichte weitergewachsen ist.

Was noch zu schreiben ist:

Einige Anmerkungen des Erzählers

Volksmärchen wie Schelmengeschichten leben von der mündlichen Überlieferung. Erzählt wurden sie in der jeweiligen Umgangssprache.
Darum war es naheliegend, diese Geschichten im erzählenden Ton, sprich: in der Vergangenheitsform, niederzuschreiben.
In der Umgangssprache, noch mehr aber in der Mundart, haben sich Ausdrücke erhalten, die besonders lautmalerisch sind. Sie bereichern auch die vorliegende schriftliche Fassung und werden in Fußnoten erklärt.
Im Gegensatz zur Schriftform, die die Geschichten im wahrsten Sinn des Wortes fest-schreibt, bleiben Erzählungen in der mündlichen Überlieferung lebendig. Sie wachsen und verändern sich, so wie ein Baum: Auch der wächst kaum wahrnehmbar – und ist nach ein paar Jahren doch ein anderer. Genauso geht es mir, wenn ich nach Jahren die Version einer Geschichte, die ich mehr oder weniger oft erzähle, mit der schriftlichen Vorlage vergleiche. In seltenen Fällen sind die Abweichungen so groß, daß fast eine andere Geschichte daraus geworden ist. Im Untertitel ist das mit »Nach einer Überlieferung …« angemerkt.
Noch eins:
In diesen Geschichten steckt die Lebensweisheit vieler Generationen. Gerade deshalb sind bewußte Veränderungen der Überlieferungen mit sehr viel Vorsicht zu genießen. Allzuleicht wird dabei das Kind mit dem Bade ausgeschüttet. Immer wieder tauchen zum Beispiel »modernisierte« Fassungen von Volksmärchen auf, bei denen viel vom Inhalt, vom

archetypischen Gehalt und vom sprachlichen Ausdruck der ursprünglichen Überlieferung verlorengegangen ist. Andererseits stirbt eine Tradition, die sich nicht mehr verändert und nur mehr museal weitergetragen wird, ab.

Zum Beispiel kennen Kinder viele Ausdrücke, Gegenstände und Werkzeuge, wie sie in den Märchen geschildert werden, überhaupt nicht mehr. Flachs, Leinen, Spinnrocken, … Wer weiß noch, was das ist?

Allein schon deshalb müssen Geschichten heute anders erzählt werden als früher. Hier gilt es, den goldenen Mittelweg zu finden. Die faszinierende Bilderwelt der Archetypen zum Tragen zu bringen und dabei spannend, lebendig, aber auch nachvollziehbar und verständlich zu bleiben, verlangt von allen, die diese Überlieferungen weitererzählen, viel Fingerspitzengefühl.

Wie dem auch sei: Diese Überlieferungen sind hier aufgeschrieben, um gelesen, genossen, weitergedacht und weitererzählt zu werden.

Für Anregungen erreichen Sie mich unter
Helmut Wittmann,
Fischereck, A-4645 Grünau im Almtal,
e-mail: helmut_wittmann@yahoo.com
homepage: maerchenerzaehler.at

Quellen

und weiterführende Sammlungen, die bestens empfohlen werden können:

Haiding, Österreichs Märchenschatz, Wien, 1953

Smolle, Sagenbuch aus Österreich und Ungarn, Wien – Budapest – Stuttgart, o. J.

Bünker, Schwänke, Sagen und Märchen in heanzischer Mundart, Leipzig, 1906

Gaal, K. Die Volksmärchen der Magyaren im südlichen Burgenland, Berlin, 1970

Wlislocki, Märchen und Sagen der Bukowinaer und Siebenbürger Armenier, Hamburg, 1891

Wlislocki, Märchen und Sagen der Transsilvanischen Zigeuner, Berlin, 1886

Karlinger, Italienische Volksmärchen, München, 1973

Fey, Märchen aus Bulgarien, Frankfurt, 1977

Früh, Die Frau, die auszog, ihren Mann zu erlösen, Frankfurt, 1985

Blaschek-Krawczyk, Märchen von Sonne, Mond und Sternen, Frankfurt, 1994

Calvino, Italienische Märchen, Zürich, 1993

Stamer, Märchen von Schicksal und Weissagung, Frankfurt, 1990

Nesin, Geschichten um Nasreddin Hoca, Istanbul, 1991

Shah, Die fabelhaften Heldentaten des vollendeten Narren und Meisters Mulla Nasrudin, Freiburg, 1984

Marzolph, Nasreddin Hodscha, 666 wahre Geschichten, München, 1996

Carrière, Der Kreis der Lügner. Die Weisheit der Welt in Geschichten, München, 1999